Classical ｜ 经典译文

白 海 豹

[英] 鲁约德·吉卜林 著　　勾承益 译

四川文艺出版社

图书在版编目（CIP）数据

白海豹/（英）鲁约德·吉卜林著；勾承益译. —2版.
—成都：四川文艺出版社，2016.11
ISBN 978-7-5411-4480-6

Ⅰ．①白… Ⅱ．①鲁… ②勾… Ⅲ．①童话—作品集
—英国—现代 Ⅳ．①I561.88

中国版本图书馆 CIP 数据核字（2016）第 267881 号

BAIHAIBAO
白海豹

［英］鲁约德·吉卜林　著

勾承益　译

责任编辑　朱　兰　蔡　曦
责任校对　刘姣娇
责任印制　喻　辉
封面设计　叶　茂
版式设计　史小燕

出版发行　四川文艺出版社（成都市槐树街2号）
网　　址　www.scwys.com
电　　话　028-86259285（发行部）　028-86259303（编辑部）
传　　真　028-86259306

邮购地址　成都市槐树街2号四川文艺出版社邮购部　610031
排　　版　四川胜翔数码印务设计有限公司
印　　刷　成都东江印务有限公司
成品尺寸　145 mm×210 mm　1/32
印　　张　8　　　字　　数　150千
版　　次　2017年1月第二版　印　　次　2017年1月第一次印刷
书　　号　ISBN 978-7-5411-4480-6
定　　价　25.00元

Classical　｜　经典译文

白 海 豹

[英] 鲁约德·吉卜林　著　　　勾承益　译

四川文艺出版社

图书在版编目（CIP）数据

白海豹/（英）鲁约德·吉卜林著；勾承益译. —2版.
—成都：四川文艺出版社，2016.11
ISBN 978-7-5411-4480-6

Ⅰ．①白… Ⅱ．①鲁… ②勾… Ⅲ．①童话—作品集
—英国—现代 Ⅳ．①I561.88

中国版本图书馆 CIP 数据核字（2016）第 267881 号

BAIHAIBAO

白海豹

［英］鲁约德·吉卜林　著
勾承益　译

责任编辑　朱　兰　蔡　曦
责任校对　刘姣娇
责任印制　喻　辉
封面设计　叶　茂
版式设计　史小燕

出版发行　四川文艺出版社（成都市槐树街 2 号）
网　　址　www.scwys.com
电　　话　028-86259285（发行部）　028-86259303（编辑部）
传　　真　028-86259306

邮购地址　成都市槐树街 2 号四川文艺出版社邮购部　610031
排　　版　四川胜翔数码印务设计有限公司
印　　刷　成都东江印务有限公司
成品尺寸　145 mm×210 mm　1/32
印　　张　8　　　　　　　　字　数　150 千
版　　次　2017 年 1 月第二版　印　次　2017 年 1 月第一次印刷
书　　号　ISBN 978-7-5411-4480-6
定　　价　25.00 元

白海豹

编者的话

　　《白海豹》的作者是英国第一位获得诺贝尔文学奖的作家鲁约德·吉卜林，著名儿童文学家。他以超凡的想象力体察和捕捉到了动物特有的领域和解释世界的方式，以卓越的文学天赋为动物们量身定做了一套语言，用人的词语拼出了动物的句子。本书中收录了 7 个充满异域风情的中短篇童趣故事。其中《白海豹》一篇最为著名。

　　故事发生在一个叫作挪瓦多拉的海湾。每年的春季，有成千上万只海豹来到这里避暑，并养儿育女、繁衍生息。在这一片每天充斥着震天吼声的岛上，主人公柯提克诞生了。

　　柯提克出生时浑身雪白，一双水灵灵的眼睛，一只小鼻子上的几根小小的短短的胡须均匀地架在上面。可是，他却和其他小海豹有着不同，那就是他的皮肤格外白皙，就像他自己总是自豪地说："我是世界上唯一的一只白海豹。"

　　柯提克不仅是一只与众不同的白海豹，他还是一只勇敢的海豹。他在赶往栖息地的时候，亲眼目睹了人类屠杀海豹的残忍。虽然自己是白海豹，不会被人类屠杀，但他仍不畏艰险，百折不挠，周游各个大洋，历经了千辛万苦，为海豹们寻找到了安静的

"世外小岛"。

什么是勇敢？什么是坚持？就是白海豹的精神。他的故事比任何道理都深刻，但他却是平凡的；他的精神比任何烈士都高贵，但他却是自由的。他就是白海豹——柯提克。

这部伟大的童话经典，一百年来被翻译成几十种文字，在世界各国广为流传。

美国著名作家马克·吐温说："我了解吉卜林的书……它们对于我从来不会变得苍白，它们保持着缤纷的色彩，它们永远是新鲜的。"

CONTENTS
目录

白 海 豹

几年以前，我乘坐一艘从白令海峡开往日本的海船，有一天，天气格外寒冷，海风呼呼乱吼，一只小海鸟突然落到我们的甲板上，我一看就知道他已经累得再也飞不动了，就把他拾起来。我把他带回自己的船舱以后，每天给他喂水喂食，没过几天他的身体就完全恢复过来，又可以独自到大海上去飞翔了。在船上，我知道了这只小鸟的名字叫做丽蒙西。丽蒙西虽然看上去长得非常幼稚，好像没有经受过什么风雨，可是事实上，他却见过不少大世面，而且他的口才也很不错，我这个故事就是从他那儿听来的：

在白令海峡北边很远很远的大海上，有一个叫做圣保罗的海岛，在那个海岛上，有一个叫做挪瓦多拉的海湾，下面要讲的故事就发生在这个海湾。

挪瓦多拉海湾没有美丽的风景，如果不是因为工作的缘故，人们通常是不会到那儿去的。在平常的时候，只有海豹才是那儿的常客。每当春季开始的时候，这些海豹成千上万地聚集到这里躲避南方的酷热。海豹们选中这个地方的原因十分简单：因为他们觉得世界上再没有别的地方比这儿更舒服。舍卡奇是一只成年海豹，他深深地了解这个地方，所以，每当春天到来的时候，不管他当时在什么地方，也不管那个地方离这儿远隔千里万里，他都要游到这个海湾来，等他赶到这儿以后，第一件大事就是进入争夺海岸地盘的激战。他要赶在他的妻子玛珈游到这儿之前，打败别的海豹，赢得一块离海边最近的平坦岩石，作为他和玛珈今后四个多月的住处。这一年，舍卡奇已经十五岁了，对于海豹来说，这是正当身强力壮的中年时期。他浑身上下长着灰色的皮毛，两个肩头上还长满了又长又硬的鬃毛，两颗犬齿又粗又大，别的海豹一看见就禁不住害怕三分。有时候，当他用自己的前肢在沙滩上站立起来，他巨大的前半身就差不多有四尺多高。他的身体究竟有多重，谁也没有量过，如果谁有胆量把他抱到秤上去称一称，我敢说，他一定不会在七百斤以下。舍卡奇浑身上下都布满了伤痕，从那些伤痕中我们可以看出他经历了多少次凶恶的战斗。而且，即便是到了伤痕累累的今天，他还是随时准备与新出现的对手血战到底。你看，他常常把头偏着，甩到脖子后面，好像他不敢面对对手似的，可是你可要小心，等他像闪电一样突然把脑袋从后面甩过来的时候，那副模样足以把你吓得胆战心惊。一旦他尖利的牙齿咬住了对手的脖子，他咬得那么紧，几乎没有哪一个对手能够从他咬着的牙齿中活着逃出来。当然，一旦对手被他打败，拖着尾巴朝着别的地方落荒而逃，舍卡奇决不会穷追不舍，因为他觉得自己必须服从海豹之间的战斗规矩。他拼死地战斗，并不是想杀死别的海豹，他的目的只不过是为他和玛珈保住一块栖息的地盘。可是，既然每年春天这么一个小小的海岛上要聚集四五万只海豹，流血和战争便成了一件不可避免的事情。每当这个季节到来的时候，如果你有机会爬到附近一座小山丘上朝着海边望去，你就可以看见长达几十里的海岸线上，到处都是厮杀的场面，到处都在不断传出狂吼和悲号。有的在浅水中撕咬，有的在沙滩上打斗，有的在光滑的岩石上搏击，海豹们的鲜血几乎洒满了海岸的每一寸土地。海豹们战斗，不停地战斗，为了给自己的妻子寻求一块安身的地方，即便是把自己的生命搭上去，他们也心甘情愿。到了五月底或者六月初，海豹们的妻子前前后后地游到了圣保罗岛上，跟这些海豹妈妈们一起游到这儿的，还有那些从一岁到四五岁的小海豹，这些小海豹一爬上海岸，就成群结伙地从那些还在搏斗的海豹爸爸们身边爬过去，一直爬到那些空旷的沙丘地带，然后在那儿快活地嬉戏打闹，他们才没有心思去管海边上那些让人触目惊心的战斗场面呢。过不了多长时间，海岸上那些本来还长满青草的地方，就被这些小家伙弄得七零八落了。这些年轻海豹被叫做单身汉，仅仅在挪瓦多拉海湾一带，就有差不多两三万这样的单身汉。

　　当他这位体态优雅、性情温柔的妻子在挪瓦多拉登陆的时候，舍卡奇刚刚结束他今年春季的第四十五次战斗。一看见妻子从海水中爬上岸来，舍卡奇一下子就朝着她扑上去，一把将玛珈推倒在沙地上，朝着她猛扑上去，一边扑，一边还在嘴里大声吼道："你年年都迟到，你跑到哪儿去了！"

因为舍卡奇已经差不多整整四个月没有吃过什么东西了，所以他现在的脾气非常糟糕。对于丈夫目前的心情，玛珈心里知道得十分清楚。所以她没有对舍卡奇的话作正面回答，她只是朝着身边看了看，然后十分温和地说："你想得真周到，我们终于又回到去年的老地方了。"

"你早就应该知道我是什么样的人嘛。"舍卡奇的语气里充满了自豪，"你瞧瞧我的身上。"

他身上有二十多处严重抓伤，正在流淌着鲜血。他的一只眼睛严重受伤，眼珠都快掉出来了。除此之外，他的身上几乎每一寸皮肤都可以看见被抓咬的痕迹。

"哎呀，哎呀，你真是一个粗鲁的男子汉。"玛珈一边喊，一边用前肢不断地在胸前扇动着，"你做事的时候怎么不可以冷静一些呢？瞧你这副模样，就像跟吃人鲸大战了一场似的。"

"从五月中旬到现在，除了打仗以外，我每天几乎什么事儿都没干。这段时间，海边上简直挤得一塌糊涂。我至少跟一百个从露卡隆那边入侵过来的家伙交过手，我真是想不通，那些家伙为什么不肯老老实实地待在他们原来居住的地方呢？"

"我常常都在想，如果我们搬到奥特尔岛去居住，可能会比住在这儿更舒服一些。这个地方实在太拥挤了。"玛珈说。

"嗨，只有单身汉才肯跑到奥特尔岛去嘛。如果我们到那儿去，别人不嘲笑我是胆小鬼才是怪事呢。我们可不能让别人瞧不起，亲爱的。"舍卡奇说。

说到这里，舍卡奇把他的脑袋斜放在肩上假装睡着了的样子，其实他随时都保持着高度的警惕，随时准备迎接新的对手。现在，差不多所有的海豹和他们的妻子都到达了挪瓦多拉海湾，在海岸上，到处都可以听见海豹震天的叫声，此时此刻，连大海汹涌的波涛声几乎都听不见了。根据目前的情况估计，这片海岸上聚集的海豹至少在一百万只以上。成片成片，成群成群，成堆成堆，到处都是叫声，到处都是拥挤的场面，到处都是来来往往蠕动的身影，到处都是不停的摩擦和冲突。说来也奇怪，挪瓦多拉海湾本来是一个十分寒冷的地方，可是这儿除了每天太阳出来的时候可以看清楚远近的景色以外，绝大多数时间都笼罩着一层薄薄的雾气。

就是在这样的生存环境中，玛珈和舍卡奇的儿子降生了。他们给这只小海豹取了一个名字，叫做柯提克。柯提克刚生下来的时候长得白白胖胖，一双水灵灵的眼睛，粗看上去跟别的小海豹并没有什么不同的地方，可是他格外白皙的皮肤却引起了玛珈的注意。

"舍卡奇，"玛珈惊讶地叫道，"这孩子的皮肤是白颜色的。"

"你是说太阳从西边出来了吧？"舍卡奇压根儿就不相信玛珈的话，"你听说世界上谁见过白海豹吗？"

"是啊，我也不相信世界上竟会有这样的事情。"玛珈说，"可是我们家里真的就出现了这样的奇迹。"说到这里，她埋下头去，对着柯提克唱起了海豹妈妈们常常对孩子们唱的摇篮曲：

六个星期宝宝不可去水里嬉戏。
因为你还不能在水里呼吸。
还有夏日的风暴和吃人的巨鲸。
我的宝宝千万千万要小心。

千万千万要小心，我的宝宝。
小心呛水，还有风暴和吃人鲸。
风雨中我的宝宝快快成长。
大海的孩子会像大海一样强壮。

　　刚刚来到世间，小家伙当然不明白妈妈在唱些什么。过了几天，每当他的爸爸跟别的海豹展开搏斗的时候，他就跟在妈妈后面一摇一摆地躲在安全的地方。他看见爸爸跟别的海豹之间打得难解难分，有几次，他还看见爸爸跟他的对手同时高声吼叫着从滑溜溜的岩石上掉进深深的大海里。在平时的日子里，妈妈负责照顾柯提克，妈妈天天都到海里去打猎。她每两天才喂柯提克一次，可是柯提克却长得非常强壮，也长得非常快。现在，妈妈出海打猎的时候，柯提克找到了一种新玩法：他朝着沙滩那边爬去，在那儿他找到十几个跟他差不多同时出生的小海豹。他跟那些小海豹一起玩，跟他们一起爬到小沙丘上面，然后跟他们一起从那些小沙丘上面滚下来。玩累了的时候，他就躺在干净的沙地上睡觉。睡醒了以后，又接着跟那些小伙伴玩。沙地上那些老海豹们只是用爱理不理的目光偶尔看一看这些小家伙，也没有心思来照顾他们。那些一岁以上的小海豹有他们自己的玩法，他们也没有闲工夫来理会这些小兄弟。这样的条件，对这些刚来到世界上不久的小海豹们来说，真可以说是一个乐园。玛珈知道柯提克在这儿玩，所以当她从海里打猎回来的时候，她就一直爬到这个地方，像老绵羊呼唤小羊羔一样一声声地呼唤柯提克。她喊了一声又一声，一直到听见柯提克的回答。然后她又像发疯一样直冲冲地朝着柯提克声音的方向飞快地爬过去，一边爬一边用她的前肢把别的小海豹推到一边。在海滩上，差不多每时每刻都有几百个妈妈在这样急切地寻找着自己的小宝宝，可是她们的小宝宝呢，他们才不管妈妈们是不是为他们担心呢，只要玩得开心，他们把世界上的一切都忘得一干二净了。玛珈非常担心柯提克的安全，她常常告诉柯提克说："只要你不跑到脏泥水里去打滚，不得癞皮病，只要你不让沙粒刮破你的皮肤，只要你不跑到深水里去游泳，世界上就没有什么东西可以伤害你。"

海豹小的时候几乎跟人小的时候一样，一点儿也不会游泳。我们人类不游泳不会觉得难受，可是小海豹不游泳却觉得难受。柯提克第一次下海学习游泳的时候，他多高兴啊，他游啊游啊，一不小心，一个浪头打过来，把他带到了深处，浪头盖住了他的脑袋，他赶快像妈妈在儿歌里教他的那样，用他的前肢拼命地划水，幸亏这时候第二个浪头打过来，把他送回浅处，要不然我们就看不到后来长大的柯提克了。自从吃了这次苦头以后，柯提克学聪明了，他再也不敢随便跑到深处去游泳了。平时，他只是待在海边水比较浅的地方，让那些微风卷过来的波浪盖住身体就行了。有时候，那些波浪把他举起来，他就学着爸爸妈妈的样子，在水里扭动身体学习游泳。可是，就算是在他玩得最愉快的时候，他也常常提高警惕，不让那些突然打过来的大浪把他带到深水的地方。他差不多用了两个星期的时间来学习怎样正确使用前肢划水。在这两个星期的时间里，他不断地在浅水里扑腾来扑腾去，扑腾累了就爬到岸上像小猫那样呼呼大睡一气，然后又重新爬进水里，继续扑腾。有一天，他终于学会在海里自由地游来游去了。不过，就算是到了这个时候，柯提克还是不敢像爸爸妈妈那样到大海深处去，他只能像别的小伙伴一样在离海岸比较近的地方游泳。你可以想象，刚刚学会游泳的小海豹是多么快活啊，他跟小伙伴们一起在浅水里滚来滚去，一会儿潜入滚滚而来的浪头中间，一会儿又把身体直直地立起来，高昂着头让浪头把他们推向海岸。再不然就是学着爸爸妈妈的样子，用尾巴支撑着身体立起来，用两只前肢在脑袋上挠来挠去。再不然，就是跟小伙伴们一起挤在海边长满青苔的滑溜溜的岩石上玩一种叫做"我是城堡的国王"的游戏。在玩得痛快的时候，柯提克和他的小伙伴们还时不时地发现附近水面上露出一个像鲨鱼背鳍一样的东西，他们知道，那不是鲨鱼，而是一种叫做虎鲸的吃人鲸。这时候，柯提克和他的小伙伴们就会像箭一样飞快地射回海岸上。等他们惊魂不定地回过头来的时候，只见那个露在水面上的背鳍缓缓地转了一个弯，朝着别的地方游去了，瞧水里那虎鲸悠闲自在的模样，就像刚才什么事情也没有发生一样。

到了十月前后，海豹们开始离开圣保罗岛，成群结队地朝着南边的深海游去。圣保罗岛上再也看不见昔日那种搏斗的场面，拥挤的海岸一下子好像宽阔了许多。这时候，那些单身汉更加自由了，在这么广阔的海岸上，他们想到什么地方玩就到什么地方玩，再也不用担心成年海豹们对他们的威胁。看见柯提克对那些单身汉羡慕的目光，玛珈对柯提克说："明年，你就可以跟他们一样成为一个快乐的单身汉了，不过今年，你还必须跟在爸爸妈妈身边，跟我们一起到大海里去学习捕鱼的本领。"

他们一家出发了，朝着太平洋南边游去。在游泳的过程中，柯提克从妈妈那儿学会了仰躺在水面上，用两只前肢在身体旁边划水，只是让鼻子露在水面上呼吸。用这样的方法，他就可以一边游泳一边休息。这样一来，在千里万里的旅途中，即便是很多天没有遇到一个可以休息的海岛，他们也不会觉得累。学会这种游泳姿势以后，柯提克常常躺在海面上，让身体一动不动地随着海浪一上一下地漂浮，天啊，世界上恐怕再也没有比太平洋的海面更舒服的摇篮了。有时候，柯提克突然感觉得浑身皮肤一阵阵轻微的刺痛，他赶快告诉妈妈，玛珈回答说，如果有这种感觉，就说明天气快变了，他们海豹祖祖辈辈就是这样通过皮肤来感觉天气变化的。一旦感觉到附近天气的变化，海豹们就飞快地游离这个地方。他们应该朝哪儿游呢？妈妈告诉柯提克说，过不了多久，他就会知道自己判断方向了。不过目前他只需和爸爸妈妈一道，跟在海豚背后游就行了。"因为海豚是一个聪明的家伙。"妈妈告诉柯提克说，"他的经验可丰富啦。"这时，柯提克看见一群小海豚在他们前面游动，他赶快追上去，跟他们一起朝前游。"你们怎么知道该朝着哪儿游呢？"柯提克一边喘气，一边问那只老海豚。听了他的问话，那只领队的老海豚朝着他翻了一下眼皮，朝下潜了潜身体，然后回答说："因为我的尾巴有一种刺痛的感觉，这说明我们背后有一场暴风雨马上就要来了。不过，等你到了赤道南边以后，如果你的尾巴再次发生这种刺痛的感觉，那时的情况正好相反，那说明你前面有一场暴风雨马上就要来了，所以你必须立刻往北游。赶快跟上，小家伙！这儿的水太糟糕了。"

　　一路上，柯提克学了许多许多新知识。而且，他是一个很喜欢学习的小海豹，总是不停地问这问那，他的爸爸妈妈呢，也总是很耐心地教他。比如，在妈妈的引导下，他学会了巧妙地跟在鳕鱼或比目鱼后面，照着他们的样子在海底游泳。也学会了怎样耐心地寻找出路，从密密的海草里挣脱出来。他还学会了像深海里的鱼那样，不慌不忙地顺着沉在海里的旧船边沿慢慢地游动，而且他还会像那些小鱼一样从那些破船的一个窗口钻进去，从另一个窗口钻出来。除了这些，他还学会了在水面上跳舞，有几次，当信天翁飞得很低的时候，他还顽皮地用他的前肢友好地摸了摸信天翁的尾巴。当他看见飞鱼在海面上滑翔的时候，他也学着那样做，嘿，他还真的能够像飞鱼那样在空中一下子蹿出三四米远呢。不过他的姿势可没有飞鱼优美，因为他的两只前肢紧紧地抱在胸前，而且尾巴也不像飞鱼伸得那么直。本来，他想捉几条飞鱼尝尝这种鱼是不是好吃，可是等他发现它们身上几乎全是骨头的时候，很快便把他们抛到脑后去了。现在，柯提克已经不知见过多少次航海的大船了，刚开始的时候，他每次都要追着那些大船，面对那些庞然大物充满了好奇的感觉。可是，他现在已经看惯了这些大船，倒是那些有人坐在上面慢慢划动的小木船，他还有兴趣跟在后面多看几眼。六个月的时间飞快地过去了，柯提克差不多已经学完了他爸爸妈妈知道的全部知识。如果说还有什么知识他不知道的话，那么这些知识大概也就没有什么知道的价值了。要知道，在这六个月的漫长时间里，他几乎每时每刻都生活在大海里，几乎从来没有爬到岸上去过一次。

有一天，柯提克游到一个叫做简弗兰的海岛附近。这天晚上，半睡半醒的时候，他突然产生了一种奇怪的感觉，好像感觉得身体特别疲倦，脑袋还多多少少有一点晕，就像春天到来的时候许多人感觉到的那种季节性的疲乏差不多。在这种半晕半醒的状态下，他突然想起了远在一两万里以外的圣保罗岛，想起了他和许多伙伴们一起玩耍的挪瓦多拉海岸，想起了他和那些伙伴们玩过的快乐的游戏，还想起了海岸清香的海草，也想起了他曾经见过的那些吼叫和搏斗的情景。想到这里，他突然转身朝着北方游去，半路上他遇到了许多熟悉的小伙伴，说来也奇怪，这些伙伴跟柯提克一样，他们差不多同时产生了想念圣保罗岛的念头，又差不多都是朝着这个目标游向北方。小伙伴们见面以后，一个个都显得格外兴奋，他们向柯提克问好："嗨，柯提克，你好吗？今年我们都不再是小宝宝了，我们都是快乐的单身汉了，可以像大哥哥们一样在露卡隆海湾的波浪上面跳火焰舞，还可以在新的草滩上去玩了。可是，柯提克，你怎么穿着这样一身奇怪的白衣服呢？"

现在柯提克浑身上下的毛色几乎像雪一样白，虽然他心里觉得十分自豪，可是他嘴上却什么也没有说。他只是对伙伴们说："快游吧！我多想快点回到挪瓦多拉海湾啊。"就这样，他们不知游了多少天，终于又回到了他们出生的地方，在那里，他们看见他们的爸爸们早就像去年一样挤满了海滩，而且他们互相之间搏斗和吼叫的场面也跟去年一模一样。

这天晚上，柯提克跟那些刚刚满一岁的小伙伴们一起跳起了火焰舞。夏日的夜晚，日落的余晖映在从挪瓦多拉到露卡隆海湾一带长达几十里的海面上，看上去就像一大片熊熊燃烧的烈火，每当海豹们在水里跳舞的时候，他们的身后就荡起阵阵水浪，这水浪映着阳光，有时候打着旋，有时候牵着线，那景象就跟火焰燃烧的时候一样。等到他们跳累以后，这些刚满一岁的小海豹便朝着海滩深处爬去，那儿早已长满了绿油油的青草，他们就躺在那些青草上讲故事，其中许多都是他们这半年多来在海上所见到的精彩的事情。他们谈起自己在广大无边的太平洋中的经历，就像一个常去森林里捡野果的孩子谈起他的树林里的见闻一样，他们的故事充满了趣味，每个人听了都会对那梦幻一样的故事深深着迷。他们讲得那么详细，好像每一个听过他们故事的人都可以照他们的描述画出一幅生动的航海图。这时候，在离这些一岁的小海豹不远的小沙丘上，那些三四岁的小海豹们正在从沙丘上面翻着跟斗朝下面滚着玩，他们一边翻跟斗，一边顽皮地对这些小弟弟们吼道："快点让开，小家伙们。大海深得很，你们知道的东西还少得很呢。除非你们哪一天绕过了好望角，那才算是开了眼界。嗨！小娃娃，你怎么穿一身白衣服呢？"

"我从妈妈肚子里一生下来就穿着这样的衣服。"柯提克回答说。正当他还要继续跟那些海豹说下去的时候，他突然看见从沙丘后面走过来两个人，这两个人长着黑黑的头发，又大又红的圆脸。柯提克还从来没有见过人，他不知道该怎么办才好，只好低下头去，嘴里咳着嗽，待在一边。别的小海豹们这时也朝着旁边拥挤在一起，呆呆地望着这两个人。原来他们是住在附近的印第安人，是一个爸爸和一个儿子，爸爸的名字叫做克里克，儿子的名字叫做帕特拉蒙。克里克和帕特拉蒙的工作就是捕捉海豹。在离海豹聚集的海岸不远的地方，有一个村子，这些人就住在那个村子里。父子俩常常到这样的地方来，把这里的海豹成群结队地赶到他们的屠宰场去，就像住在大草原上的牧民把他们的羊群赶到屠宰场一样。他们把海豹杀死以后，把他们的皮做成衣服，把他们的肉做成食品，用大船运到别的地方去卖。

"嘿，爸爸，你瞧!"那个帕特拉蒙看见柯提克，吃惊地叫起来，"一只白颜色的海豹。"

听见儿子的叫声，克里克回过头来，谁知他一见柯提克的样子，脸色立刻变得一片苍白，原来这位克里克是一位见多识广的老人，可是他却非常信迷信，他的嘴里立刻念起什么咒语，好像是在祈求老天爷的宽恕。然后他对儿子说："别去碰他。我活了这么大年纪，还从来没有听说过世界上会有白颜色的海豹。这只小海豹一定是扎哈诺夫的鬼魂变的，去年的大风暴夺去了他的生命，我们到今天还没有找到他的尸体。"

"我不会走近他的。"帕特拉蒙说，"他真可怜。爸爸，你真的认为扎哈诺夫回来了吗？我还欠他几十个海鸥蛋呢。"

"别那样直瞪瞪地盯着他。赶快去赶那些三四岁的海豹，村里的屠宰匠还等着我们把海豹给他们赶回去呢。今天是他们今年工作的第一天，他们决定要宰杀两百只海豹呢。我们这趟至少要赶一百只回去，快点干吧，孩子。"

帕特拉蒙走到海豹群中，把他手里的几片海豹骨头摇得咔咔地响，接着他用手里的骨头不停地敲打着海豹的脑袋，把他们赶成一个长队，与此同时，克里克走在海豹队伍的最前边，赶着这一大队海豹朝村子的方向走去。说来也真奇怪，这些海豹在这两个印第安人面前好像十分驯服，他们乖乖地朝前走，从来没有一只海豹试图回过头来看一看那些被留在海滩上的同伴。在这群被驱赶的海豹身边，成千上万的海豹眼睁睁地看着这群年轻的海豹被赶走，依旧不停地嬉笑打闹，就像身边什么事也没有发生一样。在这成千上万的海豹中，只有柯提克在心中产生了一个疑团，他想知道眼前突然发生的事件究竟是怎么一回事，可是没有一只海豹可以给他作出回答。能够给他作出回答的只有那些赶海豹的人，那些人每天都这样不停地把一两百只海豹从海岸上赶走，而且，这样的工作，他们每年都要不停地干两个月的时间。

"我也要跟他们一起去。"柯提克对自己说。想到这里，他赶快爬起来，跟在那群海豹后面朝着村子里爬去。

"爸爸，那只白海豹在我们后面跟上来了。"帕特拉蒙说，"我还从来没有看见过一只海豹单独走向屠宰场呢。"

"嗨！别朝后边看！肯定是扎哈诺夫的鬼魂回来了，我一定要把这件事告诉巫师。"克里克说。

从海岸边到屠宰场只有一里多路，可是克里克和帕特拉蒙却用了差不多一个小时才走完这段路程。因为克里克有很丰富的经验，他知道不能让海豹走得太快。如果他们让海豹们走得太快，他们的肚子在地上磨热了，就会损伤他们的皮毛。如果海豹的皮毛受到损伤，就卖不了大价钱了。所以他们一步一步地朝前挪，途中，他们经过一个叫做海狮湾的地方，经过一个叫做维勃斯特的人家，最后来到一个叫做盐屋的地方，这个地方其实离海岸一点儿也不远，只不过海岸边上的海豹正好看不见这个地方罢了。柯提克一直跟在那群海豹后面，他一边爬一边喘着气，越爬心里越充满好奇。他还从来没有在陆地上爬过这么远的距离呢，他觉得自己简直快爬到天边了，可是他的耳朵里依然可以听见海岸那边传来海豹爸爸们拼命搏斗的声音，那声音大得吓人，简直像火车穿过隧道的时候发出来的轰鸣声一样。克里克和帕特拉蒙把那群海豹赶到屠宰场以后，他们让那些海豹在湿漉漉的草地上安静下来，克里克从怀里取出一个怀表来看了看，他们要让他们休息三十分钟以后才开始屠宰。这时候，柯提克就在他们身边不远的地方躺着，他差不多可以听见露水从克里克的帽檐上滴下来的声音。接着，柯提克看见又有一二十个人走过来，他们每人手里都提着三四尺长的大铁棍。克里克指着几只海豹，让那些人把他们赶到旁边去，柯提克听见他说那几只海豹的身体在行走过程中被别的海豹弄伤了或者他们的身体还没有完全冷下来。接着，只听见克里克说了一句："开始动手。"那些人就使劲地挥动他们手里的大铁棍，朝着一两百只海豹头部猛击。等他们把这些海豹打晕过去或者打死以后，立刻动手把他们的皮剥下来。大约十分钟的时间，柯提克眼前出现了大片模糊的血肉，他简直认不出自己那些同伴的模样了。因为那一两百只海豹已经被那些人从鼻子到尾巴剥下皮来，那些刚剥下来的海豹皮堆在那里，看上去就像一座小山丘。而那些海豹肉呢，堆在另外一边，那座血肉模糊的山丘堆得更高。柯提克简直不能看下去了。他赶快转身朝着海岸边上狂奔（海豹有时还是可以在短时间内跑得很快的）。他吓得那么厉害，你瞧他嘴角上的小胡子，几乎每一根毛都吓得竖起来了。他从海狮湾经过的时候，看见几只海狮正躺在那儿的波浪中悠闲地休息，他惊慌地扑到水边，一个猛子扎到凉凉的海水里，等他冒出头来的时候，一面喘着粗气，一面忍不住满脸的悲哀。"是谁在那儿捣蛋？"一只海狮生气地说。因为这一带是海狮的天地，他们不喜欢别人闯到他们的领地里来。

"我好难过啊，我好难过啊。"柯提克呜呜地哭起来，"他们在杀海豹，他们要把海岸上年轻的海豹都杀死。就在那边，他们的屠宰场就在沙滩那边不远的地方。"

听了柯提克的话，那只海狮朝着柯提克指的方向望了望，他什么也没有看见。"你在胡说八道些什么呀。"他对柯提克说，"你的朋友们在海岸上简直快把天都闹翻了，你是不是看见克里克从那里赶走了一小群海豹？他已经这样干了三十多年了，我们几乎天天都看见他赶着年轻海豹从这里经过，这有什么值得大惊小怪的？"

"太可怕了，太可怕了。"柯提克一边说一边让自己的背对着身后打来的大浪，他用两只前肢紧紧地抓住面前一块礁石，让上半身紧紧地爬在礁石上面，朝着屠宰场那边观望。

"这个小家伙还真有两下子呢。"一只海狮很欣赏柯提克游泳的动作，他对柯提克说，"你才刚满一岁，你当然会觉得这件事情很可怕。可是，你知道吗？只要你们海豹每年都到这个地方来，那些捕捉海豹的人当然会追杀到这儿来。除非你能找到一个人类无法去的海岛，不然的话，你们海豹就永远无法逃脱人们的追杀。"

"世界上真有这样的海岛吗？"柯提克问。

"我也在想找到这样一个清静的海岛，我年年都在跟踪那些神秘的比目鱼，已经跟踪了二十多年，可是至今还没有找到这样一个理想的地方。看来你的运气说不定会比我好，你如果真的想找到这样一个地方，你可以去海象岛，去问问那个名叫海巫的老海象，说不定他会给你出几个好主意。不过眼下你这副心神不宁的样子，我劝你还是稍微冷静一些才去找他。如果我是你的话，我最好还是先好好睡一会儿，然后才动身到那儿去。海象岛并不远，离这儿大概只有十几里吧，用不了多长时间就可以游到那儿。"

听了海狮的建议，柯提克觉得很有道理，所以他顺着海岸游回海豹群里，他从水里爬出来，在沙滩好好睡了一个半小时，觉得自己的心不像睡觉以前跳得那么厉害了，然后重新跳到海里，朝着海象岛游去。海象岛坐落在圣保罗岛东北不远的地方，那里实际上算不上一个正式的小岛，最多只能算是一大群露出海面的礁石罢了，大大小小的礁石密密麻麻地挤在一起，除了住着成群结队的海象之外，那些露在水面上的礁石的石洞里还住着数不清的海鸥。

柯提克在水里转来转去游了一会儿，他终于游到了离那个叫做海巫的老海象身边不远的地方。他把头伸出水面一看，哎哟，海巫的模样长得多难看呀，巨大的身躯，宽宽的肩头，脸上长满了斑斑点点和疙疙瘩瘩，此时他正仰躺在浅水里睡觉呢，两只前肢在水面上不时啪啪地拍打着，他睡觉的姿势一点也不文雅。

"醒一醒！"柯提克对着海巫的耳朵叫道，他的声音很大，因为这儿的海鸥太多了，成千上万，唧唧喳喳闹翻了天。

"哼哼，嗯嗯，是谁在大呼小叫啊？"海巫醒过来，他用肩头狠狠地撞了一下他身边的那只海象，那只海象又用同样的方法狠狠地撞了一下另一只海象，下一只海象又撞醒了他身旁的另一只海象，就这样，不大一会儿，几乎所有的海象都醒过来了，他们朝着四面八方观望，想弄明白刚才究竟是谁在大呼小叫。

"嗨，在这儿，是我。"柯提克又朝着海巫叫了一声，与此同时，他还在水面上弄出一串串大大小小的白泡泡。

"天啊，这是什么呀。"海巫的脸上露出十分惊讶的表情，这种表情就跟一个老先生从梦中醒来的时候突然看见眼前爬着光屁股小孩一样。听见海巫吓人的叫声，柯提克一点儿也不觉得害怕，因为，跟他刚才在屠宰场看见的情形比起来，这种声音已经变得一点儿也不可怕了。所以，柯提克勇敢地对那只老海象说："你知道这样一个地方吗？在那儿海豹可以生活，可是人类永远也找不到？"

"滚开，你自己去找吧。"那只老海象爱理不理地闭上了他的眼睛，继续睡觉，"滚开，我们现在正忙着呢。"

看见老海象用这么不礼貌的态度对待自己，柯提克十分生气，他气得像海豚那样一下子蹦出水面，蹦得老高老高，蹦到空中的时候，他的嘴里大声地骂道："吃海蚌的老家伙！吃海蚌的老家伙！"柯提克知道海巫除了吃海蚌和一些水草以外，一辈子都不捉鱼吃，所以他假装成很没有礼貌的样子，对着海巫大喊大叫。谁知道，小柯提克这一喊叫不要紧，海象岛上生活的各种各样的海兽和海鸟的孩子们一听见柯提克的叫喊声，一齐都跟着喊起来："吃海蚌的老家伙！吃海蚌的老家伙！"要知道，这些小家伙们跟人类的那些顽皮的孩子一样，随时都希望找到一个玩恶作剧的机会，现在可好了，柯提克为他们带了一个头，他们当然不会放过这个趁机起哄的机会。他们震耳欲聋的喊声中差不多延续了五六分钟时间，在这五六分钟的时间里，即便是有人在这儿放枪，也没有人能听见枪声，因为他的枪声都会淹没在小家伙们的喊叫声中了。在这震天的叫声中，只见那只老海象捂住两只耳朵，庞大的身躯一会儿左边一会儿右边地翻来翻去，嘴里不停地呻吟着，那副难受的样子，多可怜哟。

"怎么样，现在你该答应告诉我了吧?"柯提克喘着粗气问，他对自己的胜利充满了自豪。

"你去问海牛吧。"海巫无可奈何地说，"如果那老伙计还活着的话，他会告诉你的。"

"我怎么知道海牛长得像什么模样呢?"柯提克嘟嘟哝哝地说。

"在整个海洋世界里，再没有比海牛长得更丑的动物了，他的模样比海巫还难看。"听见柯提克嘴里嘟嘟哝哝，一只海鸥在空中对他说，"他不仅比海巫模样丑，他的一举一动也比海巫更难看。"

听了海鸥的话，柯提克离开了海象岛，匆匆地游回了圣保罗岛的挪瓦多拉海岸。他把自己为成千上万的海豹找到一个宁静安全的生存环境的想法告诉海滩上的海豹们，可是，让他大吃一惊的是，竟然没有一只海豹对他的想法表示感兴趣，当然更没有一只海豹对他的想法表示赞同。那些海豹嘲笑柯提克说，从他们的祖先到现在，每年都看见一群群的年轻海豹被印第安人从海滩赶走，生活本来就是这个样子，一点儿也不值得这样大惊小怪。如果他看不惯那种残酷的场面，只要他不跑到屠宰场那边去就可以了。可怜的是，在说这些话的时候，在成千上万的海豹中，却从来没有一只海豹真正见过那种屠杀的场面。这一点，正好是柯提克跟他的朋友们最大的不同。除此之外，还有一个巨大的不同——柯提克是一只白海豹。

"孩子，"舍卡奇对白海豹说，"你要做的事情只有一件，这就是像你的爸爸一样，首先努力争取快快长大，长得像爸爸一样强壮，然后在海岸上为自己安一个家，开始你自己的独立生活。在此之后，再过五年时间，你就可以像爸爸这样为自己的权利勇敢的战斗了。"就连最善良的玛珈也对她的儿子说："你一个人的力量无论如何是不可能让那种屠杀停下来的，柯提克，我的孩子，到海里去玩吧。"听了妈妈的话，柯提克游到海里，在波浪上猛烈地跳起了火焰舞，可是他的心里始终感觉得沉甸甸的，再也不像从前那么欢乐。

秋天终于到了，终于到了海豹们朝南游的季节，柯提克急不可耐地出发了，他是一个人单独出发的，他首先要找的就是那只模样比海巫更丑的老海牛。他坚信自己一定会找到这样一个快乐的海岛，那是一个人类的足迹永远也无法到达的地方，等他找到那个海岛之后，他就把所有的海豹都带到那儿去，永远过上宁静安全的生活。就这样，他找啊找啊，找遍了太平洋的北岸，又找遍了太平洋的南岸。为了找到这个海岛，他在大海里没日没夜地游啊游啊，差不多每天都要游过七百多里的海域。一路上，谁也说不清他究竟遇上了多少风险。有一次，他不小心撞到了一条大鲨鱼前面，幸亏那条大鲨鱼正仰躺在水面上晒太阳，他才勉强死里逃生。还有一次，他碰见一条身体庞大的吃人鲸，幸亏他转弯灵活，才从那条巨鲸的肚皮底下躲过去。一路上，他还碰见许多从来不认识的海底动物，好几次差点上当受骗，幸亏他运气好，才一次次地躲过风险。在这样艰难的旅途中，柯提克越来越勇敢，越来越聪明，每一次虎口逃生之后，他都为自己感到无比自豪。可是，尽管如此，许多天过去了，他还是没有见到那只丑陋的海牛，也没有见到那个他想象中的天堂一样的海岛。好多次，他看见一个个海岛，那些海岛真漂亮啊，那里有美丽的海滩，有碧绿的海水，有一大片可以游泳的海湾，一看就知道是适合海豹生活的最好的地方。可惜，在这样的海岛上，总是可以远远地望见一座座加工海豹油的炼油厂里冒出来的黑烟，柯提克一看见这些黑烟就知道它对于海豹意味着什么。有一次他还看见几个海岛，虽然当时没有海豹在海滩上活动，但是他看见海岸上留下许多海豹曾经居住过的痕迹，也看见猎人们活动过的痕迹。柯提克知道，明年夏天的时候，海豹们一定还会来到这儿，猎人们也会来到这儿。

路上，柯提克遇见一只老信天翁，他跟那只信天翁成了朋友。那只信天翁告诉他说，克尔哥伦岛上面没有猎人，一年到头都和平安宁，那儿也许就是柯提克寻找的地方。可是等到柯提克赶到那儿的时候，正好遇上一场风暴，雷电交加，他差点被那些刀子一样的礁石割成碎片。等到从风暴中挣扎出来以后，柯提克发现，即便是这样恶劣的海岛，过去也曾经是海豹们居住的地方，一定是因为什么可怕的原因，那些海豹们才离开了这儿。

柯提克找啊，找啊，可是几乎每一个海岛都因为这样或那样的原因，使柯提克的梦想一次次的变成泡影，在现实的风浪中被打得粉碎。

柯提克究竟走过了多少海岛？给我讲故事的那只名叫丽蒙西的小海鸟特地列下了一串名单，不过这个名单上也只是记录了一些比较有名的海岛，并不是柯提克访问过的全部海岛。丽蒙西告诉我说，柯提克一共寻找了五年的时间，每年他只在圣保罗岛的挪瓦多拉海岸居住四个月的时间，其余的时间全部都用在他的探险旅程上了。可是，那些海豹们不理解他，每年在挪瓦多拉海岸上见面的时候，他们都取笑柯提克，说他是神经病，长年累月地追求一个梦想的海岛。柯提克到过赤道地区最干燥的帕拉帕果岛，他差一点被那儿的骄阳烤成肉干；他还去过佐治亚岛、渥克尼岛、艾米雷德岛、小夜莺岛、高岛、鲍威特岛、克洛热特岛，他甚至还到了好望角南边遥远的暗礁群。可是，不管他走到哪儿，当他向那里的海洋朋友打听的时候，他们的回答几乎都是一模一样的。那些朋友告诉柯提克说，在从前的岁月里，海豹都曾经来过这些海岛，可是人们追到这儿，把他们都杀光了。他游到远离太平洋几千里的地方，在那里他偶然碰见几只奄奄一息的海豹，由于不适应当地的气候，这几只海豹身上都长了癞疮，可是，竟连这样的地方，人类的捕猎船也没有放过。听见海豹们的哭诉，柯提克的心都快碎了。他垂头丧气地离开了那几只海豹，开始顺着来路朝圣保罗岛游回来。在回游的路上，有一天，他来到了一个长满绿草的小海岛。在那个岛上，柯提克碰见了一只老海豹，老海豹躺在那儿，已经快死了。柯提克赶快到海里去为他捉来几条鱼，让他饱饱地吃了一顿，等老海豹吃饱以后，柯提克把自己失败的经历讲给他听。"现在，我要回圣保罗岛去了。"柯提克伤心地说，"即便是有一天像别的海豹一样被赶到屠宰场去被那些人活活杀死，我也再不会感到难过了。"

"再试一次吧！"老海豹对柯提克说，"我年轻的时候，这个海岛上生活着成千上万的海豹，就在人们疯狂屠杀我们的时候，海豹中间就流传着一个神秘的传说。这个传说是：有一天，有一只白颜色的海豹会从遥远的北方来到我们的岛上，他就是我们的救星，他会把全世界的海豹带到一个永远不受人类威胁的地方。现在，我已经老了，我已经见不到那一天了，可是我相信年轻的海豹们一定会见到那一天。再试一次吧，柯提

克，再试一次吧。"

听了老海豹的话，柯提克精神大振，他的胡须都自豪得翘起老高。"我是世界上唯一的白海豹，而且，不管我的颜色是不是白的，更重要的是，我是世界上唯一有雄心找到那样一片乐土的海豹。"

想到这里，柯提克心里充满了信心。这年夏天，当柯提克回到圣保罗岛的时候，他的妈妈请求他再也别到远方探险了。玛珈告诉儿子说，他已经到了成年海豹的年龄了。她请求柯提克赶快结婚，从此像爸爸妈妈一样过上有规律的生活。可是，柯提克却对妈妈说："再给我一次机会吧，妈妈。我小时候，你告诉我说，第七个浪头才是最大的浪头，你还记得吗？"

说来也真奇怪，有一只雌海豹，跟柯提克一样大，今年也到了该结婚的年龄了，可是她却跟柯提克一样，想把结婚的时间推迟到明年。在柯提克再次出发探险的前一天晚上，她正好跟柯提克一起在海浪上跳火焰舞，他俩成了好朋友。第二天，柯提克出发了。这一次，他把自己的探险路线决定为西方。他在一群大比目鱼后面，跟着他们一起朝西游，他游得十分努力，而且，为了保持体力，他差不多每天都要吃掉一百多斤鱼。有一天，天快黑的时候，柯提克觉得累了，他爬到一个叫做库泊尔的小岛上，在水边的一片水草上蜷着身子就睡着了。到了半夜的时候，他觉得身体下面的水草在轻轻地动。他自言自语地说："今天晚上的潮水真有劲，把海草都拉动了。"一边说，一边慢慢地睁开眼睛。突然，他看见了什么！他像猫一样呼地从水草上跳了起来。那是些什么东西呢？一个个黑糊糊的，长着大大的鼻头，正在水草下边吃草呢。

"老天爷！"柯提克惊叫道，"是谁在那儿呀？"

从外形看，他们既不是海象，也不是海狮，也不是熊，也不是鲸，也不是鲨鱼，也不是乌贼，也不是什么大鱼，柯提克最近几年以来几乎游遍了天下的海洋，见过世界上各种各样奇奇怪怪的事情，可是还从来没有见过这种东西呢。他们的身体差不多有两三丈长，没有长尾鳍，只有一条大大的尾巴，那尾巴有点像一把大铁铲，又有点像是一片湿皮革。他们都长着一个傻乎乎的大脑袋，一边在水下吃草，一边努力地保持着身体的平衡。奇怪的是，他们好像是一群很讲礼貌的动物，你瞧，他们一边吃着水草，一边还不时地互相鞠躬行礼，两只前肢不断地摇来摇去，就像一个老头儿在不停地挥动着他的胳膊一样。

"嘿！"柯提克跟那些动物打招呼，"先生们，你们好啊。"听见柯提克在跟他们说话，那些大块头的动物便很有礼貌地向柯提克鞠躬，同时对他摇动两只前肢，那副模样，很容易使人想起青蛙的样子。等他们重新低下头去吃草的时候，柯提克看见他们的上嘴唇分成两片，分开的时候差不多有一尺宽，每次合起来的时候，就有一大把海草被他们这两片大嘴唇卷到嘴里去。等到那些水草被卷到嘴里之后，他们又神色严肃地嚼起来。

"你们吃草的样子真特别。"柯提克说。这时候，他看见那些动物又对着他鞠起躬来。这一回，柯提克有点开始耐不住性子了。"非常好。"他说，"我知道你们的前肢比我多一个关节，可是你们也用不着老是把它摇来摇去呀。我觉得你们鞠躬行礼的样子很有礼貌，可是你们可以告诉我你们的名字吗？"

听了柯提克的话，那些动物两眼望着他，脸上一副友好的表情，可是他们还是没有说话。

"哎哟！"柯提克说，"在我看见过的海洋动物中间，只有你们的模样比老海象更丑陋，而且动作也比他更古怪。"

当他刚说到这里的时候，柯提克突然想起许多年前，当他才一岁的时候，海象岛上那只海鸥曾经对他说过的那句话，他立即跳到水里，跟在那群动物后面。原来，他终于找到海牛啦！他真的找到海牛啦！

那群海牛在海底慢慢地朝前爬动着，他们一边爬动，一边不慌不忙地嚼着海草。柯提克跟他们说话，他几乎用遍了在过去许多年的探险旅程中学会每一种海洋动物的语言（因为海洋动物的语言几乎跟人类的语言一样千奇百怪），可是那群海牛还是没有开口跟他说话。原来，海牛天生就是一种不会说话的动物。据说，每一种会说话的动物，他们的颈项骨都是由七块骨头组成，可是海牛的颈项却只有六块骨头。作为一种生活在海底下的动物，甚至他们连朋友之间也不能用语言表达感情。不过，他们的前肢比别的动物多一个关节，他们的手就可以上上下下左左右右地挥来挥去，从这些动作上面，他们就可以互相明白对方的心思，这些奇怪的手势功能就跟人类发明的无线电码差不多。

天亮以后，柯提克的心情渐渐平静下来。接着，他看见那些海牛开始朝着北方的海域缓缓地爬动。他们爬得那么缓慢，而且还没有爬出几步远的距离，他们又停下来比比画画，好像在召开什么会议，讨论下一步的行动方向。就这样，他们停停走走，走走停停，不知道用了多少时间，才走出短短一段路程。看见这种情形，柯提克心里想：像这种愚笨的动物，如果他们不能找到一个绝对安全的海岛，恐怕他们早就被人类捕尽杀绝了。既然他们能生活在那个安全的地方，我们海豹也一定可以在那里生存下去。老天爷，我真希望他们能走得稍微快点。

跟踪这些海牛，真是一项艰巨的工作。那些海牛一边走，一边还不断地停下来召开碰头会议。一天下来，连三十里的路程都走不完。接着，到了晚上，他们又得停下来吃草，所以他们总是靠着离海岸不远的地方朝前移动。柯提克呢，因为耐不住这种磨磨蹭蹭的移动，他一会儿游到那群海牛前面，一会儿游到他们后面，一会儿钻到他们下面去，他想尽一切办法想让他们走得快一点，可是忙了半天，一点效果也没有。许多天过去了，这群海牛离北方的海域越来越近了，他们开会的次数越来越多。现在，他们已经差不多每过一个小时就停下来开一次会，这可把柯提克烦死了。为了让自己耐住性子，柯提克使劲地咬自己的嘴唇，他差点把上嘴唇都咬出血了。这时候，那群海牛突然赶上了一股温暖的水流，因为有这股水流的帮助，他们的行进速度一下子快了许多，这样一来，柯提克开始有些高兴了，而且禁不住在心里佩服他们，觉得他们并不像自己原来想象的那么愚蠢。一天晚上，那群海牛突然顺着一股发光的海水朝下沉，他们下沉得那么快，自从柯提克跟踪他们以来，还从来没有见过他们游得这么快呢。柯提克赶快跟在他们后面朝前游，他们游得那么快，那速度简直有点让柯提克吃惊，他从来没想到看上去那么笨重的家伙竟然可以游得这么快。这时候，他们直冲冲地朝着一座大山一样高大绵延的岩石海岸游去，到了那片岩石前面的时候，柯提克发现那片岩石上端高高地露在水面上，下面的部分深深地扎在海底下，足足有二十多米深。那群海牛一直扎到岩石的底部，顺着那里一个黑黑的大石洞钻了进去。在这个黑黑的大石洞里，他们游了很久很久，柯提克一直闭住气跟在那些海牛后面，正当他开始觉得自己已经快憋不住气的时候，总算游到了那个海底隧道的尽头。

"我的老天爷！"柯提克从水底下冒出头来，深深地吸了一口新鲜空气，然后一边喘气一边咳嗽说，"这次潜泳可真够长的，差点憋死了。不过还是值得的。"

柯提克眼前出现一片美丽的海岸，他长这么大还从来没有见过这么美丽的地方。只见几里长的海岸全是由光滑平坦的岩石组成，这种地形正好适合海豹居住。在岩石后面，又是一片几里宽的沙滩，一直延伸到岸上很远的地方，一看就是海豹们游戏的好地方。微微的海浪可以供海豹们纵情地舞蹈，水边的海草软绵绵的，那可是小海豹们睡觉的好地方。这里的海水不冷不热，柯提克试了一下，正好适合海豹的皮肤。而且，最最重要的是，这里没有人，海岸上一点儿也看不到人类来过的痕迹。欣赏过眼前的景色之后，柯提克做的第一件事情就是检查一下这儿的鱼是不是足够养活成千上万只海豹，等他确信没有问题以后，便游到周围远远近近的地方，怀着欢快的心情数着围绕着这片海岸的大大小小的小岛和沙滩。在海岛的北面，柯提克发现了一大片大大小小、明明暗暗的礁石，他估计这些一眼望不到边的礁石至少有十几里宽，有了这样一个宽宽的礁石地带，人类的船只永远别想开到这片海岛上来。在这一切优越地理条件中，最重要的一点是：那个海底隧道是通往这片海岸的唯一的大门。

"这不是跟挪瓦多拉海岸一样好吗？不，这儿至少要比挪瓦多拉好十倍。"柯提克自言自语地说，"看来，海牛真比我想象的聪明得多哩。即便那些捕捉海豹的人知道了这个地方，等他们开着船到这儿来的时候，那些暗礁和峭壁也会把他们的船撞得粉身碎骨。我还上什么地方去寻找永远平安的地方呢，我眼前这片海岸难道不是我们海豹的天堂么？"这时，他想起了圣保罗岛上那成千上万的海豹兄弟们。他急急忙忙地朝着自己的故乡游去，可是他一边游，一边还不停地东瞧瞧西望望，他要把路上经过的每一个海岛和每一片水域上的事情都看得清清楚楚，因为他知道，等他回到故乡的时候，海豹们一定会问他各种各样的问题，如果他不把自己经过的地方看清楚，他就无法回答那么多奇怪的问题。

到了那个海底隧道前面，他深深地吸了一口气，潜了下去。从隧道口里冒出头来以后，他飞快地朝南游去。游了一段距离之后，柯提克回过头来朝着背后的那片峭壁望去，天啊，就连他自己也不敢相信在那片峭壁后面竟然隐藏着一个天堂一样的海岸，不敢相信自己就是刚刚从那个天堂里游出来的。到现在为止，无边无际的海洋世界里，只有一群海牛和一只海豹知道这个海洋世界最大的秘密。

　　尽管柯提克游泳的速度快得惊人，可是从那个神秘的海岸游回圣保罗岛，足足用了他十天的时间。等到他从海象岛附近的海水中钻出来的时候，他第一眼看见的就是那个跟他一起跳过火焰舞的年轻美丽的雌海豹，她差不多每天都在那儿等着柯提克，盼望着他胜利归来。此时此刻，当她第一眼看见柯提克的时候，她立刻就从柯提克的目光中知道柯提克成功了，他终于找到了他梦想中的海岛。

　　可是，柯提克把自己惊人的发现告诉海豹们的时候，他的爸爸舍卡奇和别的海豹都笑起来，他们不相信柯提克的话。一只年龄跟他一样大的海豹笑着对他说："这真是一个伟大的发现。可是你总不能就这样让我们跟着你离开祖祖辈辈的故乡，迁移到一个连名字都叫不出来的地方去吧？知道吗，我们已经在这儿为自己的家庭搏斗过好几年了，可是你还一次都没有参加过这样的搏斗。你把心思都用在寻找那个永远也找不到的海岛上面去了。"听见这只海豹的取笑，别的海豹都笑起来，那只海豹得意得把脑袋晃来晃去。这只海豹去年就结婚了，他觉得自己的生活很幸福，并且为自己新建立的小家庭感到骄傲。

"我没有自己的小家庭，所以我也用不着去跟自己的海豹兄弟们进行血淋淋的搏斗。"柯提克说，"我只想告诉你们大家，世界上有一个对所有海豹都十分安全的地方。我真的不明白，血淋淋的搏斗究竟有什么意义？"

"噢，如果你想回到那个十分安全的地方去，你自己去好了，谁也不会阻止你的。"说完那只年轻的海豹脸上做着怪相，哈哈大笑起来。

"如果我把你打败了，你愿意跟我一起去那个地方吗？"柯提克生气了，虽然他非常讨厌打架，但是他还是发出了这样的挑战。他在说这句话的时候，两只眼睛里发出一阵阵从来没有过的绿光。

"好极了。"那只年轻海豹一点儿也不把柯提克放在眼里，"如果你真的能把我打败，我就跟着你去那个地方。"谁知，等他话刚一出口，他想改变主意也来不及了，因为柯提克已经紧紧地咬住了他的脖子，他尖利的牙齿深深地陷进那只年轻海豹的肉里。接着，只见他扭转自己的腰，把那只年轻海豹拖到海边的沙地上，使劲地摔他，狠狠地敲他。等到他的对手有气无力地躺下之后，柯提克才重新站起来，对着旁边的海豹大声吼道："我用了整整五年的时间，不知经历了多少艰辛，为你们寻找了一个安全的生存环境。可是，除非是屠刀架到你们的脖子上，你们都不愿意相信我的话。好吧，现在就让我来好好教训你们一次吧。"

给我讲故事的那只叫丽蒙西的海鸟告诉我说，他几乎长年累月都看见海岸上成千上万的海豹互相撕咬，可是他从来没有见过一只海豹像柯提克那样凶猛地朝着别的海豹发起进攻。他不断地寻找身强力壮的大个头的海豹，向他们发起拼死的攻击，他朝着他们猛扑过去，咬住他们的喉咙，把他们狠狠地摔倒在地上，直到他们哀声求饶。然后把他们摔在一边，继续朝着新的目标发起进攻。你瞧，柯提克从来不像别的成年海豹一样每年都有四个月的时间停止进食，长年累月的远程探险使他锻炼出一副无比强壮的身体。而且，最最重要的是，他长这么大，还从来没有跟别的海豹进行过搏斗。所以此时此刻的他，表现出超乎异常的战斗力。他肩头上的白毛一根根都气得直冲冲地竖起，他的两眼燃烧着愤怒的烈焰，露在嘴唇外面的两根又长又尖利的牙齿闪着吓人的光芒，他是一只多么雄壮多么英俊的年轻海豹啊。在这段时间里，柯提克的爸爸一直在观看儿子的战斗。现在他再也忍不住了，他一口咬住身边一只成年海豹的脖子，把他拖到柯提克面前。舍卡奇的这种行动把别的海豹都吓得四处逃散。这时候，只听见舍卡奇高声吼叫道："他是我的儿子。你们可以说他是一个傻瓜，可是他却是我们挪瓦多拉海岸上最强壮的勇士。别嘲笑你的爸爸，孩子，我永远跟你站在一起。"

　　听见爸爸的声音，柯提克高叫一声表示回答，然后又听见舍卡奇更大的吼声，那声音多吓人啊，就像火车头的声音一样震耳欲聋。看见自己的丈夫和儿子表现得如此勇敢，玛珈站在一边为他们大声喝彩，在她身边一起喝彩的还有那位将要嫁给柯提克做新娘的美丽的雌海豹。这是一幅多么壮观的战斗场面啊，爸爸和儿子，一前一后互相呼应，只要看见海滩上还有一只海豹胆敢把身体直立起来，他们就立即朝他发起进攻。

战斗一直进行到北极星升起来的时候，海岸上平静下来，因为此时已经再也没有一只海豹敢于站起来迎战柯提克父子了。这时候，柯提克爬上一块光滑的大礁石，俯视海滩上遍地血迹、遍地呻吟的情景，他大声说："我想你们现在应该接受教训了。"

"孩子！"舍卡奇高兴地说，"就连吃人鲸也不可能把他们打得这么惨。我真为你骄傲啊。还有，我愿意跟着你到那个梦中的海岛上去生活。"

"听着，你们这群只知道在一起你争我夺的行尸走肉！"柯提克对着海岸上静悄悄的海豹们高声宣布，"你们现在是愿意跟我一起到那个没有危险的海岛上去呢，还是愿意让我再教训你们一次？"

听了柯提克的问题，海岸上立刻传来无数小声的议论。接着，只听见成千上万只在刚才的战斗中弄得筋疲力尽的声音回答道："我们愿意跟你一起去。""我们愿意永远跟随着白海豹柯提克。"

听见这些回答，柯提克低下头来，自豪地闭上眼睛。此时此刻，他才发现自己从头到尾没有一片皮毛是白色的，而是通红通红的——那都是战斗中流出的鲜血啊。

一个星期以后，柯提克和他的队伍朝着北方那个神秘的海牛岛出发了，这支队伍差不多有一万多只大大小小的海豹，柯提克游在最前面，为这支浩浩荡荡的队伍领路。在挪瓦多拉海岸上，还有不少海豹继续待在那里，他们不愿意跟着柯提克迁移，他们还嘲笑那些跟着柯提克走的海豹是傻瓜。到了第二年春天，海牛岛的海豹跟挪瓦多拉的海豹在太平洋南方见面的时候，柯提克领导的海豹们把海牛岛的见闻讲给挪瓦多拉的海豹们听，接着更多的海豹离开了挪瓦多拉，迁移到了海牛岛上。当然，并不是所有的海豹一下子都愿意迁移到海牛岛，因为，一般地说，海豹并不是很聪明的动物，在接受每一个新事物的时候，他们总是需要用很长时间。尽管如此，挪瓦多拉以及附近海岛上的海豹们还是年复一年地不停地朝着海牛岛迁移。在海牛岛上，成千上万的海豹过着平静安宁的生活。他们的领袖柯提克呢，他的身体也长得一年比一年高大，一年比一年强壮，尽管他已经是一只成年海豹了，但是他还是常常跟那些年轻海豹们一起玩，无忧无虑地生活在那个人类的足迹永远也不能到达的神秘的地方。

咔咔的故事

这是咔咔单枪匹马英勇作战的故事。这场轰轰烈烈的战斗发生在印度一座平房的洗澡间里。在战斗发生的过程中，咔咔得到了一只名叫达热的缝叶莺和一只名叫卡得拉的麝香鼠的帮助。达热是一只以胆小怕事闻名的鸟儿，而卡得拉比达热还要胆小，你瞧，他成天绕着墙脚不停地跑来跑去，可是却连跑到房子中间去一步的胆量也没有。尽管这两个朋友都没能直接参加战斗，可是咔咔却在这场惊天动地的战斗中赢得了辉煌的胜利。

咔咔是一只獴，他祖祖辈辈都生长在印度这样的热带地方。他们为什么老是住在那儿呢？原来，那儿有许多毒蛇，獴的祖先都是捕捉毒蛇的能手，所以他们就把毒蛇多的地方当成了他们永久的家乡。也许是獴这种动物为当地人帮了不少忙的缘故吧，当地人都很喜欢他们，亲切地把他们叫做獴哥。咔咔是一只刚生下来不久的小獴哥，他的皮毛很像一只小猫，可是他的脑袋和他的脾气却很像一只黄鼠狼，他的眼睛粉红粉红的，他的鼻尖也是粉红粉红的，而且总是不停地东闻闻西嗅嗅。当他身上什么地方觉得痒痒的时候，不管什么地方，他的脚爪子都可以给自己挠痒痒，因为他有四只灵巧的爪子，可以伸到身体的每一个部位。有时候，他把自己毛茸茸的尾巴竖起来，就跟妈妈们洗瓶子的刷子一模一样。当他在草丛中向着敌人发起冲锋的时候，他的嘴里总是不停地发出咔咔的声音，所以认识他的人们又亲切地把他叫做"咔咔"。

有一年，天上连着下了许多天的大雨，地上的洪水把咔咔从他和爸爸妈妈一起居住的洞里冲出来。他顺着洪水冲啊冲啊，不知被冲了多远，他只知道耳边一直都在响着哗哗哗的水声。当他被冲到了大路边上的一条小水沟里的时候，咔咔突然发现身边冲过来一团杂草，他就赶快伸出自己前面的两只爪子抓住那团杂草，接下来发生了什么呢，他就一点也不知道了。等他醒来的时候，咔咔觉得自己正浑身脏脏地躺在一个院子中央的小路上，太阳照在他的身上，暖融融的。这时候，他耳边传来一个小男孩惊讶的声音："瞧，这儿有一只死獴哥，我们来给他举行一个葬礼吧。"

"别忙，"那个孩子的妈妈说，"我们把他拿进屋去，给他把身上弄干净，说不定他还没死呢。"

那位大个头的先生可能是孩子的爸爸，他用两个手指夹着咔咔脖子上的皮把他捡回房间里，他对家里人说，这只獴哥还没有死，他只不过是暂时昏迷过去了。他们用棉花和羊毛织成的布把咔咔包起来，还把他放到火炉旁边，让他身体慢慢暖和起来。没过多久，咔咔真的醒过来了，他睁开两眼，打了一个喷嚏。

"好了，"那位先生说，"我们别惊吓他，看他接下来想干些什么。"

其实，这位先生的担心是多余的，因为咔咔此时几乎全部心思都被眼前新鲜的东西吸引住了，他才不知道什么叫做害怕呢。要知道，作为一只獴，从咔咔祖先的时候开始，他们的家族就有一个永不改变的座右铭，这就是："手勤脚勤，探索不停。"咔咔是獴哥家族的优秀子孙，他当然不会违背这条庄严的祖训。他首先看了看身边的棉花和羊毛织的这块布，断定这是不能吃的东西，然后他在桌面上绕着跑了一圈，坐下来梳理他的皮毛，挠了挠身上痒痒的地方，最后，他爬到那个小男孩的肩头上。

"别惊吓他，泰德。"男孩的爸爸说，"他这是在跟你交朋友哩。"

"嗬，他在抓我的下巴呢。"那个叫泰德的男孩说。

咔咔爬到泰德的衣领旁边，顺着他脖子和衣领之间朝下面看了看，又把鼻子放到泰德的耳朵边上闻了闻，然后他爬到木地板上，坐下来用两只前爪擦了擦他的小鼻子。

"多漂亮的小家伙啊。"泰德的妈妈说，"一点儿也不像是一只野生的小动物，简直跟养乖了的小宠物一样，我猜他一定知道我们很喜欢他。"

"每一只獴哥都是这样的。"泰德的爸爸说，"只要泰德不去提他的尾巴，只要我们不把他关在笼子里，他一天到晚都会在我们房子里跑进跑出。我们还是快点给他一些吃的东西吧。"

他们给咔咔一小块肉，这是咔咔最喜欢吃的东西。等到他把这块肉吃完以后，咔咔慢慢爬到外面的大阳台上，坐在那儿把毛竖起来，让太阳把身上的湿毛全部晒干。等到浑身的毛都晒干以后，他觉得舒服极了。

"这座房子里一定有许多东西值得我探索。"咔咔心里想，"说不定我的爸爸妈妈一辈子都没有发现过这么有趣的地方哩。我一定要在这儿好好住一段时间，认真研究研究。"

在接下来的时间里，他几乎整天都在房间内外逛来逛去。有一次，他差点掉进洗澡盆里淹死。等他从那儿爬上来以后，他又爬到书桌上，把他的鼻子伸到墨水瓶里，把鼻子尖上弄得黑糊糊的。他还爬到泰德爸爸的膝上，看他怎样用笔写字，结果他的鼻子不小心触到他手上燃着的雪茄烟，差点把鼻子烫一个大水泡。到了晚上的时候，咔咔跑到泰德的房间里，他对桌子上燃着的煤油灯很感兴趣，目不转睛地看了老半天。等到泰德上床睡觉的时候，他也跟着爬到泰德的床上。可是，跟咔咔一起睡觉真不是滋味，你瞧，哪怕是夜里有一丁点儿声音，他都要爬起来看个究竟。整整一个晚上，他不知究竟爬起来多少次，弄得泰德一夜都没有睡好。泰德的爸爸妈妈听见泰德在床上翻来覆去睡不着的声音，他们过来想看看究竟发生了什么事情，这时候，他们看见咔咔正趴在泰德的枕头上，两只眼睛睁得大大的望着他们。"我不喜欢他这个样子。"泰德的妈妈说，"说不定他会咬咱们孩子的耳朵。""獴哥决不会干那种事情。"

泰德的爸爸回答说，"让泰德跟这么乖的小动物一起睡觉，总比让他跟一条大狼狗睡在一起更安全一些。再说，如果现在有一条蛇爬进屋来……"

泰德的妈妈打断了爸爸的话，她不相信会发生这么吓人的事情。

第二天一大早，咔咔骑在泰德的肩头上，跟泰德一起来到大阳台上吃早饭。泰德的妈妈给咔咔准备了一只大香蕉和一个煮熟的鸡蛋。咔咔在吃饭的时候，一会儿爬到这个人膝上，一会儿爬到那个人膝上，他知道泰德一家人都很喜欢他，他也很喜欢泰德和他的爸爸妈妈。咔咔是一只很有教养的小獴哥，因为他的妈妈曾经教过他，万一哪天他到一个人家里做客，他应该怎样做才不会让主人讨厌他。咔咔的妈妈年轻的时候也曾经在一个白人家里生活过很长一段时间，所以她在这方面有很丰富的知识。

吃过早饭以后，咔咔来到泰德家后面的大院子里，想看看这个院子里还有哪些新鲜玩意儿。这是一个很大的院子，只有一半的地方被整理出来种上了花草。还有很大一半没有整理出来，在这一半没整理出来的地方，有一座很大的凉棚，在凉棚四周，到处都是又深又浓密的杂草，还有长满刺的玫瑰、遮天蔽日的竹林，还有一丛丛的橘树。看见这片几乎快荒芜的地方，咔咔伸出舌头舔了舔嘴唇，心里想：这真是一个打猎的好地方。想着想着，他的屁股后面的尾巴不知不觉像瓶刷子那样竖起来。接着，他急不可耐地跳进那些荒树丛中，东闻闻，西看看，还不断地用四只爪子在地上刨来刨去。

突然，他听见头顶一棵长满尖刺的树枝上传来一阵悲哀的叹息声。抬头一看，原来是一只名叫达热的长尾缝叶莺和他的妻子正在那里长吁短叹，一副惨兮兮的样子。达热和他的妻子是一对很会过日子的夫妻，他们生来就具有一种奇怪的本领，可以用一些草丝丝把两片树叶缝在一起，做成一个漂亮的小窝，然后在这个小窝里放上柔软的棉花和绒毛，就成了一个舒适的安乐窝。此时此刻，这个小小的安乐窝正在微风中摇来摇去，达热和他的妻子正蹲在窝边哭泣呢。

"发生什么事啦?"咔咔关心地问。

"我们多悲惨啊。"达热回答说，"我们一个孩子昨天不小心从窝边掉下去，纳格抓住他，一口就把他吞到肚子里去了。"

"哎呀，真是太悲惨了。"咔咔说，"可是，我刚来这个地方，你们能告诉我，谁是纳格吗?"

达热和他的妻子正要回答，可是他们突然一下子把脑袋从窝边上缩了回去，连整个身子都躲到窝里去了。咔咔觉得很奇怪，他正要再次提问的时候，突然听见不远的草丛中传来一阵咝咝的声音，那声音充满了恐怖，让人一听就觉得毛骨悚然。咔咔十分警觉地跳到一边，朝着声音传来的地方悄悄地观察。渐渐地，那声音越来越近了，最后，咔咔终于看清了，原来那是一条黑色的大眼镜蛇，他就是纳格。这时候，纳格的脖子直竖着，从他长伸着的舌头到他的尾巴，足足有五尺长。此时此刻，纳格把他身体的三分之一竖在空中，为了维持身体的平衡，他让上半身在空中晃来晃去，就跟在风中摇摇晃晃的蒲公英一样。他两眼盯着咔咔，就跟世界上所有的眼镜蛇一样，眼光中永远都闪着那种恶狠狠的气息。

"你想知道谁是纳格吗？"他冷冰冰地说，"我就是纳格！上帝让我们一生下来就长成这个威风凛凛的模样，难道你不害怕么？"

他一边说，一边让自己的头昂得更高，胸前的那副眼镜模样的东西显得更加阴森恐怖。看见纳格这副不可一世的样子，刚开始的那一瞬间，咔咔真的禁不住有点害怕，可是，像他的祖祖辈辈一样，这种害怕的感觉眨眼间就从咔咔的心底里消逝得干干净净。虽然咔咔先前从来没有见过活生生的眼镜蛇是什么模样，但是他的爸爸妈妈不止一次地用眼镜蛇的肉喂他。而且他很早就从爸爸妈妈那儿知道，捕捉毒蛇是他们獴哥的天职，上帝让他们生到这个世界上，就是为了让他们一辈子跟毒蛇搏斗，就是让他们来吃尽天下的毒蛇。这一点，纳格心里也知道得十分清楚，所以，尽管他嘴巴挺硬，可是他的心灵深处却对咔咔充满了恐惧。

"真是这样吗？"咔咔冷静地盯着纳格，"不管你长得像什么模样，也不管你胸前的眼镜长得多么威风，我只想问一句：凭你胸前这副眼镜你就有权利把从窝里掉下来的小鸟吃掉吗？"

纳格没有立刻回答，他一边在思考着对付咔咔的方法，一边注意观察咔咔背后的动静。他知道，一旦这座院子里出现了一只獴哥，对于他和他的家庭来说，灭顶之灾只是时间迟早的问题。不过，既然现在还没有被这只獴哥消灭，纳格心里还抱着一线渺茫的希望：把咔咔从这个院子里赶走。想到这里，纳格低下了它高傲的脑袋。

"让我们平心静气地谈谈吧。"纳格对咔咔说，"你可以吃鸟蛋，我为什么不可以吃小鸟呢？"

"注意你背后！注意你背后！"这时，咔咔突然听见达热的叫声。

一听见这个声音，咔咔立刻就知道自己已经来不及回过头去观看背后。他猛地竭尽全力朝着空中跳去，到了空中他才看见，纳格娜，就是纳格的妻子，正好扑到了他刚才站的地方。刚才趁着纳格在跟咔咔说话的时候，她悄悄溜到咔咔背后，想趁咔咔不注意，一下子咬住他的脖子。谁知达热的叫声提醒了咔咔，让她的计划落了空，她气得大声地喷着咝咝声。

咔咔从空中落下来，正好落到纳格娜背后。如果他是一只老练的獴哥，他一定会抓住这个机会从后面咬住纳格娜的脖子，一口就让她送命。可惜咔咔太年轻了，他心里还多少有些害怕，害怕纳格娜回过头来再次向他发起进攻，所以没能抓住这次机会。他虽然咬了，可是没有咬中致命的部位，而且只是咬一口便放开了，一下子跳到那条眼镜蛇后面老远的地方，等他回过头来的时候，他看见纳格娜正又痛又恨，怒火万丈地盯着他。

"可恶！可恶的达热！"纳格一面愤怒地吼叫着一面朝着达热的窝猛扑过去，他想蹿到那个窝里把达热从里面抓出来，可是他没有成功。因为达热的窝修得比较高，正好在纳格够不着的地方。纳格朝上冲了两三次都没有成功，最终只不过把达热的窝弄得东摇西摆罢了。

　　咔咔觉得自己的眼睛又红又热（每一只獴哥生气的时候都是这个样子），他用尾巴和两条后腿支撑着身体，像袋鼠那样直立起来，一面朝着四周观察，一面在嘴里发出咔咔的声音，好像是在为自己吹起冲锋的号角。可是，纳格和纳格娜却突然从草丛中消失了，他们不知道溜到什么地方躲起来了。几乎所有的蛇类都有这样一个习惯：当他们进攻失败之后，他们什么也不会多说，也绝对不会给自己的敌人留下任何逃跑的痕迹。其实，纳格和纳格娜这时候一点也用不着这么小心，因为咔咔压根儿就没有想追踪他们。他之所以不想立刻追踪它们，是因为他知道自己不可能单枪匹马同时对付两条大蛇。所以，咔咔飞快地跑到院子里的宽阔地带，坐在石头路上思考下一步的对策。的确，这是一件重要的事情，一个他从来没有遇到过的严重的事件，他不得不仔细思考。如果你读过什么有关生物学方面的著作，那些书上说不定会告诉你说，如果一只獴哥在战斗中不小心被蛇咬伤，他就会退出战斗，跑到什么地方找到一种草药自己给自己治好创伤。其实，事实并不是这样。在獴哥跟蛇的战斗中，真正决定胜败的因素在于谁的眼明手快，除了獴哥以外，世界上再也找不出一种动物能够躲过蛇的突然袭击。的确，在出击的那一瞬间，蛇的动作实在是太迅速了，即便是闪电也没有那么快。可是，蛇的这种速度，在獴哥面前却一点作用也没有，刚才咔咔跳向空中躲过纳格娜那一招，就是一个明显的例子。这种天生的自我防卫的能力，比世界上任何一种仙药更加厉害。有了这一招，獴哥才用不着去找什么草药哩。咔咔是一只很年轻的小獴哥，所以，他一想起自己刚成功地逃过纳格娜从背后的进攻，心里就禁不住有点高兴起来。同时，他也从这次成功中间获得了更多的自信。这时候，听见泰德朝着他跑过来，咔咔准备像小宠物那样爬到泰德怀里好好撒一次娇。可是，正当泰德朝着他跑过来的时候，咔咔突然看见路旁的尘土里有个什么东西在扭动着，与此同时他听见一个微小的声音在叫道："小心，死神来了。"那不是卡尔艾特吗？他是一种剧毒小蛇，平时总是喜欢待在尘土里，他的毒液比眼镜蛇还厉害。而且，因为他的个头那么短小，平时很难被人们注意，所以他对人们的危害比眼镜蛇还厉害百倍。

咔咔的眼睛突然又红起来，他用一种古怪的姿势朝着卡尔艾特跳过去，这真是一种古怪的姿势，又像是摇滚舞，又像是打醉拳，任何人看了都觉得古怪。可是，要知道，这正是獴哥祖祖辈辈传下来的一种绝技，不到万不得已的时候，他们是决不会使用出来的。这种动作看起来十分古怪，可是却十分实用，因为，不管毒蛇从什么角度朝獴哥进攻，獴哥都可以凭借这种古怪的步伐躲过对手的攻击，同时置对手于死地。因为这是一种天性的遗传，所以咔咔直到这时候还不知道自己竟有这样的能力，如果他早就知道的话，他一定会给纳格夫妇以更加沉重的打击。眼下这条小蛇，虽然个头没有纳格夫妇那么大，可是他身体短小，转动灵活，如果咔咔不能敏捷地一下咬中它的脖子，他完全可能回过来向咔咔发动第二次进攻，他会咬破咔咔的眼睛，也可能咬破咔咔的鼻尖。可是，咔咔却并不知道这条小蛇的厉害，他只觉得对付这小家伙比对付刚才那两条大家伙容易。他红着双眼，前前后后地摇晃着身体，在那条小蛇身上寻找下口的有利部位。卡尔艾特朝着外面冲出来，咔咔朝着旁边一跳，试着冲进卡尔艾特卷起的尘土中去，可是那条小灰蛇来来去去总是让他不能靠近，咔咔只好一次又一次地从小蛇背上跳过去，而那条小蛇的脑袋总是一次又一次地追着他的脚后跟，好像甩也甩不掉似的。

　　这时，咔咔听见泰德的叫声："嘿，快来看呀。咱们的小獴哥正在咬一条毒蛇呢。"接着咔咔又听见泰德妈妈的惊叫声。听见泰德妈妈的叫声，泰德的爸爸连忙拿着一根木棍从房间里跑出来。可是，等他跑到院子里的时候，卡尔艾特已经逃出好远一段距离了。恰好，咔咔抓住卡尔艾特惊慌失措的机会，一下子跳到他背后，用嘴紧紧地咬住了他的脖子。这一口咬住了卡尔艾特的要害，这条小毒蛇一下子就被他咬昏过去了。正当他想把那条小蛇全部吃到肚子里去的时候，他突然想起吃得太饱会让自己行动起来不方便。作为一只勇敢的獴哥，他应该随时注意保持自己灵便的身体，这样才随时都有利于同那些突然出现的毒蛇搏斗。想到这里，咔咔从杂草丛里钻出来，他的头上和身上到处都是刚才搏斗时留下的灰尘。泰德的爸爸看见那只被咔咔咬断气的小蛇，他怕他还没有完全死过去，便走过去在那条小蛇的脑袋上狠狠地敲了几下。"这是什么意思呢?"咔咔心里想,"我早就把它摆平了。"这时候,泰德的妈妈把咔咔从灰尘中提起来,把他抱在怀里,惊喜地叫着说咔咔是她孩子的救命恩人,泰德的爸爸也称赞说咔咔是一个天才。泰德呢,却站在那儿,大睁着两只眼睛,呆呆地望着咔咔。咔咔一点也不明白这件事怎么会让这家人如此大惊小怪,他只是觉得这家人有点小题大做,有点可笑。说来也真是的,要是刚才咔咔不及时发现那条小毒蛇,泰德一脚踩到他面前,这家人早就大难临头了。想到这里,咔咔开始对自己刚才的勇敢行为感到满意起来。

那天吃晚饭的时候,咔咔在桌子上的酒杯之间走过来走过去,他吃了许多从来没有吃过的好东西,恐怕要比他平时吃的多出两三倍吧。可是,他心里老是对纳格和纳格娜放心不下,所以,尽管泰德一家这时候对他又是爱又是夸的,他的眼睛始终是红红的,即便是他趴在泰德肩上的时候,他的心里也还是想着那两条大眼镜蛇的,他的嘴里好像一直都在轻轻地发出咔咔咔咔的声音,那是他在搏斗的时候给自己鼓劲的号角。

睡觉的时间到了,泰德把咔咔抱到他的房间里,坚持要让咔咔挨着他的脸睡觉。咔咔是一个很懂礼貌的小家伙,所以他从来不用小爪子抓泰德的脸。可是,等到泰德睡着以后,他就从泰德的下巴下面爬出来,跳到床下,在屋子里东走西走,到处巡逻,一不小心,他跟那个喜欢在夜里出来游荡的麝香鼠卡得拉撞了个满怀。卡得拉是一个可怜的小动物,他常常在夜里跑出来，试着想跑到房子中间去，但是他却从来没有胆量离开墙脚。

"别咬死我，咔咔。"卡得拉向咔咔哀求道，"求你别咬死我。"

"你认为一位专杀毒蛇的勇士会咬死一只麝香鼠么？"咔咔不屑一顾地笑着说。

"杀死毒蛇的人迟早总会死在毒蛇手里的。"麝香鼠难过地说，听他此时的语气，好像比刚才更加难受，"我怎么才能在黑夜里让纳格不把我卡得拉当成你咔咔呢？要是他认错了人，我不是就当了你的替死鬼吗？"

"你一点也用不着担心。"咔咔对卡得拉说，"纳格住在院子里，你从来不到院子里去，他怎么会有机会跟你碰面呢？"

"我的表兄老鼠楚瓦告诉我说……"说到这里，卡得拉突然停下不说了。

"他究竟告诉你一些什么呢？"

"纳格什么地方都能钻进去，咔咔，我看你最好跟我表兄楚瓦直接谈谈，他就住在院子里。"

"我才不想跟他说话呢。你现在必须立即告诉我，他对你说了些什么？如果你不赶快回答我，我就咬死你。快说，楚瓦对你说了些什么？"

卡得拉坐在地上哭起来，一串串的眼泪从他的小胡子上滴下来。"我是一个多么可怜的人啊。"他抽泣着说，"我这一辈子胆小怕事，连试着跑到房间中央去一次的胆量都没有。好吧，我把一切都告诉你吧。你会相信我的话吗，咔咔?"

咔咔开始认真地听起来。这时候，夜静悄悄的，四周一点儿声音都没有。咔咔觉得他几乎能听见世界上最最细微的声音，哪怕是一只黄蜂趴在窗户格子上的声音他也能听出来。果然，他听见一阵细微的声音，他朝着那个发出声音的地方一看，原来是蛇爬过的时候留在墙上的一片蛇鳞，现在它正在一点点地干裂，细微的声音就是这片蛇鳞在干裂的时候发出来的声音。

"这一定是纳格留下来的，要不然就是纳格娜留下来的。"咔咔心里想，"他们一定爬到卫生间去了。你说得对，卡得拉，我应该找个时候跟你的表兄楚瓦面对面地谈谈。"

他连忙跑到泰德的卫生间去看了看，没有看见什么。他连忙又跑到泰德妈妈的卫生间去看了看。在这里，他看见泰德妈妈卫生间朝外放水的地方有一个洞，他轻脚轻手地爬到那个洞口。突然，他听见一阵说话的声音。声音很低，可是，咔咔一下子就听出来了，那是纳格和他的妻子在外面院子里的月光下说悄悄话的声音。

"等到这座房子里的人都死光了，"这是纳格娜在对她的丈夫说话，"那小坏蛋自然就不会待在这儿了。那时候，这座院子又会成为咱们的天下了。开始吧，纳格。记住，等你爬进去以后，那个用大木棍打死卡尔艾特的大个子男人是你第一个进攻的对象，只要先把他干掉，后来的一切都好办了。等你把他干掉以后，赶快出来告诉我，然后咱俩一起去对付可恶的咔咔。"

　　"你真的相信咬死了这家人咱们就可以得到什么好处吗?"纳格问他的妻子。

　　"如果你咬死了这家人,这儿的一切都会变成咱们的。你想想,如果房子里都没人居住了,那只小獴哥还在这个院子里待得下去吗? 一旦房子里的人死光了,咱俩就是这座院子里的皇帝和皇后。知道吗,咱们的孩子现在正在瓜地那边,他们马上就要从蛋里爬出来了,我可不希望他们一生下来就担惊受怕,没有房子住。"

　　"是啊,我怎么没有想到这些呢?"纳格说,"看来我真的应该去干这件事情。可是,等咱们把这家人咬死以后,你觉得还有必要去跟咔咔大战一场吗? 你瞧,我去咬死了那个大个头男人和他的妻子,如果可能的话,我还会咬死他的孩子。他们死了以后,这座房子空了,咔咔不是自己就会离开这里吗?"

　　听见纳格夫妇的罪恶计划,咔咔全身每一根毛都愤怒得竖起来了。他长这么大,还从来没想到这眼镜蛇竟然会有这么毒辣。正在这时候,他看见纳格的大脑袋从那个排水孔里钻了进来,接着它那条五尺长的黑糊糊的身体也跟着拖了进来。虽然满腔愤怒,可是一看见纳格那么粗大的身体,咔咔心里多少也有点害怕起来。纳格爬进卫生间以后,他把身体盘成一团,然后高高地昂起头来,静静地观察周围的情况。黑暗中,咔咔看见他的两只眼睛发出两道冷冰冰的蓝光。

　　"如果我把他杀死在这儿,纳格娜一定会听见。"咔咔心里想，"可是，如果我等他爬到屋里的宽地板上再动手，那儿的地形反而对他更加有利。我究竟应该怎么办呢？"

纳格昂着头看了一会儿之后，便朝着一个大水缸爬过去，那是泰德的爸爸妈妈装洗澡水的大缸。他把脑袋埋到水缸里，咕噜咕噜地喝起来。喝了一阵之后，他满意地抬起头，自言自语地说："这地方真不错。那个大个头男人在打死卡尔艾特的时候，手里拿着一根大木棍，现在那根大木棍可能还在他手里。如果我就在这儿等着，等到他明天早上来卫生间的时候，他手上一定没有带那根木棍，那时候我就用不着怕他了。好，我就在这儿等着他。你听见了吗，纳格娜？我要在这儿舒舒服服地等到明天早上再下手。"

水洞外面没有回答，咔咔知道纳格娜已经爬到别的地方去了。纳格又低下身子，他绕着那只水缸盘了一圈又一圈。咔咔呢，他一动不动，就像死了一样安静。过了差不多一个小时，他开始朝着水缸面前一寸一寸地移过去。这时候纳格已经睡着了，咔咔仔细观察他那又粗又长的身体，不知该从哪儿下口。"如果我第一口不能咬中他致命的部位，他就会反过来跟我拼命，如果他跟我拼命……哦，咔咔，你到底该怎么办呢？"他盯着纳格头顶下面那又肥又粗的脖子，他想朝那儿下口，可是那儿真的是太粗了。他又朝纳格的尾巴看了看，尾巴的部位倒是不太粗，可是在那儿下口只能把纳格激得更加疯狂。

"我应该咬他的脑袋。"最后咔咔对自己说，"一旦我咬住了那个部位，我一定不能放口，一定要死死地咬住他。"

想到这里，咔咔一个箭步跳上前去，死死地咬住纳格的脑袋。说来也巧，正当他朝着纳格下口的那一瞬间，纳格的脑袋离开水缸有一两寸远，这样一来，咔咔咬中的部位就更加准确。在咬定纳格的那一瞬间，咔咔用自己的背靠着水缸，他想用这样的办法来控制纳格的挣扎。虽然这一切都发生在短短的一瞬间，但是咔咔的每一个动作都做得天衣无缝。紧接着，一场龙争虎斗的场面出现在泰德家的卫生间里。那条被咔咔咬住脑袋的大蛇拼命地挣扎着，他扭动着巨大的身躯，把脑袋朝着左右的地板上拼命地摔打，想把咔咔从他的脑袋上摔下来。那场面简直就跟一条大狗嘴里叼着一只小老鼠在地上摔来摔去一样，一会儿朝前摔，一会儿朝后摔，一会儿绕着圈子摔，只听见整个卫生间里叮叮咚咚响成一片，一会儿舀水的勺子掉在地板上了，一会儿装香皂的盒子掉在地板上了，一会儿又把澡盆碰得震天响。咔咔觉得这样下去自己很可能会被纳格摔死，可是他还是紧紧地咬着纳格的脑袋，而且越咬越紧，越咬越紧。而且，为了他们獴哥家族祖祖辈辈的荣誉，他宁愿牺牲自己年轻的生命，也不会松开他的牙齿。他开始感觉得脑袋嗡嗡嗡地响个不停，浑身上下像火烧一样痛，正当他觉得自己已经呼吸困难的时候，突然觉得一声惊天动地的声音，他顿时觉得自己的整个身体都被裂成了千片万片，同时他还感觉到一阵火一样的热浪把他掀翻在地上。原来，咔咔跟纳格的搏斗声惊醒了正在睡觉的泰德的爸爸，他赶到卫生间里用他手里的一支火药枪，对着那条眼镜蛇的脖子狠狠地开了一枪。这一枪正好击中纳格的要害部位，同时差点把咔咔的耳朵都快震聋了。

咔咔觉得自己已经死了，他紧紧地闭着两只眼睛，他的脑袋一动也不动。泰德的爸爸走过来，用两个手指把他从地上拎起来。他说："又是咔咔，快来看呀，艾丽丝（这是泰德的妈妈的名字），这小家伙又一次救了我们全家。"听见丈夫的叫声，泰德的妈妈赶到卫生间，当她看见躺在地上的那条大蛇的时候，她的脸色一下子变得一片苍白。正当他们惊魂未定的时候，咔咔却拖着疲倦的脚步朝着泰德的房间走去，他躺在泰德的床上，几乎整个后半夜都在不断地摇动着他的身体，因为，直到这个时候，他还不能确定自己的身体是不是真的被纳格摔成几十块了。

天亮的时候，他觉得浑身酸疼，可是他对自己昨天夜里的勇敢行为觉得十分满意。"现在，接下来的问题就是怎样对付纳格娜了，这家伙一定比五个纳格还厉害。此外，我还不知道她说的那些蛇蛋究竟藏在什么地方。天啊，我现在必须马上去看看达热，说不定纳格娜已经对达热一家下毒手了呢。"

他已经等不及吃早饭，急急忙忙赶到院子里。等他赶到达热的窝下面一看，发现达热和他的妻子正在那根树枝上高声地唱歌庆祝咔咔昨天夜里的胜利呢。纳格被处死的消息已经传遍了整座院子，因为泰德家的清洁工昨天晚上就把纳格的尸体扔到了院子里的一根树枝上。

"你这个不知道天高地厚的大傻瓜。"咔咔对着达热大叫道，"现在是庆祝胜利的时候吗？"

"纳格已经完蛋了，完蛋了，完蛋了……"达热继续唱道，"勇敢的咔咔咬住他的脑袋，咬得紧紧。泰德的爸爸用发火的棍子把他打成了两半截，他再也没有机会吃掉我的孩子了。"

　　"你的话并没有什么不对。可是你知道纳格娜现在在什么地方吗？"咔咔一面问，一面小心地朝着他周围的地方观察。

　　"纳格娜从水洞里爬进去找她的丈夫。"达热继续唱道，"可是她的丈夫却坐着一根木棍从房间里出来了——因为那个仆人把他的尸体挑在一根木棍上，然后把那个尸体扔在一根树枝上。让我们唱吧，歌唱伟大的红眼睛，伟大的咔咔。"

　　"如果我能爬到你的窝里去，我一定把你的鸟蛋摇到地上去。"咔咔生气地说，"你是一个大傻瓜，你压根儿就不知道该在什么时候做什么事情。你倒好，舒舒服服地躲在自己的安乐窝里，却不知道一场生死决战正摆在我的面前。请你安静一会儿好吗，达热。"

　　"好吧，看在伟大的、英俊的咔咔的面子上，我不再唱了。"达热说，"你想知道些什么呢，杀死纳格的大英雄？"

　　"我再问你一次：纳格娜现在在什么地方？"

　　"她正在那根树枝旁边的马棚下面为她死去的丈夫哭泣呢。"

　　"那么，你能不能告诉我，纳格娜把他们的蛇蛋藏在什么地方呢？"

　　"就在瓜棚附近的墙根下面，那个地方几乎整天都能照到太阳。几个星期以前他们夫妇俩就把蛇蛋藏在那儿了。"

"你怎么从来没有想过早点告诉我呢？你是说就在那面墙脚下面吗？"

"你该不是想去吃掉他们的蛇蛋吧，咔咔？"达热问。

"不，不完全是这样。达热，如果你还有点头脑的话，我请你飞到马棚那边去，假装翅膀受了伤，让纳格娜来追你，你一直把她引到这片草丛中来。我想到瓜棚那边去，如果你不把她引开，我就会被她发现。"

达热是一只头脑简单的小鸟，他的小脑袋里一次只能装下一些简单的念头。他知道纳格娜的蛇蛋会像他的鸟蛋一样，今后会孵出小蛇来，可是他却不能想到现在杀死蛇蛋跟将来杀死小蛇是一样的事情。所以他只觉得杀死蛇蛋是一件不公平的事情。可是他的妻子比他聪明，她知道现在的蛇蛋就是将来的眼镜蛇。所以她主动飞出鸟窝，照着咔咔的话去做，让她的丈夫在窝里一面照顾孩子，一面继续唱他的歌。说实话，达热有时真的像一个傻乎乎的丈夫。

达热的妻子飞到纳格娜的头顶上，扑扑地扇动着她的翅膀，嘴里哀声叫道："哎哟，我的翅膀受伤了，房子里的那个顽皮的男孩扔了一个石头打断了我的翅膀，好痛哟，好痛哟。"同时，她装出一副越来越痛苦的样子。

听见达热的妻子在头顶上痛苦的叫声，纳格娜抬起头来一看，恶狠狠地说："昨天我眼看就要从背后咬住咔咔的脖子，都怪你这个多嘴多舌的家伙。现在好了，总算轮到你倒霉了，在我面前哭爹叫娘，你可选错了地方。"纳格娜一边说着，一边朝着达热的妻子迅速地爬过来，她爬过的地方扬起一阵灰尘。

"那男孩打断了我的翅膀，好痛哟，好痛哟。"达热的妻子继续叫道。

"好的，好的！我可以给你一个让你感到安慰的消息：我一定会让那男孩为打伤你付出血的代价。只是有一点，你今天早上就必须先死在我手里。今天早上我的丈夫被那孩子的爸爸打死了，他现在正无声无息地躺在树枝上。不过，今天晚上天黑之前，我向你保证，我一定要让那男孩也无声无息地躺在什么地方。你别跑啊，你朝哪儿跑都没用，我会抓住你的。你这个小傻瓜，瞧我的吧。"

达热的妻子可不是一只普通的鸟儿，她是一只极聪明的鸟儿。一般地说，如果是一只普通的鸟儿，当他看见眼镜蛇的那双冒着火一样的红红的眼睛的时候，差不多都会吓得连飞的力气都没有了。可是达热的妻子可不同，她对眼前的情况始终保持着清醒的头脑。她继续在地上扇动着她的翅膀，嘴里不停地发出痛苦的叫声，看见这种情况，纳格娜加快速度朝着这只小鸟扑过来。

听见纳格娜被达热的妻子引开之后，咔咔迅速地朝着瓜棚那边的墙脚跑过去。在那儿，他飞快地刨开被纳格娜捂热的泥土，很快就发现了她藏在那儿的二十五个蛇蛋，每个蛇蛋的大小都跟鹌鹑蛋差不多，只不过蛋壳软软的，颜色也白得吓人，不像鹌鹑蛋那样长着花色的硬蛋壳。

"我真是来得太巧了。"咔咔自言自语地说，因为他看见那些白色的软壳里面已经装着一条条的小眼镜蛇，他们眼看就要从蛋壳里面爬出来了，一旦他们从蛋壳里面爬出来，他们就会像他们的爸爸妈妈一样去伤害人类，也可能伤害獴哥。一看见这种情形，咔咔张开尖利的牙齿，朝着那些蛇蛋一顿狂咬，咬完之后，他还绕着那个蛇蛋窝仔细看看那些小毒蛇是不是都被他完全咬死了。可是正当他发现还有三个蛇蛋还没有被完全咬破的时候，他突然听见达热的妻子一阵紧张的叫声。

"咔咔，咔咔，快！快！我把纳格娜引到了那座房子里，她现在已经爬到那个大阳台上了，她马上就要朝着房间里的人发起进攻了。"

听见这个紧急的叫声，咔咔一脚把面前的两个蛇蛋踩得稀烂，同时顺口把第三个蛇蛋叼在嘴里，转身就朝着大阳台那边飞奔而去。等他跑到餐厅，正是泰德和他的爸爸妈妈吃早饭的时候。可是他们此时却既没有拿叉子，也没有拿面包。他们三个人的脸色都吓得像死人一样的苍白，他们的身体都像泥塑木雕一样站在那里一动不动，他们的眼睛都呆呆地盯着泰德椅子旁边的地毯上，咔咔顺着他们的目光望过去，这时他才发现，那儿正盘着一条大眼镜蛇。原来，纳格娜已经蹿到了泰德的家里。她此时的位置离泰德还不到半步，她已经昂起了头，只要她一伸头，就可以咬中泰德的小腿。到了这个时候，纳格娜觉得胜利已经完全落到了自己的掌握之中，你瞧她的脑袋，正在左摇右晃，她的嘴里已经禁不住哼起了胜利的凯歌。

"你的爸爸杀死了我丈夫，你是我仇人的孩子，你给我乖乖地坐在那里。我还没有准备好哩。"纳格娜嘴里喷着咝咝声说，"你们三个人都给我乖乖地坐着，一个也不准动。谁要是敢动一动，我就对他不客气。当然，即便是你们一动也不动，我照样要对你们不客气！快说，你们这些蠢货，谁杀死了我的丈夫！"

泰德被吓得手足无措，他两眼盯着他的爸爸，他的爸爸也紧张到极点，他只好轻轻地对泰德说："就那样坐着，一动也不准动，泰德。你千万不能动，千万不能动，泰德。"

这时候，咔咔突然大叫起来："转过身来，纳格娜！转过身来，今天不是你死就是我活。"

"哈哈，小家伙，你来得太及时了。"纳格娜好像并没有把咔咔放在眼里，她的两只眼睛继续盯在泰德和他的爸爸妈妈身上，"我心里正在想着你呢。你看见了吗，你看见你的这些朋友了吗？他们一个个都被吓得脸青面黑，这样子多可笑啊。他们现在一动也不敢动了，如果你敢朝着我这边逼近一步，我就立即朝他们下口，决不客气。"

"快去看看你的蛇蛋吧，纳格娜，在瓜棚那边的墙根下面。"咔咔说，"赶快去看看吧。"

这条大毒蛇侧过半边脑袋来，她看见咔咔扔在大阳台上面的蛇蛋。"嘿，还给我，把我的蛋还给我。"她说。

咔咔把他的两只前掌放在那个蛇蛋的两边，血红血红的两眼直盯着纳格娜。"为了这个蛇蛋，为了这条小蛇，为了这个未来的毒蛇的小王子，特别是为了你们家族这最后一根独苗苗，你必须付出重大的代价。你藏在瓜棚那边的二十多个蛇蛋现在早就变成肉饼了，蚂蚁正在吃他们呢，你还不赶快去向他们告别。"

一听说这是她最后一个幸存的蛇蛋，一看见她最后一个幸存的蛇蛋被咔咔抓在手里，纳格娜顿时忘记了一切，她拼命地朝着咔咔这边扑过来抢她的蛋。趁着这一瞬间，泰德的爸爸闪电一样地伸手一把抓住泰德的胳膊，隔着桌子一把将他从椅子上提到桌子的另一边，提到纳格娜的攻击圈之外。

"中计了，中计了，中计了。"咔咔高兴地叫起来，"泰德安全了。现在我可以告诉你，昨天晚上是谁杀死了纳格：是我在卫生间里咬住他的脑袋，是我，是我是我。"说到这里，咔咔禁不住手舞足蹈起来，他的四肢同时从地上跳起来，可是他的头离地面却很近。"我咬住他的脑袋，他的身子甩来甩去，想把我甩掉，他把我甩得好痛好痛，可是他却没法把我甩掉。还没来得及等到泰德的爸爸用火药枪把他打成两半截他就已经死在我的牙齿下面了。是我杀死了你的丈夫，咔咔，咔咔。来吧，纳格娜，来跟我决一死战吧。用不了多长时间，你就再也不会为自己当寡妇感到悲伤了，因为我很快就会把你的灵魂送到你的丈夫身边去了。"

纳格娜看见她已经失去咬死泰德的机会，她那最后一个蛇蛋还在咔咔两只前脚之间。"把我的蛋还给我，把我最后一个蛋还给我，咔咔，只要你把那个蛋还给我，我就永远离开这个地方，再也不回来了。"说到这里，刚才还高昂的脑袋低了下来。

"你当然要永远离开这个地方，你当然永远不能回来了，因为你的尸体马上就会到那根树枝上面去跟纳格待在一起。赶快动手吧，纳格娜，赶快跟我拼命吧。你没看见泰德的爸爸已经去拿他的火药枪了吗？你不趁着这个机会把我打败，你还等什么呢？"咔咔叫道。

咔咔不停地跳来跳去，他的两只小眼睛红得像两颗燃烧着的火炭，他的身影总是围绕着纳格娜，可是纳格娜的每一次进攻总是咬不到咔咔身上。纳格娜把她的身体盘成一团，像箭一样朝着咔咔射过来，可是咔咔的动作比她还快，她的身体还没有扑到他面前，他早已跳到更远的地方去了。纳格娜一次又一次地进攻，可是她的脑袋每一次都重重地落在大阳台的地面上，然后她再一次把身体盘在一起，绕成几圈，就像钟表的发条一样。看见她有气无力的样子，咔咔跳到她的背后，她赶快回过头来把头对着咔咔，十分害怕咔咔从后面咬住她的脖子。这时候，咔咔听见纳格娜的尾巴发出一阵阵恐怖的响声，这声音平时听起来有点像水流的声音，可是这时候却变得像几片干树叶在风中沙沙作响一样难听。

这时候，不知怎么搞的，咔咔只顾跟纳格娜周旋，竟然把那个蛇蛋给忘了。现在，那个蛇蛋正孤零零地躺在大阳台上。趁着咔咔跟她周旋的空当，纳格娜一点一点地朝着那个蛇蛋靠近。接着，抓住咔咔喘气的一瞬间，她突然扑上去一口把那个蛇蛋叼在嘴里，还没等咔咔完全明白怎么回事，她转身就朝着院子里的深草丛溜去。她溜得多快呀，简直就跟刚从弓上射出来的箭一样，转眼就溜下大阳台的台阶。咔咔好像突然明白过来，他拼命地跟着纳格娜的身后追上前去。他心里十分清楚，一旦纳格娜带着她那颗蛇蛋从院子里逃走，一两年以后，危险又会再次降临到泰德一家的头上。这时，只见纳格娜一直朝着达热筑窝的那棵树旁边的深草丛中飞快地蹿过去，眼看就要蹿进草丛中了，可是此时正待在那棵树枝上的达热却还在一个劲地唱着他那支关于咔咔胜利凯旋的歌。你瞧，世界上恐怕再也找不出比达热更愚蠢的鸟儿了。幸亏他的妻子还算聪明，她发现纳格娜就要蹿进深草丛了，就赶快飞过去，一边追踪纳格娜，一边用她的翅膀不断地扑打那颗大大的蛇脑袋。如果达热这时候也飞来帮一下忙，说不定他们还能把纳格娜缠在那儿。可惜那家伙只顾唱他的歌，纳格娜把她的头放得低低的，终于蹿进了深草丛中。不过，话又说回来，达热的妻子虽然没能阻止纳格娜，但是她的干扰毕竟让纳格娜逃得稍微慢了一些。正是抓住这一丁点儿时间，咔咔总算追了上来，正当纳格娜的身体差不多全都钻进那个老鼠洞的时候，咔咔那两排尖利的小白牙齿从后面及时地咬住了她的尾巴。纳格娜被咬痛了，她朝着洞里使劲一拉，竟把咔咔一起拉进了洞里。说实话，就算所有的獴哥都是捕蛇的专家，但是能像咔咔这么年轻同时又这么灵活的獴哥确实不多见。老鼠洞里黑咕隆咚的，咔咔什么都看不见，至于什么地方纳格娜会转过身来向他进攻，他心里真的是一点数都没有。他死死地咬住纳格娜的尾巴，同时开始伸出四肢试着使劲抓住洞壁四周的泥土，希望能通过这样的办法把纳格娜拉住。咔咔和纳格娜现在完全到了地洞里，地面上的草叶又一次像刚才那样悄悄地平静下来。看见这种情形，傻乎乎的达热认为咔咔一定遭到了纳格娜的毒手，所以他开始悲哀地唱起来："咔咔的生命完结了。咔咔的生命完结了。让我们为他唱一支送葬的歌。英勇的咔咔壮烈地献出了他年轻的生命。因为可恶的纳格娜已经把他杀死在地上。"

就这样，达热不停地唱起他临时编出来的悲哀的歌。也不知唱了多长时间，当他再次朝着那个老鼠洞望去的时候，他突然发现老鼠洞前的野草再次摇晃起来，紧接着，他看见咔咔的脑袋从那个洞口冒出来了，满脑袋都是泥土，同时满嘴都是血迹，他一边朝外爬，一边还不停地舔他嘴边的胡子。一看见这种情景，达热禁不住惊讶地大呼小叫起来。咔咔呢，他像平时一样，平静地抖着身上的尘土，打了几个喷嚏，然后平静地说，"一切都搞定了，这个可恶的寡妇永远也不会从这个老鼠洞里爬出来了。"那些住在树根脚下的红蚂蚁听见咔咔说出这个让他们高兴万分的好消息，他们立即成群结队地爬到老鼠洞里，想快点看看咔咔的话是不是真的。

咔咔走到一片软软的青草地上，倒在那里就睡着了，他睡得好香啊，差不多睡了整整一个下午。真的，昨天夜里就没有睡好，今天上午又进行了这样一场激烈战斗，他真的是累极了。

"现在，我应该回到房间里去了。"等到醒来的时候，咔咔大声地说，"达热，你快去告诉铜匠，让他把纳格娜已经死了的消息通知整个院子。"

咔咔说的铜匠实际上是一只鸟的名字，因为他叫起来的声音老像是街上那些铜匠敲打铜器的声音，所以大家都把他叫做铜匠。这位铜匠有一个奇怪的习惯，他总是喜欢飞到每一个村庄，把各种各样的消息告诉那些愿意听他说话的人。当咔咔从院子里走回房间的时候，他就听见了那个奇怪的声音，那个声音唱道："叮叮当，叮叮当，纳格娜已经见阎王；叮叮当，叮叮当，纳格娜已经见阎王。"听见铜匠的歌声，院子里所有的动物都高兴得跟他一起唱起来了。尤其是那些生活在水池边的青蛙，纳格娜的死对他们简直是天大的喜讯。因为纳格娜常常吃青蛙，比她吃小鸟还厉害。

咔咔回到房间里的时候，泰德、泰德的妈妈（直到此时，她的脸色看上去还没有恢复血色）和泰德的爸爸几乎是惊叫着跑出来迎接他，拥抱他。那天晚饭的时候，咔咔坐在桌子上，想吃什么就吃什么，一直吃得他连路都走不动的时候才停下来。那天晚上他就睡在泰德的肩头旁边，泰德的妈妈和爸爸晚上来看过他们几次，每次都看见咔咔睡得很乖。

"他救了泰德的性命，也救了咱俩的性命。"泰德的妈妈对泰德的爸爸说，"他救了我们全家的性命。"

听见泰德的妈妈的话音，咔咔一下子跳了起来，因为所有的獴哥睡觉的时候都是这么警觉的。

“原来是你们啊。”咔咔说，“你们半夜三更跑到这儿来干什么呢？院子里所有的毒蛇都死光了，即便是他们没有死光，还有我哩。”

　　的确，咔咔有百分之百的理由感到自豪。可是他却从来不骄傲自满，他把保卫院子的安全当成他自己应该做的事情。他成天都在院子里又跑又跳，又磨牙齿又练腿脚，从此以后，再也没有一条眼镜蛇胆敢朝着泰德家的院子里探头探脑了。

象神吐迈

　　卡纳格是一头大象，人们最初把他从森林里抓住的时候，他才刚刚满二十岁。许多年过去了，现在他已经是一头快满七十岁的老象了，至今为止，他为印度政府整整服务了四十七个年头了。在这四十七年的时间里，世界上大象所能干的工作，他几乎没有一样没干过。直到今天，他还清楚地记得1842年阿富汗战争的时候，那些人赶着他从泥坑里往外拉大炮的情景，那些人围在他的身后，拼命地赶着他朝前走，他们还用皮鞭使劲地抽打他的前额。当时，他还没有完全成年哩。那天，他的妈妈也在被驱赶的大象中间，妈妈对卡纳格说，像他这种乳牙还没有掉完的年轻小象应该特别小心，千万别让自己的身体受到伤害。卡纳格是一个乖孩子，他把妈妈的话记在心里，所以处处都非常小心地保护自己。哪怕是身边一件小小的意外，也会把他吓一大跳。记得有一次，他正在几个士兵身边玩耍，突然身边一个河蚌爆裂开来，他吓得惊叫着朝后面跳，结果正巧跳在那几个士兵竖放着的步枪堆上，那些步枪上面的刺刀把他身上那些嫩肉刺得到处都是鲜血。随着年龄一天天地长大，卡纳格的胆子越来越大了，等长到差不多二十五岁的时候，他已经什么都不害怕了。因为努力地为人们工作，而且常常为政府工作，卡纳格从小就深得他主人的宠爱，他们照顾卡纳格就像照顾他们自己的孩子一样。卡纳格还清楚地记得他曾经不止一次地帮助他的主人把成吨成吨重的帐篷驮到印度北方的高地上去；他还记得，有一次他被人们用起重机吊到用蒸汽机开动的船上，然后那只大船把他运到一个离印度十分遥远的地方，到了那儿以后，人们让他驮着沉重的大炮在一片到处都是岩石的山区去打仗。在那次战争中，卡纳格还亲眼看见舍多尔皇帝死在一个叫做马达拉的地方。而他自己呢，却很幸运地捡回了这条性命，他不但被人们用蒸汽船运回了家乡，而且还被授予了一个阿比西尼亚战争勋章。又过了十年，在一个叫做阿里·马什杰德的地方，许多大象都死了，不是死于寒冷，就是死于疾病，要不就是死于饥饿，再不然就是因为受不了那儿火炉一样的阳光照射。伙伴们死了，卡纳格却活了下来，接着他就被送到南方千里之外一个叫做毛淡棉的地方去干运输麻栗树的工作。在那儿，卡纳格遇见一头年轻的大象，那头大象在干活的时候总是懒洋洋的，卡纳格生气了，他差点把那家伙杀死在工地上。

因为卡纳格在工作中的特殊表现，他在毛淡棉没有干多久，就被派去干一种特殊的工作，这就是帮助人们从森林里捕获野象并且驯服他们。这是一件技术性很强的工作，一般的大象常常需要接受很长时间的驯养之后才能来干这种工作，可是卡纳格几乎什么训练都不需要，就能够干得十分出色了。在印度，大象是一种受到政府严格保护的动物。政府有一个特别的机关，这个机关的工作就是负责捕获大象，然后驯服大象，然后再按照政府的需要把这些驯服了的大象送往全国各地去从事各种各样的工作。卡纳格是一个身材高大的大象，站直了的时候，他的肩头到地面几乎有一丈高，负责驯养他的那个人把他的两根巨牙锯断了差不多一半，然后用铜皮把锯断的地方包起来。尽管这样，卡纳格这两根半截的大牙还是比那些长着尖牙的野象勇猛百倍。在搏斗的时候，没有一头野象敢于跟卡纳格作对。在通常情况下，卡纳格跟那些人捕捉野象的程序大概是这样的：他们顺着森林追赶大群大群的野象，经过几个星期日夜不停的追赶之后，四五十头野象最后都被追到了一个地方。在那个地方，人们早就安排了木栅门，等那些野象冲进木栅门之后，那些木栅门立即掉下来，把野象们全部关在里面。等到那些野象发现自己被包围之后，他们常常会发疯一样横冲直撞。这时候，别人的工作就是骑在驯象背上，用早已准备好的粗绳子把那些个头小一些的野象套起来，而卡纳格和他的主人的工作却是负责对付那些最强壮最粗野的家伙。每当这个时候，卡纳格的神威就表现出来了，他对着那些高大的野象冲过去，用他的身体把他们逼到角落里，再不然就是用他粗大的鼻子朝着那些野象毫不留情地一阵乱打，再不然就是用他那半截巨牙狠狠地敲击那些野象的后腿，把他们打翻在地上，直到那些野象乖乖地低头认输。卡纳格征服了一头大象之后，立即又朝着另一头大象冲去……就这样，经过了一场又一场的混战之后，卡纳格变成了最受人们尊重的英雄。的确，不管从什么角度来看，卡纳格都不愧为一个英勇善战的英雄，他不仅有跟野象战斗的经验，而且不止一次地跟各种各样的森林野兽搏斗，而且每次都是以他的胜利告终。他还不止一次地打败受伤的老虎，当他面对这种凶恶万分的对手的时候，他总是高高地站着，眼观四路，耳听八方，不管对手从什么部位朝着他进攻，都无法对他造成任何伤害，他还知道怎样把鼻子卷起来，等着朝他扑过来的对手跳到半空中的时候，突然甩开鼻子把对手狠狠地打在地上（而且，最重要的是，这一切技巧都是卡纳格无师自通，自己发明出来的!)，最后，直到那些浑身长着条纹的家伙魂归西天，卡纳格才走上前去拖着他们的尾巴，不屑一顾地把他们甩在一边。

"是的，在这世界上，卡纳格只怕我一个人。他已经陪伴了我们家祖孙三代，而且他还会陪伴我家的第四代传人。"

说这句话的人是一个叫做大吐迈的印度人，他现在负责为政府看管卡纳格，所以我们几乎可以把他叫做卡纳格的主人。他的爸爸叫做黑吐迈，黑吐迈就是那个带着卡纳格去阿比西尼亚驮大炮的人。黑吐迈的爸爸叫做大象吐迈，他就是亲自到森林里捕捉卡纳格的那个人。从大象吐迈到大吐迈，他家已经有三代人为政府服务，负责饲养和驾驭卡纳格。

"卡纳格也害怕我。"听见爸爸那么说，站在旁边的小吐迈也昂着头说。小吐迈还是一个刚刚一米出头的小男孩，除了一块粗麻布披在他身上以外，他几乎什么衣服也没有穿。他今年十岁，是大吐迈最大的孩子。根据印度人的传统，等他长大以后，他会接替他爸爸的位置，坐到卡纳格的脖子上，手里握着他爸爸、他爷爷、他祖祖用过的那根早已油光发亮的铁制的象鞭，继续为政府饲养和照顾这头大象。小吐迈知道自己在说些什么，因为他从小就生活在卡纳格的周围，他刚刚开始学走路的时候，就扶着卡纳格的四条柱子一样的巨腿绕来绕去，他刚刚学会走路不久，就带着卡纳格到水边去玩。当大吐迈把光着屁股的小吐迈抱到卡纳格的鼻子面前，告诉他说这就是他未来的小主人的时候，卡纳格顺从地向这个小主人低下头表示他的臣服。"他害怕我！"小吐迈一边说，一边走过去，把他的小脚放在卡纳格的鼻子前面，他一面把卡纳格叫做大肥猪，一面命令他用鼻子抬起他的左脚，又抬起他的右脚。

　　"哇！你是一头多漂亮的大象啊。"小吐迈一边摇晃着他那一头乱七八糟的头发，一边学着他爸爸的样子对卡纳格说，"英国人的政府会出钱来买大象，但大象属于我们印度人，我们不卖给他们。等你老了的时候，一定会有一个很有钱的印度贵族会看中你，因为你长得这么威风，而且你的行为这么优雅，他会出钱把你买去，到那时候，你就再也不用干扛木头这样的重活了。你每天的工作就是戴着金子做的耳环，背上放着金子做成的鞍子，肚子的两边披着红色的绸布，走在国王仪仗队的最前面。到那时候，我就坐在你的脖子上，啊，卡纳格，那时我手里一定拿着银子做成的象鞭。国王的那些仪仗队员手里一定拿着金子做成的棍子，在我们的前面一边走，一边为我们开路，他们嘴里不停地叫喊：'闪道，闪道，赶快给国王的大象闪道！'那样的场面真是太妙了，可是，卡纳格，我还是觉得像你现在这样，天天在丛林里的生活好像更舒服一些。"

"哈！"听着小吐迈说出这样的话，他的爸爸禁不住笑起来，"你真是一个没有见识的孩子。像卡纳格这样天天在山沟沟里爬上爬下，哪能有多大出息哟。我的年龄一天天老了，我一点儿也不喜欢跟野象打交道。我多希望有一天能生活在一个固定的地方，在那儿每一头大象都有一个属于自己的象棚，在那一片象棚前面还应该有一条宽阔的大路，让这些辛苦了一辈子的大象每天都有机会到象棚外面散散步。比起咱们现在这种成天扛着帐篷跑来跑去的生活，那真是一种天堂一样的生活呢。对了，我们去过的科汶坡就有这样一个远近闻名的象棚，那儿的生活真不错，不但离市场很近，而且那儿的人每天只做三个小时的工作。"

小吐迈去过那个叫做科汶坡的地方，听了大吐迈的话之后，他闭上了自己的小嘴巴。说实话，小吐迈很喜欢这种帐篷里的生活，他对那种定居下来的生活一点也不感兴趣。他也不喜欢那些宽阔而平坦的大路，一眼就能望到尽头，什么趣味都没有。而且，住在那些地方的人每天都要到外面去割草，还要劳神费力地把那些草背回家去喂大象。他们在那儿居住的那段日子里，小吐迈一天到晚什么事情都不能干，只好待在家里，眼睁睁地看着被拴在木柱上的卡纳格成天围着那根木柱转来转去。小吐迈究竟喜欢什么呢？他喜欢骑在卡纳格背上去爬那些只有大象才爬得上去的山路，然后顺着那些山路一直溜到深深的山谷里去；他还喜欢骑在大象背上看着他们一边吃草一边自由自在地朝着很远很远的地方走去，想走多远就走多远；他还喜欢赶着卡纳格飞快地奔跑，吓得那些躲在丛林里的野猪野鸡慌乱地窜出来，在这头大象的脚下到处乱跳乱飞。在夏季的太阳把四周的山丘和峡谷都晒得冒烟的日子里，小吐迈最喜欢的是跳到突然倾泻下来的暴雨中间，让暴雨把他浑身上下淋个痛快；在大雾弥漫的晚上，他最喜欢一个人赶着卡纳格跑到一个任何人都不知道的地方过上一夜，等到第二天他从蒙蒙大雾中钻出来的时候，把爸爸妈妈都吓一跳。不过，小吐迈最最喜欢的事情，还是要数看着大群大群的野象在黑夜中被举着火把的大人们赶进木栅栏时的情景。那些野象被赶进木栅栏以后，发现他们已经被封锁了，便朝着木栅栏的大门那儿猛烈地冲撞。那些捕象的猎人和士兵呢，这时候都站在木栅门外面，有的朝着野象扔火把，有的朝着野象不停地射出一排排的子弹。小孩子有时也能在这样的场合中发挥一些作用，每当此时，就可以看见小吐迈手脚麻利，上上下下窜来窜去，他一个人几乎比三个小孩子还管用。他跟那些大人们站在一起，手里挥动着一个大火把，学着大人们的样子声嘶力竭地吆喝。不过，这还不算最有意思，只有等到捕象的人们把这些被围困的大象放出来，开始朝着山下转移的时候，那种场面才叫做惊天动地呢，有人甚至干脆把这种场面叫做世界末日，可见那是一幅多么精彩的图画。你瞧，等那些大象开始从木栅栏门里冲出来的时候，那些赶象的人只能互相用手势说话，因为他们说话的声音早就被各种各样的声音淹没得听不见了。那都是一些什么声音呢？有铜号的声音，有大象踩在树枝上发出来的断裂的声音，有鞭子抽打的声音，有绳索断裂的声音，而且更多的还是大象在人们的驱赶下发出来的痛苦挣扎的吼叫声，当然，也夹杂着捕象人声音嘶哑的吆喝声。这一切一切的声音搅在一起，简直快把天都震塌了。这时候，小吐迈常常会干些什么呢？你瞧，他真是一个机灵的小家伙，他爬到那些固定木栅栏横条木的竖木桩的顶上，尽管那些木桩被大象冲撞得东倒西歪，但是他却一点也不觉得害怕，火光中，他的头发散披在肩上，就像一个小野人一样在那里不停地挥动着小胳膊，谁也不知道他嘴里在喊些什么。只有等到那些大象和捕象人闹累了，各种各样的嘈杂声稍微小一点的时候，我们才听见他又尖又细的小嗓门儿原来是在给卡纳格加油鼓劲呢："冲啊，冲啊，卡纳格。用牙齿挑，对，狠狠地挑！小心，小心，一个大家伙朝着你背后冲过来了。打，打！嗨，别撞着树桩呀！"这时候，人们常常可以看见卡纳格和一头身材高大的野象一进一出地围着小吐迈那根树桩不停地顶撞着，那些老练的捕象人累得满头大汗，不过，他们还是不时地抬起头来跟这个爬在木桩顶上的小猴子打一个招呼。

　　小吐迈是一个胆大的小家伙，他的活动范围并不仅仅限于木桩顶上。有一天晚上，正当那些捕象人跟大象乱七八糟打成一片的时候，他竟然从木桩顶端溜下来，一下子钻到狂奔乱窜的大象脚下，把一根掉在地上的绳头捡起来给一个大人扔回去。那根绳头一端正好拴在一头小象腿上，谁都知道，小象发起狂来，常常比成年大象疯狂百倍，可是小吐迈却胆大包天，居然一点儿也不害怕。这时候，幸亏卡纳格及时赶到他面前，用他的大鼻子把小吐迈高高地卷起来，递到大吐迈手里，大吐迈接过小吐迈，在他屁股上狠狠一顿痛打，然后顺手把他举起来放回到木桩顶上。第二天早上，大吐迈把小吐迈叫到面前，指着他的鼻子一顿臭骂。他骂道："同意让你跟着我一道出来赶大象，难道你还觉得不够吗？你难道想把自己这条小命都送到大象脚下面去吗？你知道吗，你老爸的工资比别人高，有些家伙早就对我怀恨在心，只不过他们一直没有找到跟我作对的借口罢了。现在可好，他们一定会跑到彼得森先生面前去告我的黑状了。你是不是想让老爸丢了这份工作，你心里才开心呢？"

听了大吐迈一顿臭骂，小吐迈开始感觉到事情严重了，他吓得战战兢兢地盯着大吐迈，然后低下脑袋，什么也说不出来。对于那个叫彼得森先生的白人，小吐迈一点儿也不了解。可是，他看见那些捕象人个个都十分尊重他，所以他想这个人一定是世界上最伟大的人，所以他也十分尊重这个白人。因为尊重他，所以有时小吐迈也觉得自己有点害怕这个白人。据小吐迈所知，印度全国的捕象人都归彼得森先生领导，他是政府专门派来指挥捕象工作的大官。除此之外，彼得森先生还是一个十分渊博的学者，别的不说，关于森林里的大象的知识，世界上肯定没有第二个人敢跟彼得森先生比高低。

　　"如果那些人去彼得森先生那儿告你的黑状，他会把你怎么样呢?"过了老半天，小吐迈才结结巴巴地问大吐迈。

　　"怎么样? 比怎么样还糟糕一百倍! 彼得森先生是一个比野象还疯狂的家伙，要不然政府怎么会专门派他来捕捉大象呢? 说不定他会强迫你这样一个小小年纪的孩子正式加入这些肮脏的专业捕象人的队伍，每天跟他们一起吃，一起住，一起在这些热死人的山沟沟里钻进钻出，最后还会被野象踩死了事。别听那些人胡说八道，那么多捕捉野象的人，最终有几个是平平静静地死在家里的? 谢天谢地，这次捕猎行动下个星期就结束了，我们这些从平坝里来的人又会回到我们的家乡了，到那时候，我们脚下的路天天是平平坦坦的，我们才不稀罕这山沟沟里的生活呢。不过，孩子，你要给我记清楚，昨天晚上那种又脏又险的工作不是你应该干的，所以我到现在还对你十分生气。卡纳格现在还只能听我一个人的命令，你不能随便对他发号施令。我把卡纳格带到这儿来，我的工作只是指挥卡纳格惩罚那些不驯服的野象，朝着野象脚上套绳子那类脏兮兮的工作是那些专业捕象人的事儿。不是我们袖手旁观，而是每个人都有自己的分工，别人的事儿最好少插手，等到工作结束的时候，我们每个人都按照自己的工作领取自己那一份工资。如果哪天听说大象世家吐迈家的后代死在野象的脚下，那才真是咱祖祖辈辈的奇耻大辱哩。记住，孩子，你一定要记住。被大象踩死在烂泥里是最没有面子的事情，对咱们吐迈家来说，这是世界上糟得不能再糟的事情！好了，你现在去给卡纳格洗个澡，注意给他洗洗两只耳朵，还别忘了仔细看看他脚掌上有没有尖刺。要不然，彼得森先生一定会把你抓住，强迫你成天在山沟沟里捕捉野象，或者让你成天在山沟沟里跟踪野象的足迹，而且还天天都跟各种各样的森林野兽打交道。这样的工作真丢人！快去，给卡纳格洗澡！"

听完大吐迈的训斥，小吐迈一声不吭地牵着卡纳格走开了。不过，等到身边没有人的时候，小吐迈开始一边给卡纳格检查脚掌，一边嘟嘟哝哝地把心里的苦恼告诉卡纳格。"让他们把我的名字告诉彼得森先生吧。"他说，"我不怕。说不定，说不定，说不定……谁知道接下来会发生什么事情呢？嗨，多大一根刺呀，我还从来没有从你的脚掌上拔过这么大的刺呢。"

在接下来的几天时间，这些捕象人的工作就是把那些捕捉到手的野象集中在一起，然后由那些已经驯服了的大象把他们夹在中间，带着他们回到山下的平坝地区去。这时候，彼得森先生骑在他那头叫做帕米尼的母象背上来到了捕象的队伍中间。在最近这段日子里，彼得森先生一直住在附近一带的山区里，因为附近一带地方除了小吐迈和大吐迈参加的这个捕象队之外，还有好几个捕象队同时都需要彼得森先生亲自指挥。因为这次狩猎季节马上就要结束了，所以他要来亲自监督一个当地的地方官员给这些从不同地方雇请来的捕象人发放工资。每一个人领到自己的工资以后，就回到自己原来的位置上，做好出发的准备。这些人在捕象的过程中，每个人都有自己一份特殊的工作，有的人负责捕捉之前的追踪，有的人负责捕捉时在象腿上套绳索，有的人负责在野象发狂的时候进行阻止，有的人则是属于彼得森先生的长年捕象队，这些长年捕象队的人一年到头都住在森林里。

此时此刻，这些捕象队的人好像没有什么事干，他们有的骑在彼得森先生给他们提供的大象背上，有的靠在大树根上，胳膊里抱着他们的枪，嘴里跟那些将要出发朝山下赶象的人们开着玩笑。这时候，他们看见一些野象挣脱绳索朝旁边乱跑，也不过去帮忙，只是坐在那里哈哈大笑。轮到大吐迈领工资了，大吐迈走到那个当地的地方官员面前，小吐迈紧紧地跟在他的屁股后面。这时候，一个叫做马奇瓦的人悄悄跟他一个朋友说："这小家伙长大以后肯定是一个捕象天才，让这小子回平坝里去真是太可惜了。"

谁知这句话正巧被彼得森先生听见了。要知道，彼得森先生长年累月在森林里工作，他早就训练出一双顺风耳，要不然森林里那么多危险，他早就没命了。他在大象背上听见有人在悄悄嘀咕什么"捕象天才"的话，一下子坐了起来。说："你们在说什么？我跟大象打了这么多年交道，直到现在，我还从来没有见过一个从平坝里来的赶象人有胆量跑到野象群里去呢。"

"他不是一个大人，他只是一个小男孩。"马奇瓦回答说，"那天晚上我们正准备把那只小象跟他妈妈分开的时候，马保不小心把绳子弄掉到地上去了。这孩子跳到象群中间把绳子捡起来扔回马保手里。"说到这里，马奇瓦用手指着小吐迈，彼得森先生的眼睛落到小吐迈的脸上，小吐迈吓得连忙趴在地上向彼得森先生鞠躬行礼。

"他真的有这个胆量吗？他还是一个刚满三尺高的小家伙呢。"彼得森先生说，"你叫什么名字呢，小家伙？"

听见彼得森先生在跟他说话，小吐迈吓得更厉害了，他满脸通红地趴在地上，半天不知该说些什么。这时候，卡纳格正好在他背后，小吐迈便对卡纳格做了一个手势，卡纳格伸出他的长鼻子，卷住小吐迈的腰，把他高高地举起来，举到几乎跟彼得森先生乘坐的那头叫做帕米尼的母象的前额一样高的地方。这时候，小吐迈完全看见彼得森先生了，他看见彼得森先生正在看着自己，羞得连忙用两只手把眼睛捂起来。你瞧，他真的还只是一个孩子，除了在赶大象的时候像个大人以外，别的时候跟世界上任何一个天真的小孩都一模一样。

"嗬嗬！"彼得森先生咧开他那长着浓胡子的大嘴笑起来："大象的这一手把戏可真漂亮，是你亲自教他的吗？你是不是用这样的办法让他举着你从房顶上去偷嫩玉米呢？"

"不是去偷嫩玉米，是去偷西瓜。"小吐迈说到这里，周围的大人们一下子哄笑起来。大人们都知道小吐迈在说些什么，因为他们每个人还是小孩的时候，差不多都玩过同样的鬼把戏。听见大人们的笑声，小吐迈羞得不知该怎么办才好，此时此刻，他正被卡纳格举在离地面八九尺高的地方，可是他却恨不得能钻到八九尺深的地洞里去。

"他是我的孩子，叫做吐迈。"等到人们的笑声稍微停下来以后，大吐迈走到彼得森先生面前，恭恭敬敬地向彼得森先生行礼，"请先生宽恕他，他是一个坏孩子，将来总有一天会在牢房里了结他的一生。"

"我不敢相信你的话。"彼得森先生回答说，"一个小小年纪就敢于面对野象而毫无惧色的男孩，将来是决不会进牢房的。到这边来，小家伙，这里有四个银币，是对你那团乱七八糟头发下面那个聪明脑袋的奖赏，你可以拿它们去买糖饼吃。我相信，你总有一天会变成一个优秀的捕象能手。不过，我同时还要警告你，以后千万不许到围捕大象的地方去，那可不是你这么大的孩子的游戏。"

听了彼得森先生最后这一句话，小吐迈突然感到不安起来，他连忙问道："我以后真的再也不能到那样的地方去了吗？"

看见小吐迈那么不安的样子，彼得森先生又笑起来。他和蔼地说："也不是永远不能去，等你将来看见大象跳舞的那一天，你就可以到那样的地方去了。记住，等你看见大象跳舞的时候，你就来找我，那时候，我一定会亲自带你去观赏大人们捕捉大象的壮观场面。"

彼得森先生话音刚落，周围的人又发出一阵高声的哄笑。小吐迈不知道，彼得森先生这句话的意思是说他永远不能成为一个专业的捕象人。原来，这一带的山区一直流传着一个古老的传说：在最深最密的森林里，有一个叫做"大象的舞场"的地方，如果人们有意去寻找那个地方，他们肯定会失败。只是在偶然的情况下，有人见过这个地方，可是等他们带着人回头去寻找那个地方的时候，却再也找不到原来的路了。正因为有了这个传说，所以山里的人就用"大象跳舞"这句话来表示永远不可能的事情。要是哪天有一位猎人当着别人的面夸口自己如何如何勇敢的时候，别的猎人就会用嘲笑的语气对他说："你是什么时候看见大象跳舞的呢？"

等到大家的笑声稍稍平静下来以后，卡纳格把小吐迈从空中放下来。到了地面上以后，小吐迈再次很有礼貌地向彼得森先生行了一个鞠躬礼，然后拿着手里的四个银币飞快地朝着他妈妈那边跑去。接着，小吐迈帮助他妈妈把他那个还不会说话的小弟弟放到卡纳格的背上，然后，那些大象排成一个长队，朝着山下的平坝浩浩荡荡地出发了。对于那些刚从山林里捕来的野象来说，这是一次很有意思的旅行，因为他们还从来没有这样的经历呢。一路上，他们总是觉得一切都很新奇，所以每次蹚水过河的时候，他们总是很顽皮地不肯乖乖地过河，大吐迈和他的那些同事们每次都不知要费多大的劲才能把他们赶到河对岸。那些人有时候用软办法，像逗小孩那样耐心地引导着那些野象，有时候又用皮鞭在他们背上狠狠地抽打，他们把这种办法叫做软硬兼施。

大吐迈坐在卡纳格背上，毫不留情地鞭打着身边的野象，看样子，他对眼下的这份工作很不满意，对那些不听招呼的野象更是充满了愤怒。小吐迈呢，他的心情正好跟大吐迈相反。

直到现在，他小小的心灵还陶醉在彼得森先生对他的表扬之中。是啊，彼得森先生都夸奖小吐迈了，还奖赏了他四个闪光的银币。一想到这里，小吐迈的心里就禁不住一阵自豪。那种心情，就跟一个士兵被将军从队伍中叫出列，当众授给他一枚勋章一样。

"彼得森先生说等我看见大象跳舞之后才能参加捕象队，这是什么意思呢？"小吐迈小声地问他的妈妈。

还没等妈妈回答，大吐迈就在一旁接过话头嘟嘟哝哝地说："你永远也别想当上一个真正的捕象队员，就是这个意思！咳，我说，前面的人究竟在干些啥呀，不赶快朝前走，塞在这儿干吗呀？"

这时候，走在两三头大象前面的一个赶象人气急败坏地跑到大吐迈前面，大声吆喝说："赶快把卡纳格带到前面去，我那头青毛头大象发脾气堵在路上不肯朝前走，我看只好请卡纳格去教训他一下啦。我真的搞不明白，彼得森先生为什么偏偏要让我跟你们这些平坝里来的家伙一起来干这种笨蛋的活儿。大吐迈，把你的大象赶到前面来，让他用两根大牙来把路打通。谢天谢地，幸亏这些家伙身上都套着铁索，要不然他们早就跑回森林里去了。"

卡纳格不声不响地走到前面，朝着那头堵在路中间的年轻的野象发起一阵旋风般的冲撞，转眼间，每一头大象都规规矩矩地朝前移动起来。看着这种情形，大吐迈骄傲地说："我的卡纳格一出手，一下子就把这一带大小山谷里的野象都镇住了。都怪你们这些毛手毛脚的家伙，在赶象的时候自己不小心。难道你们就不能让我的卡纳格稍微休息一会儿吗，老是用这些鸡毛蒜皮的事来麻烦他？"

"快听快听，这平坝佬在说些什么呀！"听了大吐迈的话，旁边那些长期住在山里的捕象队员一齐哄笑起来："'我的卡纳格一出手，一下子就把这一带大小山谷里的野象都镇住了！'嗬，嗬！你真的棒得没治了，平坝佬！除了你们这些平坝里来的泥腿子，每一个山里人都知道赶大象的季节眼看就要结束了。我们每个人都觉得今天晚上这些野象会……算了算了，跟你们这些平坝佬说这些干什么呢，瞧你们那副傻样，什么都听不懂。"

"这些野象今天晚上会干什么呢？"小吐迈对这句似懂非懂的话非常感兴趣，所以他连忙问道。

"哦，小家伙，是你在这儿吗？好吧，好吧，我告诉你吧，因为你的脑袋比你爸爸的清醒，所以我愿意告诉你。我是想说，为了表扬你爸爸在这带山林中的崇高威望，这些野象今天晚上会跳舞了。哈哈哈……"

"你们都在胡说八道些什么呀？"大吐迈说，"我家祖孙三代跟大象打交道，到现在都四十多年了，我怎么从来不知道有这种怪事情呢？"

"你说得对，你从来不知道有这么一种怪事情。可是别忘了你是一个平坝佬，除了自家房子的四面墙以外，平坝佬们还知道什么呢？好吧，如果不相信我们的话，你今天晚上就试试看吧，不要套住大象的脚，看看会发生什么事情。说到大象会跳舞，我倒是真的见过他们跳舞的地方……老天爷，这条河弯来弯去，究竟要转多少道弯哟？我们又要蹚水过河了。站住别动，你，你，我在叫你呢，站到他后面去。"

这时，赶象的人们说着吵着，挣扎着，跳进了河水里。他们的目的是把这群野象赶到山下那个驯养基地去，可是这些长年累月专门负责在山区捕象的人似乎没有平坝佬们那种耐心，才走出没有多长一段路程，他们就已经觉得不耐烦了。

黄昏的时候，他们终于到达了目的地。在这儿，小吐迈的爸爸和那些赶象人一起，在每一头大象的后腿上都套上一根粗绳子，把绳子的另一头拴在又粗又大的树桩上。他们把多余的绳子全都套在刚捕来的野象腿上，然后在这些野象面前放上大堆大堆的饲料，等到这一切都做完以后，那些捕象队员要趁着夜色回到山里去。他们临走的时候，还没有忘记今天在路上开的玩笑，他们对那些平坝里的人说，今天晚上他们一定要格外小心地照看这些野象，当那些平坝里的人傻乎乎地问他们为什么，这些捕象队员禁不住一阵哈哈大笑。

小吐迈负责照看卡纳格，他给卡纳格喂过饲料之后，一个人在基地附近转来转去，他在寻找一个心爱的小手鼓。此时此刻，他心里充满了说不出的高兴。为什么呢？因为他跟那位有名的彼得森先生说过话，那位先生还亲手奖励他四个银币！关于印度的孩子，我总觉得他们跟全世界每个地方的孩子都不一样，为什么这么说呢？因为他们在高兴的时候，从来不像别的地方的孩子那样大呼大叫，吵得别人不能安宁，而是一个人静悄悄地，找一个地方坐下来，仿佛是一个佛教徒，坐在那儿全神贯注地享受内心的愉悦。此时此刻，小吐迈正在寻找他那个心爱的小手鼓，如果他找不到那个小手鼓，我想，他一定会急得生出一场大病来。幸运的是，他终于找到了那个小手鼓。这个小手鼓是一个卖糖果的人借给他的，敲打这个小手鼓的时候不用任何器具，只需要用手掌击打鼓面就可以了，所以当地人把它叫做手鼓。找到那个小手鼓以后，小吐迈走到卡纳格面前坐下来，把鼓放在两条腿之间，伴随着刚刚出来的满天星斗，他开始敲打起来，他敲呀敲呀敲呀，他越想到心里的高兴事（主要是彼得森先生的事），他的鼓声就敲打得越欢快。在静悄悄的黄昏，小吐迈清脆的鼓声在大象们面前高高的草料堆之间回荡，久久地回荡。说实话，他的鼓声并不优雅，没有音阶，也没有伴随着美丽的歌词，但是这鼓声却让他陶醉。在他身边不远的地方，那些刚捕来不久的野象被绳索紧紧地套住，不时地发出一阵阵躁动和尖叫。与此同时，小吐迈还可以听见他妈妈正在帐篷里轻轻地唱着摇篮曲，哄他的小弟弟入睡。这是一支非常非常古老的民歌，歌中唱的是一位名叫西弗尔的伟大的神仙，世界上所有的动物，就是从他那儿才知道了自己应该把什么样的东西当做食物。配上优美的乐曲，加上小吐迈妈妈充满爱心的歌唱，这支民歌就变成了世界上最动听的摇篮曲。我想，听了小吐迈妈妈唱的这支摇篮曲，哪怕是世界上最顽皮的小家伙，也会乖乖地进入梦乡。这支摇篮曲开头几句这样唱道：

一位伟大的神仙，

他的名字叫做西弗尔。

是他让风儿吹遍原野，

是他让大地五谷丰登。

许久以前的那一天，

他坐在自己的门廊上，

指点山河，安排众生。

他为每一个人指定前程，

他为每一个动物指定命运。

不管是高高在上的皇帝，

还是浑身褴褛的乞儿，

都逃不脱他的掌心。

啊，西弗尔！

整个世界都在他的手中。

啊，西弗尔！

他创造世界万千生灵。

他让骆驼的食物长满叶刺，

他让牛羊的小草郁郁青青，

他让小宝宝的脑袋，

靠在妈妈的怀里睡觉。

啊，我的小宝宝！

听着妈妈的歌唱，小吐迈的手不由自主地随着妈妈的歌声敲打着他的手鼓，他敲啊敲啊，一直敲到他开始感觉到疲倦，眼皮都有些抬不起来了，这才在靠近卡纳格身旁的那堆草堆上躺下来，打了一个长长的哈欠。最后，像平时一样，小吐迈身旁的大象们一只接一只地趴到地上，开始睡觉了。只有卡纳格与众不同，直到所有的大象都躺下了，他依旧像刚才那样昂首挺胸地站着。只见他的头缓缓地摇晃着，一会儿摇向左面，一会儿摇向右面，当阵阵微风吹过山冈的时候，他好像在仔细倾听那微风中传来的远方的声音。那都是些什么声音呢？那是竹竿与竹竿之间随风摆动时互相摩擦的吱吱嘎嘎的声音，那是地底下什么东西在生长的时候掀翻土地发出来的声音，那是半醒半睡的鸟儿们不时地发出的唧唧喳喳的声音（鸟儿们在睡觉的时候总是不像我们人类那样睡得深沉），除了这些声音之外，还可以听见很远很远的地方隐隐约约传来的山涧瀑布的声音。这一切一切，都是印度的丘陵地带夜间特有的声音，习惯这种声音之后，你就会觉得这数不清的声音反而给你留下一种格外宁静的感觉。在这宁静的夜色下面，小吐迈不知不觉地睡着了。睡了多久，他不知道，总之，等他醒来的时候，他发现一轮月亮正高高地悬在夜空中，把周围的山川河谷都照得明明亮亮。四周一片静悄悄的，只有那永不知道疲倦的卡纳格还精神抖擞地站在那儿，两只耳朵静静地倾听着周围的一切。小吐迈翻了一个身，身边的草料被他弄出一阵刷刷刷的乱响。他静静地躺在那儿，睁开两眼，有意无意地欣赏着卡纳格高大身躯的起伏不平的轮廓。在夜晚星空的衬托下，那高大的身躯就像是一座小山丘。这时候，小吐迈也听见远处传来一阵阵"嘀嘀嘀"的声音，他知道，这是远处那些没有被抓住的野象们发出来的声音，他们好像是在用这种声音向这些被捕的野象兄弟们发出一种谁也不明白的信号。不知道是不是这种声音的神奇作用，小吐迈身边的大象们一下子站了起来，他们起来得那么突然，就像是被步枪的子弹打在身上一样。他们一边站起来，一边发出阵阵吼声，这些吼声最后惊醒了那些赶象的人。赶象的人们从他们睡觉的帐篷里跑出来，仔细地检查拴大象的树桩，再一次把大象拴得牢牢的，直到大象们重新安静下来，他们才回到帐篷里去。一只新捕的小野象几乎把木桩从地上拔起来，大吐迈发现之后，就走过来把卡纳格腿上的铁链条解下来，用这根铁链条把那头小野象前脚后脚套在一起，然后在卡纳格的腿上随随便便地套一根一点也不结实的草绳子，他心里想，卡纳格是一头很守规矩的老象，只要有一根绳子套在他腿上，让他知道自己是被套着的，这就够了。从前，大吐迈的爸爸曾经用这一手对付过卡纳格，他的爷爷也不知多少次用这一手骗过了卡纳格，而且每一次都很成功，从来没有失败过。对于眼下发生的一切，卡纳格像往常一样，似乎一点儿也没有受到影响。他还是像刚才那样静静地站着，一动也不动。在明亮的月光下面，他的眼睛平静地注视着远方，他的脑袋高高地昂起，他的耳朵像两把巨大的扇子，不时地扭一两下，好像是在倾听远处山丘上传来的隐约的声音。

"如果卡纳格今天晚上有什么不对劲儿的地方，你就负责照顾他。"大吐迈对小吐迈吩咐了这句话之后，就回到帐篷里睡觉去了。正当小吐迈开始感到眼睛有点儿睁不开的时候，他突然听见远处传来奇怪的声音，那声音十分微弱，但是小吐迈可以听得很清楚。接着，他看见卡纳格慢慢地挪动着他巨大的身体，挪动得那么缓慢，几乎没有弄出一丁点儿声音就绷断了套在他腿上的草绳，然后不声不响地朝着帐篷远处的峡谷口走去。一见这种情景，小吐迈连忙翻身爬起来，在静静的月光下面，他赤着两只光脚丫子，紧紧地跟在卡纳格后面。他一边跟踪着，嘴里一边压低嗓门儿激动万分地叫着："卡纳格！卡纳格！带着我一块儿走吧，求求你啦，带我一块儿走吧！哦，卡纳格！"听见小吐迈的呼唤，卡纳格转过身来，他的两眼透过月光盯着小吐迈，盯了几秒钟的时候，然后他对着小吐迈低下头，把两根巨大的象牙放在小吐迈面前的地上。小吐迈像平常一样，踩着象牙爬到了卡纳格的脖子上。还没有等他完全在那儿坐稳，卡纳格又转过身来朝着森林的方向走去。转眼之间，卡纳格和小吐迈的身影消逝在密密的丛林里。

　　卡纳格脱逃了。大象棚里先是出现一阵急切的骚动，接着一切都恢复了先前的平静。卡纳格似乎一点儿也没有考虑象棚里发生的事情，他的步伐依旧像刚开始的时候那么坚定。他在长满杂树和荒草的丛林中健步穿行，有时候，一丛又高又密的野草从他肚子两侧扫过，就像阵阵波浪扫过船舷。有时候，一丛野藤从他的背上掠过，被他毫不留情地扯断，或者一片竹丛被他踩踏在地上，发出阵阵噼噼啪啪的脆响。尽管前进的道路上每一步都很艰难，但是这一切都不能阻挠卡纳格坚定的脚步。丛林里的满目荆棘，在卡纳格的脚下，简直就像阵阵轻烟，他走到哪里，那阵轻烟就在他的脚下无声地散去。现在，他开始走上了上山的路，骑在他脖子上的小吐迈尽管不时地透过树枝间露出的夜空注视着天上的星星，但是他还是被卡纳格弄糊涂了，他已经完全迷失了方向。当卡纳格爬到山顶上，他在那儿稍稍站了一下，这时候，小吐迈可以借助月光看见山下十几里以外的地方，看见这些地方无数的参天大树散布在他们的脚下。穿过那些树丛，还可以看见月光下灰蓝色的夜雾，一动不动地笼罩在蜿蜒流淌的河流上空。小吐迈朝前倾了倾身体，他试着朝周围仔细地观看，他仿佛觉得，整座林子此时此刻都醒来了，仿佛都在朝着什么地方拥挤而去。不知从什么地方飞来一只生活在山林里靠吃树果生长的蝙蝠，擦着小吐迈的耳朵边上飞过去，险些撞在小吐迈的脸上。有一只豪猪在地上爬动，他把地上的野草和树枝都弄得窸窣作响。在树桩与树桩之间的黑糊糊的地带，不知有几只狗熊在潮湿的地上挖得正欢，他们一边挖，还一边不停地打着喷嚏。

突然，头顶上的树枝又遮住了小吐迈的视线，因为卡纳格又前进了，他开始朝着山下另一条峡谷走去。从这时候开始，他再也不像刚才那样担心弄出响声。相反，他像一台朝着陡峭山坡滚下去的炮车，朝着山下隆隆地冲去，身边不断地发出阵阵巨响。他庞大的四肢就像一架装着巨型活塞的机器，稳健地朝前移动着，每一步都差不多跨出七八尺的距离，而且每当他朝前跨出一步，他那强有力的腿关节都发出一阵嘎嘎的响声。随着卡纳格飞快地行进，他身体两边那些矮树枝不断地发出阵阵声响，就像一双巨手在不停地撕着大片大片的帆布，不断发出凄厉的声音。那些被他双肩挤开的树枝又反弹回来，打在他的肋骨和后腿上，发出噼噼啪啪的声音。他一边朝前走，一边不断地摇动着脑袋为自己开路，小吐迈眼前只见数不清的乱飞的树叶，树叶夹着各种各样说不出名字的藤蔓，还裹着湿漉漉的泥浆，在卡纳格四周不停地翻飞，溅满了卡纳格的浑身上下。为了预防突然横扫过来的树枝把自己打倒在地上，小吐迈现在再也不敢像刚才那样直着身体坐在卡纳格脖子上，他只好紧贴在卡纳格的背上。说真的，他的心里现在已经多少产生了一点害怕的感觉，他不明白卡纳格半夜跑到山里来究竟是想干什么，他也不知道卡纳格究竟要到哪儿去，大概是因为害怕的缘故吧，他甚至有点希望回到象棚里去了。就在这时候，卡纳格突然走到了山谷里的比较开阔的草地上，他的四肢踏在松软的地面上，一点儿声音也没有，小吐迈顿时感到一种从来没有的安静。同时，他也感觉到山谷里的湿雾给他带来的阵阵寒意。紧接着，卡纳格的脚踩进了奔涌的河水里，他顺着河床朝前走，一边走，一边把脚下的河水溅得老高，同时发出阵阵哗哗的水声。透过这哗哗哗的水声，小吐迈突然有一种奇怪的感觉，他隐隐约约感觉到此时此刻在这条河谷中行走的，并不只是卡纳格一头大象，因为他听见不论是在卡纳格的前面，还是在卡纳格的后面，仿佛都有许多只巨大的腿，正在夜雾笼罩下顺着河床朝着一个共同的方向踏水而去。"啊！"小吐迈突然发出一声惊叫，他仿佛意识到一个千古难逢的奇观眼看就要发生："大象们今天晚上都跑出来了，他们要在一起跳舞啦，哈！"

这时候，卡纳格从河水里走到岸上，用他长长的鼻子把身体上上下下都吹得干干净净，又开始大踏步朝着河边的山上走去。可是，这时候的卡纳格显然已经不是孤孤单单的一头大象，不论是在他的前面，或者是在他的后面，显然还有不少的大象正在跟他一样踏着同一条道路，朝着同一个地方前进。小吐迈看见，卡纳格已经不再像刚才那样艰难，因为在他们面前的杂树和野草丛中，早已被别的大象踏出了一条宽宽的路，这条路大约有六七尺宽。那些被他们踏倒的树枝和野草正在不停地反弹回来，发出一阵阵窸窸窣窣的声音，小吐迈一看就知道前面的象群一定刚走过不多一会儿。无意之间，小吐迈朝着身后望了一眼，他看见后面正跟着另外一头身高体壮的野象，那头大象睁着两只小眼睛，正在从河床边跟着卡纳格朝山上走。在夜色中，小吐迈觉得那两只眼睛就像两颗燃烧着的火炭，发出阵阵奇怪的光。紧接着，卡纳格又走进了密密的树林，小吐迈的视线差不多全被遮住了，他只能听见前前后后不断地传来阵阵巨大的喘息声和树枝折断的声音。最后，卡纳格终于到了那座山顶，他在山顶上两棵大树的树干下面站下来，一动不动地站在那里。过了好一会儿，小吐迈才看清楚，卡纳格站着的地方，原来是一大片开阔地的边缘，顺着这个边缘上，到处都是参天大树，这些大树正好围成一个巨大的圆圈，圆圈中央差不多有三四亩那么大一片土地，不知什么原因，这么大一片土地上几乎看不见一棵小草，它早已被踩成一片光秃秃的硬地，硬得像砖石铺成的一样。偶尔，也有一两棵大树矗立在这片空地的中央，可是它们下面主干部分的树皮早已被大象们擦得一干二净，光溜溜的，在月光下面只见白晃晃的一片树身。一些不知名的树藤从那几棵大树顶上悬下来，树藤上还挂着大大小小的无数的花，在夜色中看去，仿佛就像倒挂着无数的小铃。大树和花儿都静悄悄地沉睡在夜色之中，在它们的周围除了被踩踏得一片坚硬的地面以外，看不见一棵青草。在月光下面，这片硬土地反射出一片灰蒙蒙的颜色，在这些颜色的周围，不知有多少头大象静静地站在那儿，他们一动不动的身影在地上留下一团团黑糊糊的影子。小吐迈静悄悄地注视着眼前发生的一切，这时候，他看见四周越来越多的大象纷纷从他们原来站着的大树下面走出来，朝着那片开阔地的中央地带拥去。他想知道究竟有多少头大象，可是他只能数到十。于是他扳着手指数了一个十，又数一个十，数着数着，他自己都搞不清楚究竟数了多少个十，他觉得自己脑袋都开始发晕了。刚才在上山的时候，小吐迈听见他们的脚踏在草丛和树枝之间，前前后后弄出老大老大的声音，可是等到开始朝着那片硬土地中央走去的时候，他们的脚底下竟然听不见一丁点儿声音，他们走得那么轻手轻脚的，就像是一群在月光下面移动的鬼影一样。

小吐迈伏在卡纳格的背上，随着卡纳格一步步走近那片开阔地的中央，他对周围的情况看得越来越清楚。他首先看见的是象群中间有许多身高体大的雄象，他们的背上，脖子上，还有那些打着皱皮的地方和耳朵后面的夹缝里，到处都是刚才在爬山的时候碰落的树叶和枯树枝。接下来，他看见那些身体肥胖的母象，她们跟在雄象后面，每走一步都显得十分小心，因为那些还没有完全脱尽乳牙的小象不断地在她们胸前的地方晃来晃去。那些小象呢，大概是希望他们的朋友看见他们那刚刚长出来的牙齿吧，一个个都表现出一副扬扬得意的样子。走在那些小象后面的，还有不少骨瘦如柴的老象，与那些小象相反，他们的行动显得有些迟缓。小吐迈看见这些老象的脸上仿佛挂着一种忧虑的表情，他们粗大的四肢看上去跟远处那些长满粗皮的树干几乎没有什么两样。接着，他还看见不少气势汹汹的野象，他们的肩头上，他们的肚皮两边，他们的后脚上，到处都可以看见在血淋淋的战斗中留下来的累累伤痕，在伤痕与伤痕之间，还挂着他们在泥塘里打滚的时候留下来的泥浆。其中有一头野象的牙齿几乎从牙根的地方折断了，他的肚皮上到处都是被老虎抓伤的痕迹，每一条伤痕都又深又长。等到这些大象走到那片开阔地的中央地带之后，他们又一次静悄悄地停下来，然后脑袋挨着脑袋，开始成对成对地走来走去，或者三五成群聚在一起不停地摇晃着脑袋和身体。小吐迈开始的时候觉得有点害怕，可是他转念一想，只要他静静地趴在卡纳格的脖子上，便肯定不会遇到任何危险。因为他知道，在每次追捕野象的时候，他的爸爸大吐迈都是这样骑在卡纳格的脖子上，对于卡纳格这种训练有素的大象来说，不管在什么样的条件下，他都决不会让骑在脖子上的主人受到任何伤害。再说，在这样的夜晚和这样的情况下，不管是野象还是驯象，都不会想到还有一个人类的小孩子正夹在他们中间。

这时候，象群中突然传出一阵叮叮当当的响声，大象们都吃惊地侧耳细听，过了一会儿，他们才发现，这阵声音原来是从那头叫做帕米尼的母象的腿上发出来的。原来，帕米尼就是彼得森先生乘坐的那头很乖的母象，她今天晚上也挣断了自己的铁链，从彼得森先生的居住地来到了这个神秘的地方。只是因为她没法弄掉断在她腿上的那半截铁链，所以一路上都在发出叮叮当当的声音。月光下，小吐迈还看见另一头大象，这头大象他并不认识，可是这头大象背上和胸前的那些因为绳索长期折磨而留下的伤痕却让他久久不能忘记。从这些绳索的痕迹上面，小吐迈知道，这头大象也一定是从附近什么地方的象棚里挣断绳索逃跑到这儿来的。

最后，几乎所有的大象都从树林里走到了那片开阔地带，卡纳格也挤在这些大象的中间。大象们开始激动起来，他们有的高声大叫，有的低声地哼哼，还有许多在互相嘟哝着什么，小吐迈知道，他们是在用他们自己的语言交流着他们的思想感情。他们一边吵闹着，还一边不停地走来走去，好像是在互相表达他们的问候。小吐迈依旧静悄悄地趴在卡纳格的背上，这时候，出现在他眼前的，是数不清的宽宽的背脊，还有不停地扇动着的许多巨大的象耳朵，还有不停地在地面上踏来踏去的粗大的象腿，还有一双双小小的但是十分有神的眼睛。他的耳朵里听见的是大象们互相擦肩而过的时候肩头与肩头、肚皮与肚皮之间擦出的刷刷的声音，还有象牙轻轻碰撞的阵阵声音，还有无数象尾扫在无数的象腿上发出来啪啪啪的声音。

一阵乌云突然从天空掠过，遮住了天上皎皎的月光，小吐迈发现自己突然掉进了一片黑暗之中。但是他身边那些大象却一点都没有受到天空中这种变化的影响，他们依旧像什么也没有发生一样不停地走动着，不停地发出各种响声。小吐迈清楚地知道，在卡纳格的身边，早已被象群挤得水泄不通。此时此刻，就算卡纳格想带着小吐迈离开这儿，也是决不可能的事情。想到这里，小吐迈只好咬紧牙关，竭尽全力让自己镇静下来，一声不吭地骑在卡纳格的脖子上。如果是在象棚附近的地方，小吐迈至少可以大叫几声，或者手里拿着一个火把为自己壮胆。可是既然是在这样一个非同寻常的时刻，又在这样一个非同寻常的地方，他又是孤零零的一个人，所以他只有委屈自己，紧紧地闭住嘴巴了。偶尔，一头大象的长鼻子从小吐迈的脖子上扫过，他觉得很不舒服，可是他连吭都不敢吭一声。

突然，一头体型格外高大的大象透过他的长鼻子发出一阵号角一样的声音。一听见这个声音，所有的大象立刻安静下来，他们一齐抬起头来望着空中，差不多足足有十秒钟的时间一动也不动。这时，阵阵露珠从几棵大树的树枝上掉下来，像雨滴一样掉在那些大象的背上。紧接着象群里发出了一阵低沉的声音，开始的时候这种声音低得几乎听不见，小吐迈从来没有听过这种声音，所以他说不出这是一种什么声音，究竟代表着什么意思。渐渐地，这种声音越来越大，伴随着这阵声音，小吐迈发现卡纳格突然昂起头来，举起了他的一条前腿，紧接着，两条前腿都举起来了，只剩下两条后腿，像人那样竖立起来。还没有等小吐迈完全从惊慌中清醒过来，卡纳格又让他的两条前腿同时落到了地面上，发出咚的一声沉重的闷响。接着，他再一次举起两条前腿，再一次落到地面上。一——二；一——二；一——二……卡纳格的两条前腿就像打夯机一样一次接一次地击打着地面。别的大象呢，他们也跟卡纳格一样，此起彼伏地咚咚咚地踩踏着地面。顿时，整座山顶到处都响起一片闷雷一样的隆隆声。伴随着这一阵紧似一阵的隆隆声，整座山顶好像都在发出阵阵颤动，开阔地中央那几棵大树上的露珠全都被震落到地面上了。隆隆的声音越响越厉害，小吐迈觉得身体下面的大地都开始摇晃起来，他再也忍受不住了，他用双手捂住两只耳朵，嘴里禁不住发出大声的叫喊。可是，数不清的象脚不断地落在地面上，那震耳欲聋的声音早把小吐迈的喊叫声淹没得无影无踪了。偶尔，小吐迈可以感觉到卡纳格和别的大象朝前挪动了一段距离，他隐约中可以听见他们踩踏在青草和树枝上的声音，可是，不大一会儿，那片地带就被他们踩踏成一片硬硬的地面。小吐迈好像听见他身边不远的地方一棵大树正在痛苦在呻吟，他伸出手去，想摸到那棵大树的树干，可是还没有等他摸到那棵大树，卡纳格已经朝前走去，一边走，一边继续重重地踩踏着地面。这时候，小吐迈早已弄不清楚自己究竟在开阔地的什么方位了。大象们都不停地做着同样的动作，不声不响地做着，他们的嘴都闭得紧紧的，小吐迈只能听见一两头连乳牙都还没有长出来的小象偶尔发出一两声尖叫。

这时，小吐迈好像听见山下传来一阵鼓声，他猜想一定是那些看守大象的人们在寻找他们失踪的大象。可是这儿呢，大象们好像并没有听见山下那些击鼓的声音，他们还是跟刚才一样不停地踏啊踏啊，越踏越快，越踏越激动。他们究竟跳了多长时间呢，小吐迈说不清楚，他猜大概前前后后一共有两个多小时吧。他感觉得自己浑身阵阵剧烈的酸痛，每一根骨头仿佛都快被卡纳格弄得散架了。不过，透过夜空的气息，小吐迈已经感觉到天色已经快要亮起来了。

渐渐地，东方的山边泛起一片灰蒙蒙的天光。随着这第一道晨光的出现，大象们就像同时听见一声命令一样，突然停止了他们奇异的踏步。还没有等小吐迈完全清醒过来，别的大象很快就不知道到哪儿去了。等他清醒过来，揉揉自己的眼睛，再朝身边仔细观看的时候，他只看见卡纳格、帕米尼，还看见那头背上和胸前被绳索弄得到处都是伤痕的大象，除了这三头大象以外，别的大象好像从来没有到过这个地方似的，转眼之间就消逝在四周的山林里。小吐迈久久地注视着身边这片开阔地，又久久地观察四周的山林。他发现，眼前这片硬硬的开阔地带比他昨天晚上看见的扩大了许多，而且这片开阔地中间的高大树木比他昨天晚上看见的多得多。在这片开阔地带的边缘上，那些野草和树木在大象们沉重的踩踏下，先是被踩倒在地上，然后是被踩成碎片碎条，然后是被踩成草浆和叶浆，最后完全被踩进泥土里，再也看不见树枝和草叶的踪影。

"哎呀。"小吐迈突然觉得眼皮沉重得再也睁不开了，他对卡纳格说，"卡纳格，我的朋友，让帕米尼陪我们赶快回到彼得森先生那儿去吧。要不然，我真的快要从你脖子上掉下来了。"

那头浑身是绳索伤痕的大象看见小吐迈和两头大象朝着山下去了，他站在那儿呆呆地注视了一会儿，眼睛里充满了伤感的表情。然后他也转身走上了自己回家的路。也许，这头大象是昨天夜里从哪位有钱人家里跑出来的，他主人居住的地方离这儿说不定有五六十里，甚至上百里远呢。

大约过了两个小时，正是彼得森先生在他的帐篷里吃早饭的时候，那些被两三道绳索紧紧捆在象棚里的大象们突然开始躁动起来，原来，他们看见昨天夜里挣脱绳索逃出去的帕米尼和卡纳格一道回来了。由于一夜没有休息的缘故，骑在卡纳格脖子上的小吐迈脸色一片苍白，他的头发上和身上到处都是野草和树叶，他衣服上的露水还没有干呢。尽管他已经累极了，但是在彼得森先生面前他还是十分注意礼节。他一边向彼得森先生问好，一边用带着哭腔的声音有气无力地对彼得森先生说："跳舞了，那些大象跳舞了！我亲眼看见的，啊，天啦，我真的快要死了。"正当他说到这里的时候，卡纳格弯下四肢蹲在地上，小吐迈从他脖子上滑落下来，躺在地上，闭上眼睛，就什么都不知道了。

　　不过，毫无疑义，印度的男孩个个都像铁打的那么结实，等到小吐迈在彼得森先生的帐篷里躺下，身上盖着彼得森先生那件厚厚的猎服，呼呼大睡了几个小时之后，他的体力已经渐渐恢复过来。看见他醒了，彼得森先生让人给他端来一大杯热腾腾的牛奶，还在牛奶里放了一点白兰地和一点奎宁。喝了这杯牛奶之后，小吐迈的精神顿时振作起来。等他从床上坐起来的时候，那些捕象队的猎人们把他里三层外三层地围着，他们都听说了小吐迈看见大象跳舞的事情，都想知道这件事情究竟是怎么回事。你瞧，他们的眼睛都盯着小吐迈，好像眼前这个小家伙是一个小妖精似的。对着这群好奇的猎人，小吐迈坐在彼得森先生的床上，把他昨天夜里看见的事情一五一十地告诉了他们。就像每一个小孩子一样，他说话的时候常常有些颠三倒四的，东一句，西一句，不过他最后总算还是把这个故事清楚地讲了出来。

　　"如果你们不相信我说的话，"讲完之后，小吐迈对那些人说，"你们可以马上派人到那儿去看看，你们可以看见那些大象昨天晚上把那片空地踩踏得好宽好宽，你们还可以看见那里有一个十头，两个十头，好多个好多个十头的大象从四面八方跑到那片空地里去过的足迹。爱信不信，那儿肯定是大象的舞场。那个舞场是那些大象用他们的脚踩踏出来的，昨天夜里他们把那个舞场踩得更宽了。我亲眼看见的。是卡纳格带我去的。你们可以去看看，卡纳格现在一定也累坏了。"

说完之后，小吐迈仰身躺回床上，又呼呼地睡过去了，他睡啊睡啊，整整一个下午都昏昏沉沉地睡着，一直睡到太阳落山，一直睡到黄昏的时候。在他睡觉的这段时间里，彼得森先生带着十几个捕象队员，顺着卡纳格和帕米尼回来的路一直搜寻到了山上，一路上，他们翻山越岭，穿过了差不多三十里的山林，最后真的找到了那个大象的舞场。彼得森先生跟山林里的野象打了十八年的交道，先前他只是在一次偶然的机会看见过这样的地方。看着眼前这片开阔的空地和硬硬的地面，根本用不着多说，捕象队员们就知道昨天晚上有多少头大象在这个地方活动。大象们踩踏地面的脚印，还清清楚楚地留在地面上呢。

"那孩子说的是真话。"一个年龄最老的捕象队员说，"这一切真的是昨天晚上发生的事情。在过河的时候我数过河边的足印，一共有七十多头大象。你瞧，彼得森先生，那棵树干上不是帕米尼脚上那半截铁链留下的刮痕吗？千真万确，她昨天晚上也到这个地方来了。"捕象队员们都惊呆了，他们你看着我，我看着你，简直不敢相信自己的眼睛。大象们的智慧远远超过了他们原来的预料。他们原来以为自己都已经很了解大象了，可是眼前的一切使他们觉得自己从来没有真正理解过大象。

"彼得森先生，"那位老捕象队员说，"我在附近的森林里跟大象打交道已经整整四十五年了，可是我还从来没有见过这种森林奇观呢。我的山神爷啊，这是……我该怎么说呢?"说到这里，他不停地摇晃着脑袋，嘴里不停地发出一阵阵惊讶的感叹。

彼得森先生和他的捕象队员们回到营地已经是吃晚饭的时候了。彼得森先生一个人单独在自己的帐篷里吃晚饭，但是他让手下的人特地杀了两头肥羊和十几只鸡，还做了许多糕点和米饭，因为他知道那些捕象人的帐篷里今天晚上一定会有一场热闹的宴会。大吐迈这时候也从平坝里的驯象基地风风火火地赶到捕象营地来寻找他的儿子和他的卡纳格，当他面对着自己的儿子和自己的大象的时候，他的两眼久久地瞪着他们，好像他很害怕他们似的。黄昏的时候，捕象队员们在他们自己的象棚前面点燃一堆大火，热闹的宴会开始了，大家吃啊喝啊，小吐迈自然成了这次宴会的中心人物，他成了每一个人心中的英雄。在大家正式开怀畅饮之前，一位面色黝黑的老捕象队员站起来，大家一见，都安静下来。这位老人是捕象队里每个人的老师，每一个捕象队员刚来的时候，都是他一手一脚教会他们怎样使用套象绳，怎样捕捉大象，用什么样的技巧把成群的野象分开，因为这个原因，他成了每个捕象队员心中最为德高望重的人。这时，他站起来，带着小吐迈走到每一个捕象队员的面前，那些队员一个接一个地把刚刚杀死的一只公鸡的血涂在小吐迈的前额上。这是一种特殊的仪式，这种仪式的意思是：从现在开始，小吐迈就是森林里的一个正式的成员了，从此以后，他就可以在这一带的森林里自由出入了。

最后，等到火堆里的火焰已经熄灭的时候，那些剩下来的炭火依旧红红地燃烧着，把人们身边的那些象棚里的大象身上都映成红红的一片，就像他们都浸在血中一样。这时候，那位老捕象队员再一次站起来，这一次，他把小吐迈高高地举起来，举过了他的头顶，同时他用庄重的语气大声地说："听着，我的兄弟们！还有你们，所有的大象朋友！我，马楚瓦·阿帕说话了。我宣布：从今天开始，我们再也不准用小吐迈这个名字来称呼这个小男孩。从今天开始，我们要用他祖父曾经用过的那个光荣的名字来称呼他，他就是象神吐迈！我们为什么要这样称呼他呢？因为他在整整一个夜晚的时间里亲眼目睹了大象的舞蹈，这是天命，我们中间没有一个人能够拥有！他的经历说明这里的山神都选中了他！将来有一天，他会成为一个最伟大的捕象专家，他的成就必将超过此刻在场的每一个人，而且一定会在我马楚瓦·阿帕之上。他将凭借那双无比明亮的眼睛，在无数的山林中间明辨秋毫，为我们开辟追踪野象的新途径。我们都知道，他是一个神童，在狂奔的大象脚下去捡绳子，也不会受到任何伤害的神童。即便是他从飞奔的大象背上掉下来躺在地上，那些大象也会知道他是谁，他们会自动闪开，不敢踩在他的身上。"说到这里，马楚瓦·阿帕转过身来对着象棚里所有的大象高声喊道："大象兄弟们，你们听着！就是这个神童，他亲眼看见了你们跳舞的那个神圣的地方，他是一个非凡的人！希望你们接受这个事实，永远尊重这位小神童。向你们的主人敬礼吧，我的大象兄弟们！还有你，卡纳格，你也应该向象神吐迈行礼。"

听见老人的话，所有的大象几乎同时都举起了他们的两只前腿，然后把两只前腿放在地上，朝着小吐迈叩头。顿时，象棚里出现了一场千古未见的奇观。

一个小男孩，从古自今，除了他之外，世界上再没有第二个人在夜里看见过大象跳舞。这个小男孩的名字就是小吐迈，从那时开始，人们便把他叫做象神吐迈。

这就是象神吐迈的故事。

雨夜奇闻

　　大雨已经断断续续地下了整整一个月，我们这支部队一直都在这个叫做拉沃品迪的地方安营扎寨。三万人的部队和数不清的军用骆驼队、大象队、战马、牛队、骡队，全都拥挤在这个地方。我们都在耐心地等待着，等待着英国驻印度总督的检阅。也许就在明天吧，我们的这位总督就要在这儿会见一位从阿富汗来的国王，这位国王的名字叫做阿米尔。因为这位国王先前从来没有离开过他从小长大的地方，外面的世界究竟像什么样子，他一点儿都不知道。所以，这位国王几乎可以说是当今世界上一个未开化的国家的一位未开化的国王。大概是为了让这位国王长长见识吧，我们的总督才精心设计和安排了这个阅兵式，目的就是让这位国王知道我们文明世界的厉害。那位阿米尔国王呢，他也带来了自己的卫队，他的卫队由八十名卫士组成，同时每个卫士都有一匹战马。可是，这八十匹战马都跟他们的主人一样，先前从来没有见过我们这种样子的军用帐篷。是啊，他们祖祖辈辈生活在亚洲中部那些高山地带，怎么可能有机会见到这么先进的东西呢？

麻烦就出在这里，在这些日子里，几乎每天晚上这些野蛮的战马和骆驼都要挣断拴在他们头上的绳索，高一脚低一脚地踩着满地的泥泞，冲到我们的帐篷里来。

那些野蛮地区来的战马没有见过大世面，我们还可以原谅他们，真正让人生气的是我们自己带来的那些军用骆驼，这些家伙也借此机会跟着瞎起哄，他们也常在夜里挣断绳索，一阵狂奔，撞断我们帐篷的柱子和绳索，把住的地方弄得一塌糊涂，而且常常把那些帐篷弄倒在泥地里，本来是白布做成的干干净净的军用帐篷，被这些家伙冲击之后，哪里还有军用帐篷的模样呢。在这种情况下，你们可以想象，谁还可以睡上一个安稳觉呢？

我住的帐篷离那些战马和骆驼的地方比较远。我心里想，这下子该可以安安稳稳地睡觉了吧。可是，这天晚上，一个人突然把脑袋伸进我的帐篷里来大声喊道："快起来，快起来，他们来了！我的帐篷已经都被他们弄倒了！"

我知道这位朋友说的"他们"是指什么东西，所以我赶快从床上爬起来，穿上我的皮靴，顺手扯了一张遮雨布，就急急忙忙从帐篷里跑出来，跌跌撞撞地跑进了稀泥里。我的那只名叫维克森的小狗呢，在我从帐篷这一边跑出来的时候，他也从帐篷的另一边钻了出去。紧接着，我耳边就传来一阵乱哄哄的声音，又像是喘气的声音，又像是怒吼的声音，又像是呻吟的声音，等我回过头去看帐篷的时候，只见帐篷开始朝着地上倒去，拉扯帐篷的绳索正在被扯断，发出阵阵砰砰的声音，同时，我看见那些白色的篷布开始奇怪地跳起舞来，就像是幽灵在夜色中舞蹈一样。原来，是一头骆驼冲进了我的帐篷，那张篷布裹住了他的脑袋，他正在篷布下面没头没脑地挣扎呢。这时候，虽然我心里充满了对这个畜生的愤怒，可是一看他那种呆头呆脑的样子，我却禁不住哈哈大笑起来。可是我不敢站在那儿笑下去，我还必须继续朝前逃跑，因为我弄不清今天晚上究竟有多少头骆驼在同时发疯。要是另一骆驼朝着我冲过来，万一把我冲倒在地上，再毫不留情地踏上那么几脚，明天早上我不是变成一个肉饼了吗？后来，不知跑了多久，也不知我究竟跑了多远，我只知道我已经跑到了看不见帐篷的地方，此时，两只脚正陷在泥淖里艰难地挣扎。最后，我突然觉得自己的脚绊在一个什么硬邦邦的东西上面，我弯下腰一摸，发现是一门大炮后面的支架，这时我才知道自己已经跑到炮兵部队摆放加农炮的阵地旁边。我已经很累了，加上天上还在一个劲地下着小雨，我再也不想朝别的地方瞎跑了。于是，我把自己手里那块遮雨布挂在加农炮的炮筒上面，在附近找来两三根树枝帮衬着，搭起了一个临时的窝棚。等到窝棚搭好之后，便仰身躺在炮架上面，心中暗暗地揣测，我的维克森现在该跑到哪儿去了呢？

想着想着，我差不多快要睡着了。突然，我听见身边不远的地方传来一阵叮叮咚咚的响声。仔细一听，原来是一匹骡子身上的驮架发出来的声音，等到这阵响声停下来之后，我又听见那匹骡子累得直喘粗气，同时还听见他在那儿不停地甩着脑袋，像是在把他耳朵上的泥浆甩干净。通过他驮架上发出来的那阵叮咚声来判断，我猜这匹骡子属于迫击炮中队，因为只有迫击炮上的零部件才会发出这样的响声。迫击炮是一种小型的火炮，它的炮身是由两部分组成，平常运输的时候，战士们把它分成两块，等到战斗中要使用它的时候，战士们才把它组装在一起。因为它具备这个特点，所以，在山区地带作战的军队常常带着它。战士们把这种炮放在骡子的背上，只要骡子能爬上去的地方，这种炮就能发挥作用。尤其是在遍地岩石的山区作战，这是一种很厉害的武器。

那匹骡子喘气的声音还没有完全停下来，突然有一头骆驼跟在他后面跑到了他的身边。我知道他是一头骆驼，因为他跑起来的蹄声比骡子轻，这是因为骆驼的脚掌下面长着一层厚厚的肉垫的缘故。我伸出头去看了看，看见那头骆驼的模样真可笑：他的脖子朝着前面一伸一缩的，就像是一只浑身淋透了的落汤鸡。

我很幸运，因为长期跟当地土著人生活在一起，我从他们那儿学懂了动物的语言。当然，我所说的动物并不是野生动物，而是那些长期跟人住在一起的动物。所以，此时此刻，能听懂这些动物的对话真是一种乐趣。

我猜这头骆驼肯定就是刚才撞进我帐篷的那一头，因为我听见他在对那匹骡子说："我该怎么办呀？我该朝哪儿去呀？刚才我跟那个又大又白的东西恶战了一场，它浑身都是棍子，有一棍正好打在我的脖子上，把我打得好疼哟。"我知道他说的那些棍子一定是我帐篷上的支架，听说那些支架把他的脖子打痛了，我觉得心里非常得意。接着我又听见那头骆驼在说："我们还要不要继续朝前跑呢？"

"哦，原来是你呀？"那匹骡子说，"今天晚上在营地闹事的原来是你和你的那伙朋友呀？好家伙，明天天亮之后，你们肯定会为这事受到惩罚。不过，我这里还是要先教训教训你这家伙两蹄子再说。"

骡子背上的驮架传来一阵响动，我知道那是骡子在转过身子用屁股对着骆驼，接着我听见两声闷响，那是骡子的两个蹄子踢在骆驼肋骨上的声音。"我这里只是给你一个小小的教训。"这是骡子的声音，"看你们下一次还敢不敢半夜三更跑到我们骡子睡觉的地方制造紧张空气。看你们下一次还敢不敢跑来乱叫什么'抓小偷，起火啦'，还不赶快蹲下来，让你那根长脖子安静下来。"

听见骡子的厉声吆喝，那头骆驼只好乖乖地缩成一团，趴在地上，一副垂头丧气的样子。这时候，夜色中传来一阵不慌不忙的马蹄声，一听就知道这是一匹老练的战马，他跑起来那么从容不迫，就像是在接受国王检阅一样。他朝着我们这边跑过来，不慌不忙地从那些炮架上面跳过去，在那匹骡子身边停了下来。

"这些家伙真是太粗野了。"站下来之后，那匹战马一边喷着响鼻，一边自言自语地说，"这些骆驼今天晚上又在发什么癫，这个星期他们连续这样干了三次了。如果老是这样闹下去，闹得我们这些战马整夜整夜不能睡觉，白天怎么提得起精神来呢？谁在那儿？"

"我是第二迫击炮中队炮座小队的第二号驮骡。"那匹骡子回答说，"我身边还有一位你的朋友，我也是被他弄醒的。你是谁呀？"

"我是第五骑兵中队枪手迪克先生的战马，请你站得离我稍远一点儿，朝那边挪一挪。"

"哦，对不起，我挤着你了。"那匹骡子说，"天色黑糊糊的，什么都看不清楚。是不是所有的骆驼都闹事啦？我听见一阵乱哄哄的，实在受不了，就独自跑到这儿来，想安静一会儿。"

"我的先生们。"那头骆驼趴在地上十分谦卑地说，"我们骆驼在今天晚上做了一个可怕的噩梦，我们都被这个梦吓坏了。我是第三十九地方部队的军需队的骆驼，我的工作是为战士和军官们驮运行李。我们的胆子没有你们的大，所以我们不能像你们那么勇敢。"

"既然是这样，你为什么不乖乖地驮自己的行李，半夜跑到营地里来瞎闹什么呢？"骡子愤愤地说。

"这个噩梦真的太可怕了。"骆驼说，"我真的很抱歉，请你们原谅。啊，听！那是什么？我们快跑吧。"

"待在那儿别乱动。"骡子连忙制止道，"要不然周围这些炮架会把你绊在地上，你那几根木棍似的细腿受得住几下摔打哟。"说完，他竖起那双长长的骡耳朵仔细地倾听了一会儿，然后说："牛群，是那些拖运大炮的牛。你瞧，你和你的朋友差不多把整座营地都闹翻天了，连牛队也被你们弄得乱跑起来。这些家伙跑起来，就不那么容易收拾了。"

我听见一阵叮叮当当的声音，原来，那是两头被肩并肩地绑在一起的黄牛，他们从营地里挣断铁链惊跑出来，那阵叮叮当当的响声就是铁链拖在地上发出的声音。我知道，这种黄牛是军队上用来拖重炮的。在打仗的时候，那些负责拖重炮的大象常常不愿意拖着重炮到枪林弹雨中去冒险，这时候，那些战士们就让最能吃苦耐劳的黄牛们来干这种工作。跟这对黄牛一起跑到我们附近的还有一匹年轻的骡子，他一定是被刚才那阵狂奔吓坏了，他一边跑，嘴里还一边不停地喊着："比利，比利，你在哪儿呀？"

"这家伙是一个青毛头，他刚刚参加军队不久。"那匹骡子对身边的战马说，"他是在叫我的名字哩。嘿，我在这儿呢，青毛头，闭上你的嘴巴好不好？怕什么呀，你看我们不是都好好的吗？"

两头拖炮牛卧在一起，不声不响地嚼着反刍的草料。那匹青毛头骡子却没有他们那么镇静，他使劲朝着比利身边挤过去，好像离比利越近他就越安全似的。

"怪物！"那个青毛头对比利说，"太可怕了，那些怪物太可怕了，比利！他们冲到我们睡觉的地方来了，他们会不会杀死我们呢，比利？"

"我真想狠狠地踢你一脚。"比利对他说，"你是一匹接受过严格训练的军用骡子，竟然当着这位先生的面吓得这副熊样，真不害臊。"

"好啦，好啦。"那匹战马听见比利把他叫做先生，顿时觉得自己高雅起来。他连忙接过比利的话头，摆出一副绅士派头说，"别忘了，每个青毛头开始的时候不都是这样的吗。我第一次看见人的时候（当时我才三岁，住在澳大利亚），我还吓得足足跑了半天的时间哩，如果当时我看见的是一头骆驼，不知还要跑多长时间呢。"

的确，我们军队的战马几乎全都是从澳大利亚运到印度来的，到了印度才被分编到不同的部队里。

"是这样的，是这样的。你说得真不错。"比利说，"别再哆嗦了，小伙子。你瞧，那些人第一次把驮架放到我背上的时候，我吓得两条前腿立在地上，两条后腿抬得老高，我踢呀踢呀，把背上那些东西全都摔得七零八落，掉满一地。我从来没有认真学过怎样发脾气，可是那些人说他们从来没有看见过一匹骡子有我那么大的脾气呢。"

"可是，这些怪物可比你们说的那些东西厉害多了。"那匹青毛头骡子回答说，"你们知道，我现在早就不怕你们说的那些东西了。可是刚才我看见的东西模样真的奇怪极了，就跟一根根树干一样。我还没有来得及完全睁开眼睛，它们就打在我的脑袋上，把我脑袋上的套绳都打断了。我到处找不到我的主人，我也不知道你跑哪儿去了，比利。没有办法，我这才跟在这两位先生后面跑到这儿来了。"我知道，他说的两位先生，一定是指那两头拖炮牛。

"一听见骆驼又开始闹事的声音，我心里早就盘算好该到什么地方去躲清闲了。"比利说，"而且，只要我一听见一匹久经训练的军用骡子把两头拖重炮的黄牛叫做先生，我就知道这匹骡子一定是吓得神经错乱了。嗨，我说，两位躺在地上的兄弟，你们到底是谁呀？"

听见老骡子比利的问话，两头拖炮牛连忙停住反刍，同时回答说："我们是重炮中队第一排的第七对拖炮牛。那些骆驼冲到我们牛棚的时候，我们正在睡觉。那些家伙踏在我们身上，把我们弄醒了，我们只好爬起来赶快离开那个地方。那些骆驼实在太讨厌了，说实话，只要能够远离他们，安安静静地睡上一觉，哪怕是睡在泥浆地里我们也心甘情愿。刚才我们告诉过你这位年轻的伙伴，让他用不着那么害怕，可是我们的话他就是听不进去，哼。"

说到这里，他俩又埋下头去继续反刍。

"这才真正是一件可怕的事情呢。"比利对那匹青毛头骡子说，"连拖炮牛都在公开地嘲笑你了，青毛头，我真不知道你是不是觉得脸红。"

这时候，我听见那匹青毛头骡子嘴里咬牙切齿地嘟哝着什么，我试着仔细听了听，好像是在说什么他才不把世界上任何一头老笨牛放在眼里呢。那两头拖炮牛呢，好像他们并没有听见这匹青毛头骡子的牢骚话，他们只顾低着头不停地嚼着从胃里冒出来的草料。

"年轻人，千万不要为了掩盖自己的害怕而迁怒于别人，那才是真正的懦夫的心态呢。"那匹高雅的战马说，他的语气中好像充满了一个德高望重的长者对年轻晚辈的关怀，"不管是什么人，如果他在夜里看见一种自己不了解的东西，都可能产生害怕的感觉，这种害怕的心情都是可以理解的，而且由于这种害怕产生出来的各种情绪都是可以原谅的。我记得在澳大利亚的时候，四百五十匹战马住在一起，我们不知多少次在夜里挣断缰绳狂奔乱跑，只是因为一个新来的伙伴给我们讲了一个关于响尾蛇的可怕的故事。那个故事引得我们的伙伴常常做噩梦，每次噩梦都是一场混乱。"

"这类事情的确是军营里的常事。"比利说，"我年轻的时候也常常自己吓自己。而且。即便是没有什么事情吓我，我也常常跑到外面去自由自在地玩上一天两天，顽皮嘛，年轻人都是一样的。说到这里，我想问一声，在战斗打响的时候，你都干些什么工作呢？"

"嗯，这是一个有趣的问题。"那匹战马回答说，"每一次，当战斗打响的时候，迪克都骑在我背上，用他的两个膝盖紧紧地扣在我肚子的两旁，我要做的事情只是两只眼睛紧紧地注视着地面，仔细看清自己落脚的位置。同时保持四条腿的正确姿势，随时准备通过缰绳听取迪克的命令。"

"怎么能够通过缰绳听取命令呢？"那匹青毛头骡子问道。

"老天爷。"那匹老练的战马感叹地说，"你怎么啦？你问这句话的意思是不是在告诉我说，你们军用骡队从来没有接受过这样的训练呢？如果骑手不通过缰绳向你发号施令，你们怎么能够及时地领会骑手的意思，灵活地转动方向呢？对于你背上的骑手来说，这可是一个性命攸关的大事，而且，当然啦，如果我们背上的骑手遇上什么意外，我们的命运也好不到哪儿去啦。当你感觉到骑手在你背上朝后拉缰绳的时候，你就应该立即用两条后腿当轴心，两条前腿使劲蹬地，让自己的身体立即从右边或左边转过身来。如果你左右两边的空间不够转身，你就应该用后腿着地，像人那样立起来朝后转身。这就是通过缰绳听取命令。"

"我们骡队从来用不着接受这样的训练。"听完战马的解释，比利冷冷地说，"我们接受的训练是如何通过自己的耳朵来领会驾驭人员的命令。他说'出列'，我们就从队列中走出来，他说'入列'，我们就从队列外面走进去。我想，使用语言和使用缰绳都是一样的，只要我们能领会人们的意思就可以了。你刚才说，你们转弯的时候总是要用后脚当轴心，特别是像人那样站起来转弯，我想你们的踝关节一定很难受，是吗？"

"事情并不像你想象的那么困难。"战马说，"通常我总是跟许多脑袋上拖着长头发，嘴里不停高呼的勇士们一道冲向敌人，那些勇士们手里都挥动着寒光闪闪的长刀，那不是普通的战刀，比英国人常用的那种战刀厉害多了。在冲锋的时候，我必须随时注意别让迪克的腿跟他身边那些人的腿碰在一起。我可以感觉到迪克的长枪在我右边的眼睛前面不停在晃动着，只要一看见这种晃动，我就有一种安全的感觉。在紧急情况下，我一点也顾不上去理会那些站在迪克和我对面的那些人，有时候只能朝着他们一直冲过去，甚至把他们踏在我的铁掌下面。"

"那些人的长刀不会伤害你们吗?"那匹青毛头骡子问。

"有一次，一个敌人的长刀在我的胸膛上划了一个大血口。不过，那不是迪克的错……"

"如果我受了那样的伤，我一定要彻底追究是谁的责任。"青毛头说。

"这种念头，只有你这种年轻人才想得出来。"战马冷冷地说，"如果你不相信自己背上的骑手，你说不定还可能从他身边临阵脱逃呢。在我们战马队里，就曾经发生过这样的事情。不过，我并不想在这里指责那些逃跑的家伙。正像我刚才说过的那样，虽然我胸部受了重伤，可是那不是迪克的错。当时，我看见自己前面躺着一个人，他好像已经受伤死在地上，我不愿意让自己的铁掌踏在一个死人或者快要死的人的身上，所以我设法从他身上跨过去，谁知这家伙却出其不意地朝着我胸前戳了一刀。从此以后，当我看见前面躺着一个敌人的时候，我再也不会去同情他们，而是毫不留情地踏着他们的身体走过去，狠狠地踏过去。"

"哦。"比利老练地叹了一声，然后不慌不忙地说，"你的故事听起来好像有些不好理解。依照我的看法，不管什么样的长刀，都是带着血腥的脏东西。在那种时候，最理智的做法就是带着背上的东西安全地爬到最高的地方，在爬山的时候还要特别注意脚下的山路，同时耳朵也要注意周围的情况。你爬啊爬啊爬，一直爬到一个最高的地方，那儿除了你一个人以外，再也站不下第二个人。这时候，你就可以在那儿静静地站下来，注意观察山下激烈的枪战和闪动着的刀光，在这种情况下，甚至身边风吹树叶落下来的声音你都听得清清楚楚。记住，年轻人（比利好像是在对青毛头说话，其实他的话是说给那匹战马听的），千万别让人们在你头上套上什么缰绳。"

"你们平时不到外面去旅行吗？"那匹战马突然换了一个话题。

"我听人们说过一句谚语：骡子旅行就像鸡长耳朵一样少见。"比利不慌不忙地回答说，"有时候，装得不好的驮架很可能让骡子一天到晚都不舒服，但是那种情况毕竟十分少见。我真希望有一天能让你见识见识我们的工作场面，那场面真是太漂亮了。我为什么这样说呢？因为我花了整整三年的时间来研究我们骡队的生活习性，我对骡队了解得太多了。我们在行军的时候决不会让自己的队伍暴露在山梁上，如果你不那样做，你一定会挨枪子儿。你一定要记住，年轻人，千万别忘了认真地隐蔽自己，哪怕是只在野外行走一两里路，也要格外小心。你瞧，正因为有这些知识，所以每一次爬山的时候，他们都让我走在最前面，给后面的队伍带队。"

"朝着没有反抗能力的行队开枪射击？"战马埋下头去想了想说，"我真的很难理解这种场面。如果我遇到那种情况，我一定跟迪克一道朝着敌人冲过去了。"

"哦，不，那可不行。你是知道的，一旦敌人把他们的大炮架设好了之后，不管什么样的冲锋都是没用的。这是科学，不是孩子的游戏。可是，说到刀……"

那头趴在地上的骆驼一直没有机会说话，正在这个时候，我突然听见他清了清自己的嗓子，打断比利的话说：

"我也参加过几次战斗，可是我的办法跟你们的都不一样，我们既不是像马队那样朝着敌人的阵地冲锋，也不是像骡队那样爬到高处去躲避。"

"你当然不会跟我们一样。一眼就看得出来：上帝制造你们，一看就不是为了像马队那样冲锋，也不像骡队那样登高。"比利说，"好吧，你来说说看，你们是怎么做的呢？"

"对我们来说，"骆驼说，"最合适的方法就是在原地蹲下来……"

"哎哟，我的天啊。"还没有听完骆驼的话，那匹战马就大叫起来，"在原地蹲下来！"

"我们都蹲下来，上百头骆驼一齐蹲下来。"那头骆驼接着往下说："在一片比较空阔的地带趴成一团。战士们把我们背上的驮架卸下来，用这些驮架在我们的四周围成一圈，然后他们躲到我们背后，把枪架到我们背上，朝着那个圈子外面的敌人射击。与此同时，那个圈子外面的敌人也在朝着这个圈子里面不停地射击。"

"这是一群什么样的战士啊？他们不是你们的朋友吗？"战马又一次叫起来："在骑术学校里，他们教我们趴在地上，让我们背上的骑士把枪放在我们背上射击，可是我同意迪克在我的背上放枪，因为我只相信他一个人。那样趴在地上，让我的四肢很不舒服。再说，趴在地上，我不是变成一个小矮子么，不管我怎么抬起头来，也不能看见很远的地方。"

"管他是谁靠在你身上朝外放枪，那有什么关系呢？"骆驼说，"打起仗来的时候，你身边到处都挤满了骆驼，到处都挤满了人，眼前到处是一片浓浓的烟雾，我们什么都看不清楚。不过，在那样的时刻，我们什么都不怕。我们只是静静地蹲着，静候着接下来发生的事情。"

"尽管你们很勇敢，"比利说，"你们还是不断地做噩梦，不断地把整个营地闹得人心惶惶。好啦好啦，我想睡觉了。在我睡觉之前，再也不要对我说什么趴在地上的事情，我才不愿意让人趴在我背上放枪呢。要是哪一天有人想那样对待我，我的两个蹄子肯定会对他的脑袋不客气。嘿嘿，你们先前听说过这种可怕的事情吗？"

过了很长一段时间，大家都没有说话。最后，还是一头拖炮牛抬起他的大脑袋来打破眼下的沉寂。他说："我觉得你们说的这些办法都很荒唐，真的很荒唐。在我看来，参加战斗只有一种正确的方式。"

"真的吗？"比利说，"快说出来让我们见识见识。哦，不用担心，我不会生气的。我真的想不出你们黄牛参加战斗还有什么样的新招，如果你让我猜一猜的话，我一定会猜想你们是不是用尾巴立在地上走路。"

"唯一的方式是，"两头黄牛同时说（我猜他们一定是双胞胎兄弟），"我们的方式是：等到两尾兽鼻子朝天吼起来的时候，我们二十几对兄弟就赶快冲上去，拖着大炮朝前冲。"（两尾兽是兵营里的伙伴们给大象取的绰号）

"两尾兽为什么要鼻子朝天吼叫呢?"青毛头骡子问。

"他们用这种方式来表示他们不愿意靠近打仗的地方。两尾兽统统都是胆小鬼。这时候，那些战士们就把所有的重炮绑在一起，让我们来拖。吭哧，吭哧，吭哧，我们在拖大炮的时候可不能像小猫那么灵巧，也不能像小牛跑起来那么轻松。我们拖着沉重的大炮，一直穿过冒着炮火硝烟的平原，二十多对拖炮牛一起使劲，那场面可壮观啦。我们拖啊拖啊，一直把重炮拖到该去的地方，那些战士才为我们解开脖子上的绳索。当我们拖上去的那些重炮开始对着那座四周围着厚厚城墙的城市说话的时候，我们便可以自由自在地在一旁吃青草了。我们听见轰的一声，接着就看见城墙倒塌下来，再接下来就是满天的尘土扑面而来，那场面看起来就跟无数头黄牛在一起狂奔的时候卷起的尘土一样。"

"天啊，你们在那个时候还有闲心吃青草吗?"青毛头骡子问。

"我们不管什么时候都可以吃青草。吃青草总是一件令人感到舒服的事情，对吧? 我们在那儿吃青草，一直吃到那些战士把我们重新连在一起，拉着重炮朝回走。走到我们最初出发的地方，他们把重炮从我们脖子上卸下来，重新绑在两尾兽的身上。有时候，城里的大炮也对着我们说话，这时候，我看见我们一些伙伴被打死在地上。这样一来，我们这些剩下的伙伴吃起青草的地面就变得更宽了。这就是运气，一切都是运气。说来说去，两尾兽才是最大的胆小鬼。说来说去，这才是参加战斗最合适的方式。我们是哈泊家族的兄弟。我们的爸爸是舍瓦的神牛。我们说的话绝对没有错。"

"这样看来，今天晚上我好像真的学了不少知识呢。"这是那匹战马的声音，"我说，你们这些迫击炮部队的先生，在城里的大炮对着你们狂轰，并且随时都威胁着你们生命时刻，你们会像他们一样平平静静地吃青草吗？特别是当那些两尾兽无忧无虑地躲在你们身后的时候。"

"如果遇到那种场面，我们宁愿趴在地上，让那些人趴在我们身上，或者让他们朝着那些手拿着长刀的敌人冲锋过去。不过，我真的还没有听说过这样的怪事呢。说到底，我还是愿意爬到远离战场的山顶上，背上驮着人们分配给我的东西，干我们骡队的运输工作。至于别的事情嘛，我决不愿意干。"比利说到这里，用他的脚在地上咚地踏了一声。

"当然啰，"战马说，"一棵树上的果子还有的酸有的甜呢，我们怎么能够要求每个人都一样呢？对于你们骡子的家族，我了解得简直不能再清楚了。尤其是你们父亲的血统给你们的影响，它使你们失去了对许多伟大事情的理解能力。"

"不许你随便议论我爸爸的血统。"比利非常愤怒地说。像世界上每一头骡子一样，比利很不愿意别人说起他的爸爸是驴子这一事实。所以他说："我的爸爸是南方的一个贵族，如果有什么马敢于从他面前走过，我爸爸一下子就可以把他打倒在地上，把他咬成碎片，把他踢成一堆肉酱。我的话你可要记清楚了，你这匹澳大利亚森林里的棕毛野马。"

比利把那匹战马叫做野马，他的意思是骂那匹战马没有教养，一点礼貌都不懂。听见别人这样骂他，我们每个人都可以想象那匹高傲的战马该气成什么样子了。即便是在黑夜中，我也看见他的眼睛里闪着愤怒的光芒。

"听我说，你这个杂种！"战马咬牙切齿地说，"让我告诉你，我的妈妈可是一匹纯种的英国马，她在许多次比赛中都拿过大奖，捧过金杯。我们高贵的马才不愿意干你们那种又笨又脏又下贱的工作呢。现在我要好好教训你一顿，你准备好了吗？"

"你可站稳了。"比利回答说，说完比利和那匹战马同时后腿着地站了起来，他们脸对着脸，眼睛瞪着眼睛，我估计马上就可以看到一场激烈的撕咬搏斗了。可是，黑夜里突然传来一声粗声粗气的声音："孩子们，你们为什么在这里打架呀，还不赶快安静下来。"

听见这个声音，战马和比利都把举起来的前腿重新放到地上，他们的鼻子里同时发出一声轻蔑的哼哼，看得出来，虽然大象的突然出现让他们不得不停止撕咬，但是他们心里依旧是谁也不服谁的。

"是两尾兽！"那匹战马突然改变了对比利的态度，他用友好的语气对比利说，听他这种语气，好像刚才他们之间什么事情都没有发生过一样，"我最受不了这家伙了。太不公平了，他一个人就长着两根尾巴，屁股上长了一根小的还不算，还要在脑袋上长一根大的。"

"我跟你的看法完全一致。"比利好像也原谅了战马，他一边友好地回答，一边朝着战马身边挤过去，看样子他也愿意跟战马结成统一战线来对付大象，"我觉得有时候我们的脾气还很相似呢。"

"我想这一定是因为我们的妈妈都是属于同一个家族吧。"战马对比利的话表示同意，"这方面一点儿也用不着争论。嗨！两尾兽，你不是被他们绑在什么地方吗，怎么跑到这儿来了呢？"

"是啊是啊。"大象一边回答，一边哈哈大笑地说，"我一直都被绑在这儿。我一直都在静悄悄地听你们背后议论我哩。不过你们不用害怕，我不会对你们怎么样的，我的手脚都被拴着哩。"

听见大象说他一直被绑在那儿，那两头黄牛和那匹几乎一直都没有说话的骆驼突然一齐说："什么什么，害怕大象？说我们害怕大象，这真是天大的笑话！"接着，一头黄牛的声音说道："我们在背后议论你，这一点我们应该向你道歉。不过我们说的都是真话，对不对？两尾兽，你可不可以告诉我们，在战斗的时候，你为什么害怕得那么厉害呢？"

"这个嘛，"大象低头一边想，一边用他的两条后腿互相擦来擦去，那有节奏的声音听起来就像一个小娃娃在念儿歌一样。他擦了一会儿之后，终于开口说，"我真的不知道你们是不是能够理解我。"

"你害怕的心情我们当然理解，可是拖拉大炮是我们的工作呀。"两头黄牛说。

"我知道那是我们的工作。我还知道你们把自己想象得非常勇敢。可是我跟你们不一样啊，我的中队那些当兵的有时候说我前怕狼后怕虎，你们知道吗？"

"那么，你的临阵退缩也许也算是一种参加战斗的特殊方式吧？"比利刚才被大象吓了一跳，现在重新回过神来。

"你不明白他们为什么要那样说我，可是我心里却知道得很清楚。他们的意思是说我在做事的时候总是犹豫不决，对了，我觉得那才是我真正合适的位置。我可以在脑袋里提前预知将会发生的事情，你们这些老黄牛却做不到这一点，难怪你们老是那么莽撞。"

"我也能事先预知将发生的事情，虽然我知道得并不是很多。"战马说，"可是我却常常要求自己不要过多地去想那些事情，因为你想得越多就越胆小。"

"我想的事情比你多，而且我不能不想这些事情。我知道自己周围需要格外小心的事情实在太多了，我还知道，一旦我生了病，没有人能治好我。当我病了的时候，他们所做的事情只有一件，这就是停发我主人的工资，直到我的病好起来以后才重新发给他。而且，我也不能把自己完全托付给自己的主人，我要是有一个三长两短，他也帮不了我什么忙。"

"哈!"战马笑起来,"这一次总算说到点子上了。你的一切毛病都是因为你不信任自己的主人。我可不像你,不管什么时候,我都完全信任迪克。"

"就算你把你的迪克和他的整个中队都放在我的背上,也不能解决我的思想问题。我眼睛里的世界到处都是危险和威胁,我一生中从来没有一个觉得完全开心的时刻。"大象说。

"你真是一个不可思议的家伙。"两头拖炮牛异口同声地说。

"我知道你们不可能理解我,所以我根本不想跟你们谈下去。你们根本不知道什么叫血。"

"我们当然知道。"两头拖炮牛一齐叫起来,"那是一种红颜色的东西,很快就会浸到地下去,还有一种特别的气味。"

这时,那匹战马突然两蹄在地上狠狠地踢了一下,然后跳起来,一边跳一边还打着响鼻。

"别说什么血不血的好不好。"战马说,"一说到血,我就闻到血的气味了。一闻到血的气味我就想跑,尤其是迪克没有在我背上的时候。"

"可是这儿并不是你跑的地方呀。"牛和骆驼一齐说,"你怎么一下子变得这么傻呢?"

"血是一种可怕的东西。"比利说,"我不想跑,可是我也不愿意谈论这个话题。"

"原来你也在这儿呀。"大象一边对比利说话,一边还友好地摆动着他的长鼻子。

"是啊，我们差不多整个晚上都在这儿。"两头拖炮牛回答说。

大象挪动了一下他的身体，夜幕里传来一阵叮叮当当的声音："我可没有跟你们两头牛说话，因为你们不会用大脑看问题。"

"我们才不愿意一天到晚在脑子里瞎捉摸呢。我们只会用自己的眼睛看问题，我们眼前有什么，我们就看什么。"两头拖炮牛说。

"你们真是两个大傻瓜。"大象说，"如果能像我一样想得很深很远，你们就再也用不着拖着大炮到枪林弹雨中去冒险了。如果我能像我们的中队长那样想问题（他是一个聪明的人，往往在事情发生之前就能预料到事情的结果，所以每次打仗之前他都吓得不停地发抖，而且他对逃跑的路线了解得比任何人都清楚），我一定愿意来拖大炮。可是，如果我真的能有那么聪明，我肯定不会到这儿来了。我一定会像从前那样，继续在森林里当我的森林之王，半天睡觉，半天洗澡，那该多自在啊。我已经差不多整整一个月没有好好洗过一次澡了。"

"你的演讲真精彩。"比利说，"可是精彩的演讲并不能掩盖你的胆小。"

"哈。"战马说，"比利，经你这么一提醒，我总算明白两尾兽说这么多话是什么意思了。"

"哼！你马上还会明白得更多呢。"大象生气了，他愤愤地说，"现在，你们必须给解释清楚，你们为什么不喜欢我的做法。"

说完，大象抬起头气呼呼地喷着鼻子。

"不许你那样乱吼！"我听见比利和那匹战马同时对着大象喊，在这个时候，我还可以听见他们身上不停颤抖的声音。在半夜三更的时候，尤其是到处都静悄悄的时候，大象喷鼻子的声音显得格外大声。

"我想这样做，你们敢把我怎样？"两尾兽说，"你们还不打算对我道歉么？呼！呼！呼！呼……呼……"突然，大象停止了喷响鼻，四周一下子显得十分宁静。在宁静的夜色中传来一阵小狗的叫声，我一听就知道，这是我的小狗维克森找到我这儿来了。维克森知道得十分清楚，大象最害怕她这样的小狗。大象一听见维克森的叫声，一下子静悄悄地立在他的拴象桩前面。这时候的维克森呢，她跑到大象的四只巨大的象腿之间绕来绕去，大象在她面前变得格外规矩。看见维克森在他脚下，那只两尾兽吓得胆战心惊。他对着维克森哀求道："请你离开我，小狗狗。请别用你的鼻子闻我的脚后跟。哎哟，要不然我可要用脚踢你啦！哎哟，小狗狗，你赶快回自己的家去吧。哎哟，你的主人在哪儿呀，他为什么不赶快把你带走呢？哎哟，快救命呀，小狗要咬我了。"

"看来咱们的两尾兽朋友真是一个见了什么都害怕的家伙。"比利对战马说。

我在遮雨布下面打了一声口哨，维克森听见这声口哨，立即朝着我跑过来。哎呀，我看见她满头满脑到处都是泥浆，简直变成一只小泥狗了。她跑到我面前，不停地舔我的鼻子，还把她刚才在黑夜里到处找我的时候遇到的各种奇奇怪怪的事情讲给我听。我静静地听着，我并没有告诉她我能听懂每一种动物的语言。我想，如果她知道我能完全听懂她的语言，她今后一定会对我产生防范心理，那样一来，她就不像从前那么自由了，而且我们之间的感情就会受到损伤。我把维克森放在我的大衣里面，为她扣上扣子。这时候，我听见那只两尾兽独自在那儿走来走去，嘴里还不停地发出轻轻的哼哼，看样子他还为刚才的事情感到害怕呢。

"真是不可思议，简直太不可思议了！"我听见那头大象在嘟嘟哝哝地说，"一只小狗竟然跑到我的家里来了。嘿，这只脏兮兮的小家伙怎么一下子又不见了呢？她跑到哪儿去了呢？"

我听见他渐渐安静下来。

又过了一会儿，我又听见那头大象对他身边的比利和战马说起话来："看来我们大家的神经这几天都太紧张了。"说到这儿他长长地出了一口气："刚才我朝着天上喷响鼻的时候，一定让各位先生受惊了吧，真对不起你们。"

"算不上什么受惊。"那匹战马说，"不过我倒真的觉得好像有一只大黄蜂在我背上叮了一下似的。千万别再制造这种紧张空气了，老兄，拜托了。"

"今天晚上我被那只小狗吓坏了，骆驼也被他们的噩梦吓坏了。"

"我们大家都通过自己的特殊方式参加打仗，这对于我们大家来说，都算是各得其所吧。"战马说。

"我想知道的是，"那匹安静了很长时间的青毛头骡子突然接过话头说，"我想知道的是：为什么我们必须参加打仗呢？"

"因为这是命令呗。"听了青毛头的问题，战马不屑一顾地回答说，他的语气中充满了对青毛头的鄙视。他好像是在说：你这家伙怎么啦，连这么简单的事情都不懂？

"命令？"青毛头好像还是没有明白过来。

"命令就是命令呗，这有什么奇怪的。"骆驼刚说完，两头拖炮牛和大象也接着说，"是啊，这还有什么好问的呢？"

"我知道是命令。可是，这个命令是谁给我们的呢？"青毛头继续问。

"是人给的呗，就是那个走在你前面的人，或者是那个骑在你背上的人，再不然就是那个拉着你鼻绳的人，还有那个拉着你尾巴的人。"比利这样说，战马这样说，骆驼这样说，两头拖炮牛也这样说，大象也这样说。

"可是，又是谁给这些人发布命令呢？"

"你是不是问得太多了，年轻人？"比利说，"你是不是肋骨发痒痒，想挨两蹄子呀？你只要服从走在你前面的那个人的命令就行了，哪来那么多费话！"

"他说得对。"两尾兽接过话头说，"虽然有时候我自己不能完全服从人们的命令，但是我觉得比利的话是对的。你一定要服从站在你身旁那个人的命令，要不然你就会让整个中队都乱套，那样一来，你肯定会挨一顿皮鞭。"

这时候两头拖炮牛站起来准备走了。"天快亮了。"他们说，"我们也该回去了。的确，我们只能看见眼睛前的东西，我们真的算不上聪明，不过，在今天夜里只有我们没有觉得害怕。好啦，明天见吧，勇敢的朋友们。"

听了两头拖炮牛的话，大家都不做声。过了几秒钟，战马好像才找到另一个话题："那只小狗跑到哪儿去了呢？既然有小狗在这儿，说明一定有一个人就在我们附近。"

"我在这儿，在炮筒下面。"维克森大声说，"我正跟我的主人在一起。你这头笨蛋骆驼，你把我们的帐篷弄倒了，我的主人正在生你的气呢。"

"嘿！"两头拖炮牛一齐叫起来，"他的主人一定是一个白人。"

"他当然是一个白人啦！"小狗自豪地回答说，"你以为我愿意让一个只知道赶黄牛的家伙来照顾我吗？"

"哎呀，哎呀。"两头拖炮牛说，"有白人在这儿，我们快点离开这儿吧。"

说完，他们急急忙忙撞进稀泥地里，手忙脚乱地朝着他们放炮车的地方跑去，结果还没跑出几步远，就被他们之间的绳索套住了手脚。

"白人有什么值得大惊小怪的呢？"比利镇静地说，"你们怎么这么慌张哟。这下好了，跑不动了吧，你们恐怕只好在这儿等到天亮了。"

两头拖炮牛在那儿拼命地挣扎，他们又叫又嚎，弄得满头大汗，满身稀泥，结果还是一步也不能动弹，最后禁不住大声惊叫起来。

"你们再这样挣扎下去，不弄断脖子才是怪事呢。"战马对两头拖炮牛说，"白人有什么可怕的呢？我不是常常跟他们一起生活吗。"

"哎哟，你是真的不知道吗？那些白人杀牛吃肉呀。"两头牛一边回答，一边拼命地挣扎。终于他们挣开了绳索，跌跌绊绊地逃跑了。

从前我还不知道为什么印度的牛这么害怕英国人呢。现在我可算明白了，他们原来是怕我们吃他们。我们吃牛肉，他们当然有理由不喜欢我们啦。

"老天爷，瞧这两个冒失鬼的样子。他们想跑就让他们跑吧，我才没心思来管他们的闲事呢。"这是比利的声音。

"既然有个白人在这儿，我现在就去看一看他。根据我的经验，差不多每个白人的衣袋里都有好吃的东西。"战马说。

"既然你这么说，我只好跟你说再见了。"比利说，"告诉你吧，不管说什么我都不喜欢白人。再说，既然是一个白人，他就应该有地方住。如果一个白人都没地方住，半夜三更跑来住在炮筒下面，我看他十有八九可能是一个小偷。我背上有这么多政府的物资，要是小偷知道了可不是闹着玩的。走吧，青毛头，我们回营地去吧。再见吧，澳大利亚老乡，我想明天检阅的时候咱们一定会有机会再一次见面。再见吧，骆驼兄弟，明天晚上你不会再大惊小怪了，对吧？再见吧，两尾兽，明天检阅的时候，你可别随便喷鼻子。如果你喷鼻子，破坏了我们的队形，你可要挨皮鞭的哟。"

比利和那匹青毛头骡子迈着笨拙的步伐啪哒啪哒地越走越远，正当我在聚精会神地倾听的时候，那匹战马的大脑袋突然伸到我的遮雨布下面来，他的鼻子一下子几乎碰到了我的脸上。我连忙从衣袋里掏出饼干来喂他。维克森也凑到前面来跟那匹马表示友好。维克森是一只性情高傲的小狗，她看见那匹战马喜欢她的主人，便主动上前来跟他说话，把她对马的看法讲给他听。

"明天大阅兵的时候，我坐在一辆大马车里面，你呢?"维克森问战马。

"我走在左边第二个方阵里面，尊敬的女士。"战马彬彬有礼地回答说，"我走的是标兵的位置，整个方阵都要跟我的步伐保持一致。现在，我必须回营地去了，迪克一定在替我担心。你瞧我，一身都是稀泥，恐怕迪克要用两个小时才能给我清洗干净呢。他可不能让我一身脏兮兮的参加明天的大阅兵。"

第二天下午，大阅兵准时进行。当时我和维克森正好坐在离印度总督和阿富汗的阿米尔国王不远的地方，我们可以清清楚楚地看见那位国王头上戴的那顶毛茸茸的帽子，那顶帽子的前方的正中央还嵌着一颗闪闪发光的大宝石呢。在阅兵式即将开始的时候，我们看见广场中央洒满了金色的阳光。阅兵式开始了，首先走过来的是步兵方阵，他们的步伐整齐极了。他们肩上的枪在阳光下面闪闪发光，把我们的眼睛都看得发花了。

接着走过来的是骑兵部队，这时候我看见维克森高高地抬起头，好像在寻找什么。我顺着她的眼光看过去，原来她正在朝着骑兵部队的第二方阵看呢。在那个方阵最前面靠右的位置上，果然是我们昨天晚上见过的那匹战马。阳光下面，他的马尾巴像一束棕色的丝线一样闪闪发光，他昂首挺胸，步伐平稳得就像在走华尔兹舞步一样。跟在骑兵部队后面的是炮兵部队，在炮兵方阵里，我看见昨天晚上见过的那头两尾兽和另外两头大象威风凛凛地走在中间，他们身后拖着轰隆隆的攻城重炮。在这些拖着重炮的大象后面，还跟着二十对两两成双的拖炮牛，其中第七对拖炮牛好像走得非常吃力，我一看就知道他们在昨天夜里被摔坏了。走在队伍最后的是驮着军用物资的骡队，比利和那个青毛头也在中间，我看见比利走得特别得意，好像全体检阅部队都在接受他的指挥似的，他背上那些驮具和绳索都打磨得非常干净而且上了油，在阳光下面看起来还有点闪光呢。一看见比利和那个青毛头这副模样，我就禁不住想起昨天晚上的事情。一想起昨天晚上的事情，我就禁不住想笑。可是比利和那个青毛头可没有看见我，他们当时正严肃着哩，哪里还有工夫来左顾右盼呢？

　　检阅还没有结束，老天爷突然又下起雨来。顿时，广场上什么都看不清楚了。我隐隐约约看见那些方队在广场上走成一个半圆，然后顺着一条路线越走越宽，越走越宽。最后，两三里长的地带上几乎到处都可以看见散布着的方阵。到处都是整齐排列着的军人、战马和闪光的枪炮。接着这些方阵又朝着总督和国王坐着的检阅台直端端地走过来，等他们快走近检阅台的时候，我觉得地皮都在轰隆隆地颤动着，我们这些坐在检阅台上的人就像坐在一条刚刚发动了引擎的巨大的蒸汽船上一样。

除非你是亲临其境，你真的很难理解我们当时是一种什么样的感觉。我们明明知道这是一场阅兵式，可是在刀光剑影下面，我们还是禁不住在心底里产生一种害怕的感觉。我偷偷地瞟了阿米尔国王一眼，我发现直到这时为止他脸上好像还没有露出害怕的表情，可是我发现他的眼睛瞪得越来越大，越来越大。最后，他禁不住回过头来看了看他身后的卫队，我才发现他心里真的已经很紧张。在那一瞬间，我仿佛感觉到他好像马上就要从腰间拔出他的长刀，从这些英国人中间杀出一条血路冲出去。就在这个时候，前进的队伍突然在总督和国王的面前站了下来，四周顿时一片肃穆，一片安静。全体接受检阅的部队一齐举手向着总督和国王行礼，三十多个乐队一齐奏起军乐。随着这阵军乐震天的声音，检阅宣布圆满结束了。在密密的雨中，各中队回到自己原来的驻地。我听见步兵方队一边走，一边还唱着这样的歌：

赳赳战马并肩行，
赳赳战马并肩行，
炮压山河轰隆声，
密密细雨洗军装，

勇士光荣返军营。

　　这时候，我突然听见一个跟随阿米尔国王前来检阅部队的老军官在跟一个英国军官说话。

　　"你们进行这样的阅兵式，究竟有什么意义呢?"他问道。

　　"通过这样的方式，我们可以训练士兵服从命令的习惯。"那个英国军官回答说。

　　"那些牲畜也能像人一样服从命令吗?"

　　"他们当然能像人一样服从命令。那些骡子、马、大象、牛、骆驼，他们服从军士的命令，军士服从少尉的命令，少尉服从上尉的命令，上尉服从少校的命令，少校服从上校的命令，上校服从将军的命令，将军服从总督的命令，总督服从女王陛下的命令。所以我们的军队全都服从女王的命令。"

　　"真希望我们阿富汗的军队也能像这样服从命令。"那个老军官说。

甫伦·巴格的奇迹

　　从前，在英国统治时期，印度西部有一个邦国，这个邦国有一个远近闻名的首相，他的名字叫做甫伦·达斯。按照当时还保留着的种姓制度，他属于婆罗门的等级，也就是上层的社会等级。而且，即使是在婆罗门这个等级内部，他的地位还是最高的。换句话说吧，当许多人还在拼命为自己的社会地位低下而愁眉苦脸的时候，甫伦·达斯已经不觉得这种社会地位对他有什么意义了。为什么会这样呢，原因十分简单，因为当时的种姓级别是世袭的，也就是说，甫伦·达斯之所以能获得这么高的社会地位，是因为他的爸爸、他的爷爷，以及爷爷的爷爷都是出身十分高贵的婆罗门阶层。可是，等到甫伦·达斯长大的时候，他渐渐发现，自己身边的社会已经跟他祖先的时代不一样了，它正在发生着飞快的改变。在这个时代，不管是什么人，如果他不想被社会的发展所抛弃的话，他就必须跟上时代的步伐。在当时来说，就是要跟上英国发展的步伐，凡是对英国人有好处的东西，他都必须努力设法把它们学过来。可是，由于当时英国跟印度土著人之间始终存在着各种各样的矛盾，所以作为一个印度小邦国的首相，甫伦·达斯同时必须随时都站在自己国家和民族的立场上想问题，他在做每一件事情的时候，都要首先考虑自己的国王是不是同意。的确，这是一个十分不容易做的事情，因为甫伦·达斯清楚地知道，他的国王从心里就不喜欢英国人，他不但不喜欢英国人来到他的国家，而且连英国人先进的科学技术，就像火车呀，电报呀，他都一概表示厌恶。尽管处在这样一种艰难的社会环境中，由于甫伦·达斯高贵的血统，加上他从小努力学习，毕业于当时印度最好的学校孟买大学，再加上他平时稳重的风格，终于，他一步一步地登上了这个小邦国中的首相的地位。也就是说，他手里所掌握的实际权力甚至比当时的国王还大。

　　后来，老国王去世了，新即位的年轻国王也是从小就接受了英国的教育，所以他们相处得很好。尽管他们之间依旧保持着国王和大臣之间的等级区别，但是他们在一起工作的时候就像两个好朋友一样，总是互相信任，互相支持。他们一起办了许多学校，而且还鼓励女孩子和男孩子一样上学。他们积极发展交通，建立为贫民服务的国家医院，教印度的农民学习英国先进的农业技术，而且每年都完成一本名字叫做《王国精神文明和物质文明进展情况》的蓝皮书，这样一来，印度联邦政府外交部对甫伦·达斯所领导的这个小邦国非常满意。要知道，在当时的情况下，几乎没有一个印度的邦国愿意毫无保留地向英国学习，因为他们始终不肯像甫伦·达斯一样，坚信这样做对印度人民会有好处。正因为甫伦·达斯在自己掌权的邦国内部实行了这一系列积极的改革措施，他很快就成了英国驻印度总督的朋友，同时也成了许多来自英国的将军的朋友，牧师的朋友，医生的朋友。不管是什么地方的人，只要他有机会来到甫伦·达斯的邦国，他们都会惊讶地看到，这里的一切都跟印度别的邦国不一样，人民丰衣足食，国家政治安定，到处都是井井有条的，到处都是干干净净的，人与人之间都是彬彬有礼，客客气气的。在稍微有点空闲的时候，甫伦·达斯还到学校里去，向那些学习最好的孩子们赠送奖学金，鼓励他们好好学习。他还在印度最有名的报纸上发表文章，向全印度人民解释他的国王的政策和奋斗的目标。

最后，他还亲自访问了英国，当他从英国回来的时候还向印度的教会捐赠了许多钱。在伦敦访问期间，他和各种各样的人会谈，这些人差不多都是当时世界上最有名的人物。在跟这些人的会谈中，他学到了许多新的东西，他把这些东西都清清楚楚地记在自己的脑子里，虽然他嘴上并没有对那些人多说什么。他在英国的时候也访问了许多大学，这些大学都争先恐后地送给他荣誉博士的称号。他在这些大学里还对那儿的老师和学生多次作了介绍印度社会现实状况的演讲。最后，就连伦敦最有名的几家报纸都禁不住惊呼："甫伦·达斯是英国有史以来所见过的最有魅力的男人。"

等他结束这次英国之行，回到印度以后，甫伦·达斯一下子成了全印度关注的中心人物，就连英国驻印度总督也亲自到他的邦国来访问他并亲手授予他一枚代表最高荣誉的十字勋章，而且还授予他爵士称号。从这个时候开始，人们就称他为甫伦·达斯爵士。

就在那天晚上，在国王的王宫里，甫伦·达斯胸佩十字勋章，肩上斜披着闪着各种珠宝光彩的爵士授带，高举酒杯，为他的国王祝福，为英国女王祝福，同时他还当即作了一番精彩的演讲，就连那些受过最高教育的英国人听了，都不得不说甫伦·达斯是一个少见的演说天才。

接下来的一个月，甫伦·达斯的国家恢复了往日的平静，一切都像从前那样井井有条。突然，爆发出一个让所有英国人都大吃一惊的新闻，人们做梦都不会想到，正当他领导的国家一切都处在蓬蓬勃勃向前发展的时候，甫伦·达斯突然离开了人世。因为他已经去世了，所以他的那条珠光宝气的爵士授带也就还到了政府手里。接下来，政府很快就任命了新的首相来接替甫伦·达斯的工作。再后来，在这位新首相的主持下，各级政府官员也很快就得到了重新任命。可是，这一切都发生得太突然了，到底是怎么回事呢？我们的首相怎么死得这么突然呢？全国的老百姓都在心里暗自猜测，在他们中间，只有那些最有学问的牧师能够理解这类事情。要知道，印度是一个与世界上每一个地方都不一样的国家，在这个国家里，每一个人都可以按照自己的意愿做事，别人没有权力去过问他为什么要那么做。原来，甫伦·达斯并没有真正的去世，他只是根据自己的意愿，辞去了首相的职位，彻底放弃了一切原本属于他的荣誉、地位、金钱、宫殿、权力，从那天晚上开始，他一个人悄悄走出那座首相府，手里拿着一个乞讨用的饭碗，身上穿着一身普通僧人穿的黄褐色的长袍，看上去跟普通的行脚僧毫无两样。甫伦·达斯，作为一个邦国的首相，他的一生极不平凡，最初二十年，他拼命学习，是一个最优秀的年轻人；第二个二十年，他竭尽全力地战斗，虽然他一辈子从来没有摸过枪，但他一直都在为人民的事业而战斗；第三个二十年，他成为了全国地位最高的政治家，通过他的努力，不断的造福于人民。不管什么时候，只要他认为是有价值的事情，他就会一点也不吝惜自己的金钱和地位去干好那件事情。而且在他一生中，他平静地接受了人们给予他的一切荣誉，不论他走到什么地方，他都受到人们的尊重和爱戴。可是，现在呢，他却把这一切都抛在脑后，就像一个走长路的人把一只破草鞋扔在背后一样，一点也不留恋。

当他迈着垂老的脚步一步一步地走过一道道城门的时候，他的背上只背着一张老羊皮，他的胳膊下面提着一根铜皮包裹着手柄的拐杖，他的手里拿着的是一个磨得发亮的大碗，他的脚上什么都没有穿，他打着赤脚，两眼静静地盯在脚前的地面上。他心里知道得很清楚，此时此刻，在他的背后，那位新上任的首相正在兴高采烈地接受成千上万人的热烈祝贺。甫伦·达斯点点头，好像是对那种热闹场面的默认。对他来说，那种生活已经永远结束了，甫伦·达斯此时的心态就像一潭静水，对那种生活既说不上好感，也说不上反感。一般地说，一个人在夜里做了一个五光十色的梦，等到他天亮醒来以后，也或多或少会产生一点留恋的感觉，可是甫伦·达斯对他从前那种轰轰烈烈的生活，竟连这种感觉也没有。从现在开始，他只是一个普通的行脚僧，一个无家可归的乞丐，吃的东西完全仰仗他人的施舍了。幸亏在印度的每一个普通老百姓的心中，都有一个宗教习惯，这就是：只要他们嘴边还有一口吃的东西，他们就宁愿让自己挨饿，也不会让乞丐和僧人挨饿。在甫伦·达斯的一生中，他从来不吃猪肉牛肉之类的东西，就连鱼肉都很少吃。他几乎从小就养成了一个吃素的习惯，而且他吃的素菜比一般人吃的素菜还要简单。有人统计过他每年的生活开支，结果使他们大吃一惊。在甫伦·达斯担任首相的一二十年时间里，属于他个人的金钱不知有多少个百万，可是平均他每年的生活开支还不到五英镑！即便是他几乎成为全世界共同注意的风云人物的时候，谁也不知道，他在自己的心灵深处，依旧在做着一个只有他自己才知道的梦。他梦想着有一天能回到一种安宁平静的生活中间去，他憧憬着这样的一种生活环境：一条长长的白色的印度乡间大道，在这条大道上印满了印度人赤足的足印，在那里常常可以看见缓缓流动的牛车，在黄昏的时候，阵阵无花果的清香在空气中荡漾，就在那巨大的无花果树下，远方来的过路人正坐在简单的石桌旁边不慌不忙地吃着他们的晚餐。

现在，甫伦·达斯觉得终于到了他把梦想变成现实的时候了，于是，他毫不犹豫地抓住机会朝着梦想迈出了自己坚定的步伐。他走了，走在成千上万的普通的印度人中间，此时此刻，谁也不认识他，谁也不注意他。印度人口那么多，印度的行脚僧人那么多，大家都穿着一样的衣服，大家的长相也都差不多，大家都成天在路上来来往往，在这样的国家里面，要想找到甫伦·达斯，真是比大海捞针还难啊。

他走啊，走啊，谁也不知道他要走向何方。每天，只要天一黑，也不管自己走到了什么地方，他就在路旁停下来，把自己那张老羊皮铺在路边上，躺下来就睡觉了。有时候，路边正好有一个寺庙，他就把那张羊皮铺在寺庙里的地上。有时候路边有某位古代圣贤的祠堂，他就把那张羊皮铺在祠堂前面的地上。那些寺庙和祠堂里的人都很善良，他们从来不管来这里过夜的人属于什么社会地位，他们对每个人都是一样的客气。有时候，甫伦·达斯也从一些小村庄旁边经过，那些善良的小孩子常常把爸爸妈妈给他们准备的东西偷偷地拿出来送给这位远来的僧人当晚餐。有时候，他也睡在青青的草地上，夜里睡不着的时候他就点燃一堆柴火，这时，就有几头骆驼走到火堆旁边来跟这位陌生人做伴。从现在开始，他的名字不再叫甫伦·达斯了，他给自己取了一个僧人的名字，叫做甫伦·巴格。现在，当甫伦·巴格面对着眼前的大地、人类，以及他天天都在吃的食物的时候，他仿佛已经说不出这些东西之间究竟有什么区别了。他只知道走啊走啊，不知不觉地朝着东北方向走去。走过了一村又一村，走过了一城又一城，走过了数不清的山丘，走过了数不清的河流，有时候还顺着半干的河谷一走就是几天的时间。最后，有一天，他觉得自己头上开始下雨了，透过这凉爽的小雨，他望见了遥远的天边隐隐约约有一座高耸入云的山脉，那座山脉的许多山峰的顶端都覆盖着白皑皑的积雪，那就是世界上最有名的喜马拉雅山脉。

甫伦·巴格的脸上终于露出了微笑。他知道，那就是他妈妈的故乡。他记得，他妈妈活着的时候常常给他说起这个地方，而且她老人家几乎一辈子都在渴望着能够有一天能回到自己的故乡去。只可惜她不能离开甫伦·巴格的爸爸，所以直到她老人家去世，也未能实现这个梦想。现在，甫伦·巴格终于看见妈妈的故乡了，他从心里产生了一种感觉，觉得这个地方是他命中注定的归宿。

"就是那个地方。"甫伦·巴格一边昂首挺胸地朝着喜马拉雅山走，一边在嘴里自言自语地说，"我要在那儿永远住下来，我将在那儿获得关于天人之际的真正的知识。"

一阵凉爽的风从喜马拉雅山上朝着他吹下来，甫伦·巴格顿时就觉得浑身轻松，他迈开大步走上了那条通往他心中圣地的道路。

甫伦·巴格还记得十分清楚，上一次走过眼前这条道路的时候，他还在首相的职位上，在他身边前呼后拥的是一支雄赳赳的骑兵卫队，那一次，他是去访问那位英国总督，他们见面的时候，那位总督对他格外亲切。在两个多小时的会谈中，他俩还谈起他们那些远在伦敦的共同的朋友。同时还讨论了一些怎样让人民生活得更好的问题。可是这一次情况就完全不同了，甫伦·巴格没有让自己路过此地的消息让任何人知道，他身边再也没有什么骑兵卫队，他只是一个人孤零零地靠在林荫大道旁边横着的栏杆上，全心全意地欣赏着眼前那片差不多四五十里宽广的平原。他也不知道自己在那儿站了多久，直到一位交通警察走来拍着他的肩头告诉他说他站的地方妨碍了交通，他才猛地回过神来。他连忙把手放在前额上，十分虔诚地向那位警察鞠躬，因为他骨子里永远是一个遵守法律的人。他之所以遵守法律，是因为他深深地懂得法律的价值，他放弃从前的日子，目的就是为了寻找另一种属于他自己的法律。接着，他继续朝前走，那天夜里，他住在一个被人们废弃的小茅屋里，那个茅屋没有主人，而且十分偏僻，从这个地方开始，他就算是离开印度的边境了。从这个地方开始，前面的路上再也没有什么大的城市了，而且连一个稍微像样一点的村庄都没有了。在一般的人看来，这儿几乎可以算是大地的尽头。可是对甫伦·巴格来说，他的历程才算是真正开始呢。第二天，他正式踏上了从喜马拉雅山通往西藏的那条崎岖的山路，这条山路几乎全是由山石组成，最宽的地方连两米都不到，一路上还穿过不少深不见底的山涧，在那些山涧上，人们凌空架起几根橡木，那就是供人过往的桥梁，过路的人要是一不小心掉下去，一定会粉身碎骨。就是在这样的路上，甫伦·巴格一天接一天地不停地朝前走，从来没有想过退缩，也从来不觉得害怕。有时候他走进深不见天的狭窄的谷底，有时候又爬上高高的山梁，只有到了这些山梁上，他才有机会在岩缝间见到一些青颜色的野草。有时候，他一个人走进抬头不见天日的黑森林，那些参天大树上到处都可以看见数不清的千奇百怪的树藤从树梢上悬挂下来，一直挂到树根旁边，就像无数条弯来弯去的长蛇，时时都给人一种毛骨悚然的感觉。就在这样的黑森林里，还不时传来阵阵野鸡的叫声，让人心里产生一种凄厉的感觉。在这条路上行走的时候，甫伦·巴格有时也碰见一些藏族牧民，他们身边带着猎狗，赶着羊群迎面走来，让他觉得奇怪的是，每头羊的背上都背着一个小小的口袋，那些牧民告诉他说，那些小口袋里装着岩盐。他一路上碰见的，还有那些在大山上砍柴的樵夫，和那些身上裹着袈裟到远方去朝圣的西藏喇嘛，偶尔也碰见一些山区部落的骑兵队，他们是接受酋长的派遣去印度访问的。也有一些日子，他在那条山路上走了整整几天，除了时时看见峡谷中一两头黑熊在发出哼哼的声音以外，连一个人影都看不见。当他刚离开印度的时候，他觉得自己耳边好像还多多少少留着一点喧闹世界的感觉，就像一列火车刚刚穿过隧道以后隧道里还留下一丁点儿轰隆声一样。可是等到他翻过那座叫做玛蒂尼的山口以后，一切一切都被他抛到了脑后。从此以后，整个世界上就只剩下他一个人了。他一个人在山路上走着，一个人在山路上思考着。他的眼睛盯在脚下的路上，他的思想早飞到了天上，跟那自由自在的白云一起翱翔。

有一天，将近黄昏的时候，他爬上了这一路上所遇到的最高的一座山峰的顶上。为了翻越这座山口，他已经苦苦地挣扎了两天时间。现在，他终于爬到山顶了。展现在他眼前的，是一片他从来没有想到的迷人的景象。站在这个山口上，他看见不远的地方是一座高达六千多米的雪峰，在夕阳的辉映下，那座雪峰显得那么近，就像扔一个石头就会扔到山顶上似的。其实，它还远在一百里以外哩。甫伦·巴格静静地站在这座山口上，他看见身边到处都长满了各种各样的大树，其中长得最高的是一种叫做喜马拉雅雪松的树。除了这种雪松之外，这座山口上还长着许多核桃树、野樱桃、野山梨。当然，长得最多最密的，还是要数那些雪松。

这时候，他突然看见在那些雪松的荫蔽下面，立着一座好像已经被废弃了多年的寺庙。走近一看，那座寺庙里供奉的原来是一位名叫卡利的神像。甫伦·巴格知识渊博，他知道这是一位传说能够驱逐天花病魔的尊神。不知什么原因，大概是人们暂时没有受到天花的威胁吧，这位尊神已经被冷落不少日子了。

甫伦·巴格走到那座神像面前，用手替神像扫干净那层厚厚的积灰。他看见那座神像在对着他咧嘴微笑，他也对着那尊神像还了一个友好的微笑。他走到神龛后面，在那儿修了一个小小的火炉，折了一些松树的树枝放在火炉旁边，把他的老羊皮铺在那些树枝上，然后把拐杖放在胳膊下面，坐在这个软和的地毯上准备过夜。

在这座寺庙旁边几步远的地方，是一片陡峭的山坡，顺着这片山坡，可以看见下面一两里远的地方有一个小小的村子。村子里的房子几乎都是石墙，每座房顶上都盖着厚厚的泥土，这些房子修成这个样子，大概是为了在冬天取暖吧。在房子四周的山坡上，到处都是一层层的小块小块的梯田。小块的梯田之间，还有不少大石头，在那些大石头之间，长着青青的小草，远远望去像甲壳虫一样大小的黄牛正三三两两地围着那些大石头吃着青草。在离那些大石头不远的地方，还有一片白色的空地，看得出来，那是村子里的人们平时晒粮食的地方，当地人把它叫做晒坝。刚开始朝着四周远望的时候，静静的山谷让甫伦·巴格差不多看不出那些东西究竟有多大，有多远，过了好长时间他才看清楚，山谷对面那片绿色的地方，原来是一片片几乎高达百米的参天大雪松。这时候，他看见无限广阔的天空中盘旋着一只雄鹰，他的目光随着那只雄鹰越飞越高，越飞越高，直到那只雄鹰变成一个小黑点，消逝在远方的天空。在落日的映照下，他还看见山谷中千变万化的白云，一会儿上，一会儿下，一会儿围绕着远处的山顶，一会儿又消逝在近处的山口。

"对了，这就是我在梦中向往了多年的地方。"甫伦·巴格对他自己说。

对长年累月居住在山里的人来说，一两里的陡峭山路一点儿也算不了什么。当甫伦·巴格在寺庙里点燃树枝的时候，山下村子里的喇嘛看见了阵阵青烟，他很快就爬上山来，向这位不知名的远方来客表示欢迎。

当那位喇嘛跟甫伦·巴格四目相对的时候，他完全被镇住了！他一下子就匍匐在地上，连头都不敢抬起来。要知道，这可是一双征服过千千万万人的眼睛啊。过了好一阵，那位喇嘛才从地上爬起来，默默无声地从地上拿起甫伦·巴格那只饭碗，默默无声地朝着山下走去。回到村里以后，他告诉村民们说："终于有一位圣人来了。我一生中还从来没有见过这样伟大的人物。他来自遥远的地方，从他的白皙的肤色上，我一看就知道，他是婆罗门中最伟大的婆罗门啊！"听了他的宣传，那些虔诚的女人们都焦急地问道："他愿不愿意在我们这儿长期住下来呢？"尽管她们没有得到完全肯定的回答，但是女人们还是赶快回到各自的家中，为这位远道而来的圣人做了最可口的饭菜。山民们的饭菜非常简单，其中有荞麦馍，有玉米馍，有米饭，还有辣椒，还有刚从小溪里捉回来的小鱼，还有刚从蜂桶里取下来的蜂蜜，还有干生姜，还有许多说不出名字的野菜，总之，虔诚的女人们已经把她们能够奉献出来的东西全都奉献出来了。不大一会儿，那位喇嘛双手捧着满满一大碗好吃的东西回到了甫伦·巴格面前。等到甫伦·巴格吃完饭以后，那位喇嘛恭恭敬敬地问他是不是愿意长期住在这儿，还问他是不是需要一位门徒来专门照顾他，还问他是不是有足够的毛毯来抵御寒冷，最后还问他刚才的饭菜是不是合他的口味。

吃过饭以后，甫伦·巴格衷心地感谢了喇嘛和村民们的施舍。他告诉喇嘛说，他不能为施主们做什么事情，他只能在心里记住他们的关心。听了他的话，喇嘛说，只要他能长期住在这儿，这已经是村民最大的荣幸了。然后，那位喇嘛让甫伦·巴格每天都把他那个饭碗放在寺庙前面那棵大松树露在地面上的树根上面，这样，村民们自然会为他送来各种各样好吃的东西。

　　从这一天开始，甫伦·巴格终于结束了他许多天来漂泊流浪的生活，在这个不知名的偏僻的寺庙里定居下来。这里有宽阔的天空，有宁静的生活，正是他梦中向往的地方。从这一天开始，对于甫伦·巴格来说，时间宣布停止，他每天都坐在那座寺庙门口，不知道自己究竟已经死了呢，还是依旧活在人世间。也不知道自己究竟还是一个盘着腿打坐的人呢，还是这个静静的大山的一部分。头上下雨了，他感觉不到，天上出太阳了，他也感觉不到，他甚至连自己的存在好像都忘了。他嘴里反复地念念有词，谁也不知道他念些什么，每当他重复念着这些东西的时候，他仿佛感觉到自己的灵魂正在越来越多地脱离他的身体，朝着一个神秘的大门飞去。可是，每一次，当他的灵魂眼看就要飞进那个大门的时候，他的身体又拼命地把他的灵魂拉了回来，最后他终于睁开眼睛，痛苦万分地发现自己依旧被牢牢地锁在甫伦·巴格的肉体之中。

　　每天清晨，他都发现自己放在树根上面的那个饭碗里都盛满了美味的食物。有时候，这些食物是那位喇嘛亲自送来的，有时候是那些临时住在山下村子里的商人们送来的，那些商人们都希望通过给圣人送饭来行善积德。但是更多的时候却是那些村子里的女人们送来的，在前一天夜里，她们自己亲手做好了这些饭菜，第二天早晨又虔诚地送到山上来。她们常常跟甫伦·巴格说话："巴格，求你帮我们向菩萨祷告吧，求你帮某人某人的妻子祈祷吧。"有时候，有些勇敢的小孩在得到爸爸

147

妈妈的许可之后，也爬上山来为他送饭，他们把那些食物放在那个饭碗里，然后飞快地朝着山下跑回去，就像害怕什么会追上他们把他们吃了似的。甫伦·巴格每天都可以看见这些善良的村民，可是他却从来不朝山下走一步。在他的眼睛里，山下的一切就像一张小小的地图，摆在他的脚下。他每天都可以看见村子里的人们吃过晚饭之后在那片晒坝里聚会，他知道，那片晒坝是村子里唯一平坦一点的地方。白天里，他可以看见那些不知名的庄稼长得绿油油的一片，其中不仅有普通的水稻，还有深绿色的印度玉米，在远远近近的山坡上，还长着山里特有的荞麦，每当荞麦花开的时候，粉红粉红的，那颜色真比花园里的花还好看哩。每逢斋戒日的时候，村民们就吃这种荞麦做的食物，据说斋戒日吃这种东西是合法的。

秋天到来的时候，村子里的房顶上便出现一片片金黄的颜色，因为村民们都把他们的房顶当做晾晒粮食的地方。年年月月，甫伦·巴格都静静地看着祖祖辈辈住在山下的那些勤劳的人们收割播种，播种收割，像姑娘绣花那样把这片山村打扮得格外漂亮。

据我所知，哪怕是在印度这样的地方，也很不容易找到这样一个人：尽管各种各样的动物成天在他身边走来走去，他依旧可以像没有看见一样静静地坐在那里，而且一坐就是一整天，简直像座石雕一样，一动也不动。可是，甫伦·巴格却正好是这样一个与众不同的人。自从他在这座小小的寺庙里住下来以后，山里那些野生动物接连访问这座寺庙。其实，这些动物早就是这座小寺庙的常客，他们已经对那尊卡利的石像熟悉得不能再熟悉了，只不过因为这儿长期没有人居住，他们每次到这儿都只是多少逗留一会儿便悄悄离开。现在，既然这个地方来了一个新主人，那些动物便纷纷回到这个地方，把他们好奇的目光投到这位新主人身上。在这些动物中，第一个来访的自然是那些好奇心最重的猴子。这是一种喜马拉雅山南麓特有的猴子，他们不仅身高体大，而且嘴巴下面还长着长长的灰颜色的长胡子。刚开始的时候，这些猴子跑到寺庙外面的松树根上，把甫伦·巴格放在那儿的饭碗扔在地上滚来滚去，觉得好玩极了。接着他们看见了甫伦·巴格那根手柄是包着铜皮的拐杖，跑上去抱着那个黄色的铜手柄一阵乱咬，发现咬不动，就把它扔在一边，然后又跑过去对着那张老羊皮做鬼脸。他们叫啊闹啊，发现这个坐着的人始终一动不动地坐在那儿，一点生气的样子也没有。最后他们相信，这个人一定不会伤害他们，胆子便更大了。天快黑的时候，他们从树枝上跳下来，跳到甫伦·巴格面前，朝着甫伦·巴格伸手讨吃的东西。等他们得到食物以后，便十分有礼貌地向甫伦·巴格道谢，然后规规矩矩地缩成一团，围坐在甫伦·巴格身边。夜里的山林，常常异常寒冷，那些猴子很喜欢火，他们便在那堆柴火四周紧紧地围成一团，直到火堆里的木柴快烧完的时候，他们才肯给甫伦·巴格让出一点空隙来让甫伦·巴格朝着火堆里添木柴。有时候，甫伦·巴格第二天早上从他那张羊皮上睡醒起来的时候，他甚至发现一两只最大的猴子竟然把他挤在一边，他们反倒大咧咧地睡到那张羊皮上来了。尽管这样，他还是一点也不生气，他觉得自己跟这些动物都是朋友，谁睡在羊皮上都一样。一天接一天，一个猴群前脚刚走，另一个猴群又来访问他，这些猴子蹲在他的小寺庙里，蜷着身体，睁大两只聪明的眼睛望着门外寒冷的积雪，样子怪可怜的。

猴群离开之后，接着来访的是一头喜马拉雅山的雄鹿，这种雄鹿的模样跟我们常见的红鹿样子差不多，可是他的个头却又高又大，身体强壮无比。他跑到这个小寺庙里来，因为他要在那座卡利的石像上面摩擦他今年长出来的鹿角，他要通过这种方法把那两只新鹿角上面的小绒毛磨掉。这头雄鹿年年都到这儿来磨鹿角，可是今年却不同，突然看见有一个人坐在那尊石像前面的时候，把他吓了一大跳。可是没有过多久，当他发现那个人坐在那儿整天都一动不动的时候，便渐渐放心了。他一点一点地靠近甫伦·巴格，然后又用他的鼻子在甫伦·巴格的肩头上轻轻地嗅来嗅去，向这位新来的主人表示友好。甫伦·巴格朝着这头雄鹿的长角缓缓地伸出他那只冰冷的手，用那只手轻轻地抚摸着他的鹿角，安慰这头胆小的动物。那头雄鹿朝着甫伦·巴格点头行礼，甫伦·巴格就用他的手帮助雄鹿剥去鹿角上的毛绒。过了几天，那头雄鹿带来了他的雌鹿和他们的孩子，这些温和的动物走上前来向甫伦·巴格行礼，甫伦·巴格赶快把那头小鹿抱到怀里，放到他的那张老羊皮上，让他乖乖地睡觉。从此以后，那头雄鹿成了甫伦·巴格的常客，有时候他也在夜里来访问甫伦·巴格，甫伦·巴格请他吃核桃，他在吃核桃的时候，两只眼睛在火光的照映下一阵阵地闪着绿色的光，亮晶晶的，可爱极了。最后，连山林里最胆小的獐子也成了甫伦·巴格的客人，獐子可以说是这一带山林里个头最小的一种吃草的动物，他的模样跟鹿子差不多，可是他的耳朵却比鹿子大两三倍。为什么会这样呢？据说是因为这种动物几乎没有什么自我防卫的能力，所以他只好长两只大耳朵，随时都仔细地倾听着周围发生的事情，一听见周围有什么异常的响动，哪怕是最细微的声音，他也可以听得清清楚楚，接下来就是赶快拼命奔跑，赶快逃命。所以说，两只大耳朵就是獐子保存性命的唯一工具。通过这一双大耳朵，我们也可以看出獐子是一种多么胆小的动物。可是现在呢，就连这么胆小的动物都成了甫伦·巴格的朋友，山林里的动物还有谁不愿意跟他亲近呢？甫伦·巴格把这些森林里的动物叫做"我的兄弟"，常常在他想念这些兄弟的时候，他就对着周围的大山高声地吆喝道："嗬！嗬！嗬！"那些树林里的动物，只要他们听见了这种吆喝声，不管离这儿有多远，他们都会飞一样地跑到甫伦·巴格身边来。在甫伦·巴格的小寺庙前面时常来往的，还有一头胸前长着一块白颜色的"V"字形的老黑熊，他的名字叫做苏拉，这苏拉生性多疑而且脾气暴躁，从来不肯轻易跟别人交朋友，别人也很不愿意跟他交朋友。当他经过甫伦·巴格寺庙面前的时候，甫伦·巴格一点儿害怕的表情也没有，看见他这么平静的表情，苏拉心里觉得很舒服，所以他也向甫伦·巴格表示友好。他盯着甫伦·巴格，过了一会儿之后，他便朝着甫伦·巴格走过来，请求甫伦·巴格分给他一点面包。结果呢，甫伦·巴格不但请苏拉吃了面包，还请他吃了他亲自从山林里采摘的野樱桃。从此以后，苏拉和甫伦·巴格之间的关系越来越亲密。甫伦·巴格有时候也喜欢早上起来爬到高高的山峰上面，去观赏日出时候的雪景。好几次，他看见苏拉正在把那些倒在雪地里的树杆从他要经过的路上拉开，看见这种情景，甫伦·巴格心里充满了感激，他觉得苏拉真是一个忠心耿耿的好朋友。有一天，甫伦·巴格起来得特别早，他走到苏拉面前的时候，苏拉正在睡觉，他的脚步声惊醒了苏拉，苏拉睡眼惺忪地从地上站立起来，挥舞着两只巨大的熊掌，做出一副打架的样子，直到他听见甫伦·巴格的声音，才知道原来是他的朋友。

在一般人的印象中，几乎所有的隐士和圣人似乎都有一种特殊的本领，他们都是森林里那些不知名的动物的朋友，并且常常跟这些森林精怪们一起创造出数不清的奇迹。同时，这些奇迹并不是一天两天就可以创造出来，这些隐士和圣人们常常默默无闻地在深山老林里生活了一年又一年，最后谁也说不清他们究竟在山林里生活了几百年还是几千年。在这漫长的岁月里，他们几乎从来不跟人类接触，宁愿自己一个人悄悄地生活在一个什么人都不知道的地方。正是带着这种印象，山下村子里的山民们一次又一次地远远地望见雄鹿的身影像阵阵幽灵一样时常出没于小寺庙后面的黑森林中间；望见群群五颜六色的野鸡在卡利的石像周围跳舞；望见猴群在树枝上跳上跳下，像人一样彬彬有礼地剥着手里的核桃；有些孩子还说他们曾经听见黑熊苏拉用他特有的声音在一块大石头后面为甫伦·巴格唱着奇怪的歌。大概是由于这些神奇的传说在村民中间发生了作用吧，天长日久，甫伦·巴格成了村民们心中崇拜的对象，他们每个人像敬奉神人一样敬奉甫伦·巴格。

可是甫伦·巴格自己却不这么认为。他觉得世界上千千万万的事物，每一个事物本身就是一个奇迹，天地万物这么井井有条地组合在一起，又是一个最大的奇迹。是老天爷创造的奇迹。一旦人们懂得了这个道理，他们自然就会与万物和平共处，这时候他们才会创造出人间的奇迹。甫伦·巴格坚定地相信，世界上从来没有任何东西可以被叫做伟大，也没有任何东西可以被叫做渺小，他坐在那座神龛前面想啊想啊，想了一天又一天，想了一夜又一夜，他的思想透过千千万万的东西的表面现象，一直深深地进入那些东西的灵魂深处。

就这样，他想啊想啊，年年月月，春去秋来，他头上那些从来没有理过的头发越来越长，披散下来，散在他的肩头上，差不多遮住了他的双眼。老羊皮旁边的那些厚厚的石板上面已经被他那根铜柄拐杖敲穿，敲出了无数的小孔。多少年来，他的饭碗每天都放在松树根上，现在已经在那些树根上磨出了一个光滑的奇怪的圆坑。山下村庄周围的土地青了又黄，黄了又青；那个小晒坝里的粮食满了又空，空了又满；山上那些猴群随着寒冬的到来而携儿带女地来到小寺庙，随着春天的到来而携儿带女地离去。从表面上看去，村子里的情况仿佛并没有发生什么变化，但是，当你仔细观察的时候，你就会发现，那位喇嘛已经从一个满头黑发的年轻人变成了一个白发苍苍的老年人。当年那些被爸爸妈妈派来送饭的小男孩，现在已经开始派他们的孩子来送饭了。如果你向村子里的年轻人打听那个小寺庙里的隐士是什么时候到这儿来定居的，他们一定会告诉你说："从我们懂事的时候开始，就知道他一直都住在那儿。"

这一年夏天，山里下起了大雨。这场雨真大呀，村子里的许多老年人都说，自从他们懂事以来，还从来没有见过这么大的雨呢。差不多足足有三个月的时间，远远近近的群山几乎天天都被笼罩在大雨和浓雾中，这些大雨和浓雾越积越厚，最后变成了这种一天接一天的大暴雨。甫伦·巴格居住的小寺庙地势比较高，那些云层时常都只能围绕在它下面的山腰。他每天只能看见不停翻腾着的云层，这些云层一会儿上，一会儿下，一会儿飞快地飘动，一会儿静静地浮在山巅。然而，它们却始终不愿意散开，始终挡住甫伦·巴格的视线，他几乎整整一个月没能望见山下的村庄了。

在这段时间里，甫伦·巴格的耳朵里除了能听见大大小小的水声以外，再也听不见别的声音。他听见无数的雨柱从天上掉下来，掉在地面上，然后顺着地面朝着山下流去，在山坡上冲出无数的小沟。他也听见无数的雨水落在树干上和那些弯弯曲曲的老树藤上，然后顺着树干和树藤滴下来，滴到树根下面，在树根下面那些野草上面敲打出滴滴答答的响声。

后来有一天，太阳终于出来了，阳光照在高高的雪松上面，森林里到处都可以闻到雨后清新的空气。多好的空气啊，村子里的人们把这种气息叫做"冰雪的气息"。这样的太阳一天接一天地照着山林，一连照射了整整一个星期。

　　然而，谁能预料呢，就在这一个星期的时间里，山林的上空再一次聚集起厚厚的雨云。在积蓄了整整一个星期的雨气之后，瓢泼般的大雨突然从天上倾倒下来，这些雨水狠狠地打击着地面，冲破了山坡上多少年来长成的厚厚的草皮，让黄土露出了地面。这时候，甫伦·巴格把他那堆柴火堆得高高的，因为他相信，那些在雨中淋湿了的动物们一定会到他的小寺庙里来烤火，来烤干他们湿漉漉的皮毛。可是，不知山里究竟发生了什么不寻常的事情，尽管甫伦·巴格一次又一次地朝着山林里大声地呼喊，到最后还是没有一只动物跑到他的身边来。究竟发生了什么事呢？他想啊想啊，他喊啊喊啊，等到他筋疲力尽的时候，就躺在那张老羊皮上昏昏沉沉地睡着了。

　　夜降临了，四周一片漆黑。天上的大雨还在一个劲儿地下，那声音听起来就像成千上万只鼓同时敲奏发出来的巨响。这时候，正在昏睡的甫伦·巴格突然觉得身边好像有一只小手正在拉他的羊皮，他轻轻地试着伸手朝身边摸了摸，他摸到了一只小猴的手。"这就对了。"甫伦·巴格眼睛都没有睁开，就对那只小猴说："这儿不管怎么也比在树林里淋雨要好一些吧。"说完，他朝着旁边挪了挪身体，让小猴到他身边躺下来睡觉。可是，那只小猴并没有照着甫伦·巴格的话去做。他不但没有睡下来，反而用他的小手拼命地拉甫伦·巴格，看样子好像是要把他从老羊皮上拉起来似的。"怎么，你觉得我这儿不舒服吗？"甫伦·巴格觉得很奇怪，"哦，你饿了，想吃东西吗？等一等，我这就去给你拿吃的。"说完，他从老羊皮上翻身坐起来，用膝盖跪在羊皮上，朝着火堆里扔了几块木柴。就在他做这件事的时候，那只小猴急匆匆地跑到寺庙的门口，嘴里还发出一阵阵哭叫声，然后又急匆匆地跑回甫伦·巴格身边，朝着门口的方向拼命地拉他的衣服。一边拉，一边还用他的另一只手指着门口。

"怎么回事？出什么事啦，小兄弟？"甫伦·巴格一边问话，一边注意地观看小猴子的眼睛，从那双天真的眼睛里，他好像看见小猴子有千言万语想对他说，可惜他不会说话，甫伦·巴格不知道他究竟想说些什么。"是不是有朋友掉进猎人的陷阱了呢？如果不是这样，我才不愿意在这么糟糕的天气朝外面跑呢。不对呀，这儿的猎人是从来不设陷阱的啊。瞧，连大雄鹿也跑到这儿来避雨了。"

大雄鹿跌跌绊绊地冲进寺庙，看样子他已经跑得筋疲力尽了。他冲进寺庙以后，好像已经跑迷糊了，昏昏沉沉地一头撞在卡利的石像上面。然后，又艰难地爬起来，走到甫伦·巴格面前，嘴里呜呜地叫着，一边叫，一边用他的两只前蹄急切地敲打着地面。

"嘿，嘿，嘿！"甫伦·巴格觉得很奇怪，"这就算是你支付给我的今晚的房钱吗？"

可是，大雄鹿一点也没有听见他在说些什么，他直直地走到甫伦·巴格身边，用两只鹿角把他朝着寺庙门口那边推去。正在这个时候，甫伦·巴格突然听见他脚下的地面发出一阵嘎嘎嘎的响声，仔细一看，他发现两块大石板之间出现了一道裂缝，而且这道裂缝正在越裂越大。

"哦，现在我总算明白了，难怪兄弟们今天晚上都不到我的寺庙里来做客了，原来这座山马上就要崩塌了呀。那么，我们现在应该怎么办呢？"这时候，甫伦·巴格的眼睛突然落到那只几十年来一直使用的饭碗上面，他的脸色一下子变得严肃起来。"自从我来到这儿的第一天开始，山下的人们就天天给我送饭，如果我不赶快给他们报信，明天早上那个村子里就会一个活人也没有了。是啊，我必须赶快给他们报信。你们赶快离开这儿，到安全的地方去吧，我的好兄弟。我现在就去村子里报信。"

看着甫伦·巴格在火堆里点燃他的火炬，大雄鹿极不愿意离去，甫伦·巴格就对他说："是啊，我的好兄弟，你们冒着生命危险来给我报信，你们已经做得很好了，可是你们还应该做得更好。现在我就出发了，我只有两条腿，没有你们走得快，所以我希望得到你的帮助。"

说到这里，甫伦·巴格抓住大雄鹿的肩头站了起来，然后右手扶住大雄鹿的肩头，左手拿着火炬，急匆匆地走出了小寺庙，走进了四周一片漆黑的雨地里。四周一点风都没有，只有像线一样不断的雨柱。那些雨水打在火炬上，好几次都差一点把火炬打熄了。借着火炬这微弱的光，甫伦·巴格和大雄鹿连走带滑地朝着山坡下面冲去。走着走着，还没有等甫伦·巴格走下山坡，许多动物都跑来参加了他们的行列。虽然黑夜里他什么都看不见，可是他却可以听见那些兄弟的声音。尤其是那一阵阵呼呼的喘气声，他一听就知道是黑熊苏拉跟在他的背后。密密的大雨淋在甫伦·巴格的头上，把他的长头发淋成一股一股的，散在他的肩上和脸上，他的双腿被混着黄黑色泥土的污水冲得冰凉，他那身不知穿了多少年的黄褐色的袈裟已经被雨淋透了，像一片薄薄的布片贴在他那瘦弱的身体上面。可是，甫伦·巴格并没有把这一切放在心上，他依旧迈着坚定的脚步，靠着大雄鹿的肩头，朝着山下疾走。这时候，他再也不是一个不关心世界的隐士，也不是一个与世隔绝的圣人，他再一次成了甫伦·达斯爵士，再一次成了一个邦国的首相。他急急忙忙地走路，不顾一切地走路，因为他要去拯救一群大祸临头还一无所知的人民。

走着走着，脚下一溜，甫伦·巴格和他那些兄弟们抱成一团，朝着山坡下面滚去。爬呀滚呀，滚呀爬呀，也不知过了多长时间，突然，那头雄鹿挣扎着站了起来，原来它已经闻到了人的气味。等到大家都从泥地里站起来之后，甫伦·巴格才看清楚，他们站着的地方，正好是村子边上那一片晒粮食的晒坝。他们赶快朝着村子里走去，这时候，村子里那条小街已经完全变成一条小河沟，膝盖那么深的水正从那条小沟里哗哗地流过。甫伦·巴格没有时间多看了，他举起手里的拐杖朝着旁边一个窗户就是一阵急敲。一边敲，还一边在嘴里高声地叫喊道："赶快出来，赶快出来！"这声音那么急切，就连甫伦·巴格自己都觉得不像是他的声音了："赶快出来，赶快出来，山崩了，山崩了！"

那间房子里住着的是一个铁匠，铁匠的妻子听见有人敲窗户，朝着外面一看，连忙回过头来对她丈夫说："是我们的巴格，他正站在一群野兽中间，手里还抱着一只小猴，他正站在那儿呼唤我们呢。"

听见甫伦·巴格的喊声，人们没有不相信他的。人们一个接一个，一家接一家地从他们的房子里急匆匆地跑了出来，大家都顺着村子里那条狭窄的小街朝外奔跑。这个村子并不算大，总共只有七十来个人。当人们跑出来以后，他们看见甫伦·巴格站在那儿，手里拉着那头大雄鹿，身边一只小猴拉着他的长袍，那头大黑熊坐在旁边，嘴里发出阵阵咆哮。那群动物兄弟紧紧地把甫伦·巴格围在他们中间，就像忠实的卫士保护将军一样。特别是那头大黑熊，看见有人朝着甫伦·巴格挤过来，他就狠狠地把那个人推到一边。

"大家赶快跑到对面山上去，到对面山上去。"甫伦·巴格对村民们喊道，"大家互相照顾一下，要让每一个人都安全地逃出去。不要惊慌，我和这些动物兄弟们跟在你们后面。"

这些从小就天天爬山的村民们爬起山来比谁都快，而且他们也十分清楚，在遇到山崩的时候，你爬得越高，就越安全。他们飞快地蹚过峡谷里那条小溪，顺着对面山坡上的梯田朝上跑，甫伦·巴格和他的那些动物兄弟们紧紧地跟在你们后面。

村民们跑啊跑啊，一边跑，一边不停地叫着大人小孩子的名字。走在最后面的是甫伦·巴格，他已经差不多没有劲了，幸亏那头大雄鹿挣扎着不停地把他朝着高处拖。

最后，那头大雄鹿在一棵巨大的松树下面站了下来，这个地方离山下的村子差不多有五六百米高。动物的本能告诉他，这里已经是安全地带了。

甫伦·巴格浑身疲软地倒在地上，因为寒冷，再加上刚才那阵激烈的奔波，他浑身上下几乎一点劲都没有了。可是等他刚刚喘过气来之后，他的第一句话却是："赶快数一数，看看村里的人是不是全都逃出来了。"然后他回过头来小声地对那头大雄鹿说："我的好兄弟，请你留在我的身边，给我……送……行……吧。"

这时候，天空中传来一阵隐隐的雷声，这雷声越来越大，越来越密，最后几乎变成一片惊天动地的巨响，几乎把刚刚从村子里逃命出来的村民们的心都震碎了。黑夜中，每一声巨响好像都撞击着人们脚下的大地，整个大地都在随着雷声不停地颤抖着。就连他们身边巨大的雪松，都在随着地震发出阵阵刷刷的声音。过了一会儿，雷声消逝了，地震也停止了，可是大雨还在一个劲儿地下，它从天上落下来，落在刚刚被冲走了草皮的黄土地上，变成一股股洪水，朝着山下湍急地冲去。

是甫伦·巴格，是他救了我们的性命！村民们心里都知道，可是他们此时此刻几乎都被眼前的景象吓得说不出话来了，就连那个喇嘛也吓得目瞪口呆了。他们蹲在松树下面，静静地等待着天明。天终于亮了，人们朝山下望去，他们看见了些什么呢？昨天那里还是一片片松林，还是一片片梯田，还是长满了青草的土地，可是眼前却变成了一片红色的泥浆和满目的乱石。那些乱石和泥浆堆起来，堵住了洪水的去路，使山下出现了一个积满污水的湖泊。村子到哪儿去了？通往寺庙的小路到哪儿去了？小寺庙到哪儿去了？小寺庙后面的松树林到哪儿去了？一夜之间，这一切的一切，全都变得无影无踪了。足足两里宽、三里长的一大片山坡，在昨天夜里不到五分钟的时间之内就完全变成了一片狼藉的世界。

村民们一个接一个地从树林里走出来，朝着甫伦·巴格坐着的地方走去。他们一边走，一边在心里默默地为这位救命恩人祈祷。他们看见那头大雄鹿站在甫伦·巴格面前，等到人们走近的时候，那头大雄鹿默默无声地离开了那里。这时，人们听见猴群在树枝上哭泣，那头大黑熊在山梁上悲哀地咆哮。甫伦·巴格已经去世了！他安详地盘腿坐着，背后靠着一棵松树，他的拐杖放在他的胳膊下面，他的脸朝着东北方向。

"甫伦·巴格给我们留下了一个又一个的奇迹。"那位喇嘛说，"就连他的死都让我们感悟到一个圣人超凡脱俗的气象。现在，他的脸朝着东北方向，他一定是在指示我们，到那儿去为他建立一座新的庙宇。"

在那年冬天来临之前，一座新寺庙出现在那座山头上。在那座寺庙里，人们还用石头修筑了一个不大的神龛。他们把那座山峰叫做巴格神峰，常常都可以看见村民们在那儿点燃香烛，贡献鲜花，向巴格祈祷，这种习俗一直保持到今天。可是，村民们做梦都不会想到，他们日夜崇拜的这位尊神原来竟是一位非凡的邦国首相，一位学者，一位被英国女王授予爵士称号的名人。

　　这就是甫伦·达斯，他不仅在自己活着的时候为自己的人民和国家作出了伟大的贡献，即便是死了之后，还继续庇佑着世上的人们。

河滨夜话

"尊重老年人吧！尊重老年人吧！"

有一天，正当接近日落黄昏的时候，在一片不知名的河面上，断断续续传来这样一阵奇怪的叫声。这声音就像是从河底的淤泥里发出来的一样，沙哑沙哑的，又像是带着哭腔，又像是带着哀伤，而且还带着阵阵吓人的颤抖，让人一听就禁不住产生一种毛骨悚然的感觉。

"尊重老年人吧！哦，河上河下的兄弟们哟，你们一定要尊重老年人啊！"

此时此刻，河上河下看不见一个人影，只有一条不大的平底驳船，船上载满了石料，刚刚穿过那座铁路大桥，朝着下游缓缓地划去。船上的舵手早就看见了桥墩下面的一道长长的沙滩，他们正在使劲扳动舵轮，设法从那个沙滩旁边绕过去。当他们的船刚刚通过那座桥墩的时候，那个可怕的声音又一次响起：

"哦，河上河下的高贵的婆罗门哟，尊重老年人吧！"

听见这阵阵奇怪的叫声，那个坐在船舷上的船长在嘴里发出一阵阵叫声，他究竟在说些什么，没有人能够听明白。不过，可以肯定，他一定觉得那是一种不吉利的声音，所以他嘴里一边咒骂着，一边让他的水手们赶快摇船离开这个凶多吉少的地方。

在辽阔的印度平原上，河流的样子跟别的地方好像很不一样。远远望去，它们往往并不像一条长长的河流，反倒像是一条长链，沿途串联着无数的小湖泊。眼下这条一会儿宽一会儿窄的小河就是一条非常典型的印度河流。它弯弯曲曲地无声地流淌着，水面显得格外平静，在日落前最后一线天光的映照下，那水面就像一面面明亮的镜子，映着天上火烧一样的晚霞。只是在有些河段上，偶尔泛起一阵大大小小的水泡，随着这阵水泡的散去，河面上出现了一串串漂亮的涟漪。在雨季到来的日子里，无数的小溪从四面八方汇聚到这条河里。可是现在还不到雨季，只有那些干涸的小溪的河床还露在这条河的两岸。

在这条河的左岸，几乎正好在那条铁路大桥下面，卧着一个普通的村庄，泥土铺的地面，砖块砌成的墙，稻草盖的房顶，家家户户都是这样。因为天快黑了，在野地里吃了一天青草的黄牛和水牛一个接一个地回家了，这时候，小村子里那条小小的街道开始热闹起来。那些牛儿一直穿过小街，走向小街尽头那个石头砌成的台阶，台阶下面正是那条河流通过的地方，走下台阶以后，他们就在那儿埋下头咕噜噜地喝起水来。与此同时，我们还看见一些女人正光着脚丫子走下那个台阶，然后蹲到河水中间，站在那儿洗衣洗菜。因为这些台阶是特地为村子里的人下水而修建的，所以当地的人就把它叫做水台。

夜色很快就降临了，那些长满水稻和棉花的远远近近的土地，现在都已经被完全笼罩在夜幕中。远处那段两岸长满芦苇的河湾，以及芦苇地后面那一大片绿绿的草地，此时也静静地沉浸在夜色中。成群成群的野鹦鹉和成群成群的老鸹，刚才还在河边唧唧喳喳地一边喝水一边闹翻了天，此时他们也乖乖地飞到那几棵高大的树枝上静悄悄地进入了梦乡。此外，还有成千上万的野鸟，比如说野天鹅呀，野水鸭呀，有时还有一两只漂亮的火烈鸟，也不知从什么地方飞来，悄悄地栖息在这条河流旁边那深深的水草丛中。

这时候，一只浑身灰褐色的老鹳从远处飞来，他飞得那么艰难，就像每一次摇动翅膀都是他生命中最后一次挣扎一样。不过，别看他飞得那么笨，他最后总算还是飞到了河边。

"尊重老年人吧！河上河下的高贵的婆罗门，尊重老年人吧！"

正当那只灰鹳要落地的时候，黑夜里又一次传来这个可怕的声音。于是他朝着旁边摇了摇翅膀，让自己着陆的地方离那个声音稍微远一些，结果，他正好落在那座铁路大桥下面。这时候，我们才算真正看清了这只灰鹳的凶神一样的模样。如果只从他的背影来观察，这家伙还真可以说得上仪表堂堂呢。他长着五尺多高的身材，高昂的脑袋顶部多少有些秃顶，仿佛使人联想到一位温文尔雅的牧师。可是，当我们从正面去看他的时候，妈呀，那该是一副多丑的模样呀，简直快把人吓死了。他的脑袋和长脖子上几乎一根毛都没有长，红红的赤裸裸的皮肤露在外面，使人一看就觉得浑身起鸡皮疙瘩。他的下巴下面还长着一个巨大的肉皮口袋，他常常把那些一下子吃不完的死鱼烂虾装在这个口袋里，储存起来，等他稍微觉得饿了的时候再吐出来嚼一嚼，吞到肚子里去。他的两条腿长得又长又细，皮包骨头，可是他在走动的时候却故意走出一副优雅的姿态。而且，他不仅很注意自己走路的姿态，同时也很为自己尾巴上还多少保留着一些烟灰一样颜色的羽毛感到自豪不已，所以他常常有意无意地回过头去欣赏它们。

就在灰鹳站立的地方下面的浅水滩上，一只小豺肚子正饿得咕咕直叫。透过夜幕，他看见灰鹳站在那儿，就翘着尾巴蹚过那片浅滩，朝着灰鹳身边爬过来，想看看是不是能够从灰鹳那儿讨到一点填肚子的东西。

这只小豺也真是够可怜的。我们知道，豺的家族中，也像我们人类一样，也是分成不同等级的，而这只小豺呢，不知道是因为什么原因，他的命运那么不好，偏偏落到了最低最低的等级。所以在他的记忆中，自从他一生下来，他每天的工作就是一边当乞丐，一边当小偷。不过，他也有一个光明磊落的正当工作，这就是每天在垃圾堆里掏来掏去，寻找那些被人们抛弃的东西，当做自己的食物。大概是因为从小饱受生活磨炼的缘故吧，小豺变成了一个玩小聪明的专家，可惜，这些小聪明直到今天还没有给他带来过一丁点儿好处。

"噢!"小豺爬上岸以后,一边使劲摇动着身体,抖落身上的水珠,一边发出一声可怜的呻吟。然后他对老鹳说:"癞皮病是不是快把整个村子里的狗都弄死了呀。这些跳蚤真厉害,我差不多要咬两三次才能咬死一只呢。你可要注意哟,我身上的跳蚤都是从牛棚里染上的。我常常到牛棚里面去,因为那里有一只旧皮靴。如果我不去那儿,我又该上哪儿去找吃的呀,难道让我去吃泥土吗?"说到这里,小豺做出一副可怜的样子,伸出前爪在他的左耳后边挠了挠痒痒。

"我已经听说了,"那只灰鹳说话了,他的声音听起来就像什么人在用一把生锈的锯子在锯一块厚木板一样,显得吃力,"我听说那只旧皮靴里面有一只刚生下来不几天的小狗崽。"

"耳听为虚,眼见为实。"不知怎么回事,小豺在学习成语方面好像很有一点天赋,最近以来,他常常在夜里溜到人们的火堆旁边偷听人们说话,从那些人的话中学到了不少知识。

"你说得真不错。"灰鹳说,"为了把虚的东西变成实的,趁着狗妈妈到外面忙乎的时候,我特地赶到那儿去照看那只小狗。"

"那些狗妈妈一天到晚总是东忙西忙的。"听完灰鹳的话,小豺说,"看来,我暂时不用到村子里去找东西吃了。照你这么说,那只旧皮靴里真的有一只刚生下来的小狗吗?还没有睁开眼睛?"

"你说那只小狗吗?"灰鹳一边说一边用他的眼睛瞟了一眼自己又尖又硬的长嘴壳下面的那个肉袋子,"他现在已经待到这里面去了。既然当今世界上的人早已不再讲究仁慈，我看这个地方倒是满适合这小东西的。"

"哎哟！这真是一个像生铁一样冷冰冰的世界啊。"小豺禁不住哀声叹息起来。当他刚刚说完这句话的时候，他突然发现河水里出现一阵微微的水泡，于是他连忙接着说："对我们每个人来说，生活都变得越来越艰难了呀。我甚至有点怀疑，就连我们最了不起的人物，最伟大的水泽主人，也……"

"哈，难怪人们常说，谎话精、马屁精和豺原来都是一个窝里的三兄弟……"说到这里，灰鹳突然停住了，因为他突然想起他自己原来也是一个撒谎大王，一旦遇上什么紧急情况，他撒起谎来比谁都厉害。

"是啊，我还是要这么说，就连我们最伟大的水泽主人，"说到这里，小豺故意把声音提得老高老高，"自从那座铁路大桥修建起来之后，就连他老人家也一定开始觉得食物越来越不像从前那么丰富了。不过，话又说回来，虽然人从来没有当着他老人家的面说过这样的话，但是他老人家生来就那么聪明，那么慈祥，就像，啊，天啦，就像，我真不知道该怎么说……"

"嘿，你这个小东西，说起话来怎么这么口是心非呢？"灰鹳有点听不下去了，他在嘴里嘟嘟哝哝地说。原来他一点也没有注意到河水里有什么东西正在朝着他们面前缓缓地移动过来。

"由于他那么伟大，那么聪明，我敢肯定他老人家一定从来不怕饿肚子，而且他还会……"小豺继续说。

　　这时，他们身边开始传来一阵轻微的窸窣声，就像一条木船的船底从浅沙滩上擦着过去的时候弄出来的声音一样。那只小豺飞快地转过身来盯着那个正在从河水里爬上来的动物，也就是他一秒钟以前正在跟灰鹳谈论的那个伟大的水泽主人。所谓水泽主人，原来是一条二丈多长的大鳄鱼。这条大鳄鱼跟别的鳄鱼并没有什么特殊的区别，他长着一个长长的三角形的脑袋，两只鼓鼓的小眼睛，两排尖利无比的牙齿。如果要在他身上找出一点跟别的鳄鱼不一样的地方，大概就应该算是他那个比一般鳄鱼稍微扁平一些的鼻子了。除此之外，这条鳄鱼还有一个与众不同的地方，这就是：他这一辈子差不多一直都住在这个小村子周围一带的河水里，常常在村子里那些人和畜生用水的水台下面出没，所以这一带的人们都把他叫做水泽之鳄。意思是说，这条鳄鱼毕竟跟别的鳄鱼有不一样的地方。从年龄上看，他比现在还活着的任何一位村民都年长，所以这条鳄鱼理应受到村民们的尊敬。在那座铁路大桥建成之前，由于村民们每天必须在那条河里来来往往，所以他们都十分害怕这条鳄鱼。那时候，在村民们的心目中，他是凶手，他是吃人魔，同时他又是一村老小烧香祷告的尊神。那时候，在平常的日子里，他总是趴在浅水滩上，而且一趴就是几个小时，他的尾巴一动也不动，过往的人们连个水泡泡都看不见。正如小豺所知道的那样，万一河上突然有条开得飞快的蒸汽船朝着他趴着的地方冲过来，只要他的那只尾巴稍微一用力，他就可以像弹簧一样跳到河岸上，谁也别想伤害他。

"怎么这么巧呢，在这儿遇上你老人家，我们弱小者的保护神！"小豺一边无比谦恭地向那条鳄鱼行礼，一边一板一眼地说，"你优雅的声音每一次都给我们留下难忘的印象，我们多想跟你在一起说说心里话呀。你瞧，我正在这儿跟这位朋友谈起你老人家的事情。真希望你老人家没有听见我们刚才的谈话。"

其实，小豺刚才之所以大声说那些让鳄鱼听起来舒服的话，他的目的就是想让鳄鱼听见。他为什么要这么做呢？因为他知道，说奉承话最容易从别人那儿得到好吃的东西。可是鳄鱼同时也知道小豺说那些话的目的是想从他这儿得到好吃的东西，同时，小豺也知道鳄鱼知道自己心里在想些什么。更有意思的是，鳄鱼也知道小豺知道他知道小豺的心思，于是，他们互相之间心照不宣，双方都觉得非常满意。

老鳄鱼喘着粗气，慢慢地爬上河岸，嘴里又一次发出那种颤巍巍的声音：

"你们可要尊重老年人啊！"

在说这句话的时候，大大的三角形脑袋上那双小小的眼睛好像一直都在闪着火炭一样的红光。他趴在那儿，就像一只小平底船一样，只不过这只平底船下面多了四条弯弯曲曲的短腿罢了。他静静地趴在那儿，像往常一样一动也不动。小豺虽然已经不止一百遍看见过鳄鱼这副模样，可是他始终对鳄鱼装得像一段死木头的功夫感到惊讶，所以他禁不住睁大眼睛呆呆地望着鳄鱼。的确，这条老鳄鱼好像生来就具有这种奇特的本领，他竟然可以模仿一段木头，一连几个小时地漂浮在河面上。而且，他模仿得那么逼真，就连不同季节里不同的水流情况他都考虑得相当充分。其实，这不过是鳄鱼的一种天性，要知道，所有的鳄鱼几乎都是整天生活在水里，十分了解水性。有时候我们看见他们趴在岸上，那只不过是他们偶尔爬上来玩一玩罢了。此时此刻，老鳄鱼爬上岸来，他的样子装得十分稳重，其实他还是在为吃的东西犯愁呢，只是他目前好像并没有小豺那么饥饿。

"我的孩子，我一点也没有听见你们在谈些什么。"老鳄鱼喘过气来之后，睁一只眼闭一只眼地看着小豺说，"我的两只耳朵全都让河水给塞满了，再说我已经饿得快晕过去了，哪里还听得清你们在说些什么呀。哎，自从那条铁路大桥修通以后，我这个村子里的人就一点都不爱我了，一想起这事我就觉得伤心。"

"这些人真是无情无义！"小豺同情地说，"竟然敢用这样的态度来对待这样一个伟大高尚的长者。不过，话又说回来，到处的人都是一样的。"

"我可不这么认为。"听了小豺的话，老鳄鱼突然做出一副彬彬有礼的样子说，"人和人之间其实并不都是一样的。据我所知，有些人瘦得像船上的一根撑竿，另外有些人却胖得像一只小……小狗（其实老鳄鱼正准备说的是那些人胖得像一只小豺，可是他突然想起自己正在跟小豺说话，所以话到嘴边就变成了'小狗')。我是一个高尚的人，我可不愿意无缘无故地骂人。世界上的人那么多，他们每个人都有不同的风格，不同的习惯，根据我多年的观察，从总体上看他们还是不错的。那些男人，那些女人，还有那些孩子，我们都不能随便批评他们，更不能随便骂他们。你一定要记住，我的孩子，一个只知道责难别人的人，一定会遭到别人的责难。"

"我最不喜欢马屁精，每次听见有人说奉承话，我就觉得像把一个空罐头瓶吃到肚子里一样难受。"灰鹳接过话头，直到这个时候，他才发现小豺刚才说那些话：原来都是在拍老鳄鱼的马屁，"不过你小子刚才那些话倒还是说得蛮聪明的。"

"你这是说到哪里去了呀？那些人对咱们水泽主人这么忘恩负义，你难道一点儿也不愤怒吗？"小豺有点不服气，但是他说话的语气始终还是那么温和。

"不对，不对，这也说不上什么忘恩负义！"老鳄鱼说，"那些人从来都是只知道想自己的事情，他们很少替别人着想，只不过是这个原因罢了。不过，我常常在水台附近观察那座新修的大桥，村里的人们，尤其是那些老年人和那些小孩，他们想从桥上通过就必须先爬上那十几级台阶，那些台阶那么高，对他们来说也真够难的。说实话，对那些老年人，我也并不十分放在心上，只是对那些长得白白胖胖的小孩子，我真的替他们感到难受。所以，我老是在想，村里的人们天天在那座桥上爬上爬下，等到有一天他们爬烦了的时候，我就可以再次看见他们像从前那样打着赤脚到我的河里来蹚水了。等到这一天到来的时候，我就会再一次受到他们的尊重。"

"不过，我今天下午就看见已经有人在朝着河里给你扔花环了。"灰鹳讨好地说。

在印度，人们常常用送花环的形式表示他们对某人的尊重。

"说来也真可笑。那是一个商人的妻子。她的眼睛一年比一年糟糕，现在就是让我和一根大木头摆在她面前，她也分不出谁是谁了。今天下午我看见她把那个大花环朝着一根漂在水上的大木头扔过去，其实当时我正好浮在水台下面不远的地方，当时只要她再朝水台下面多走几步，我就可以让她认出来了。不过，她尊重鳄鱼的心意还是蛮好的，我还是应该向她表示感谢。"

"对于一个饿着肚子的人来说，一个花环有什么意思呢？还不如赶快修一个垃圾堆，让我们在那儿找到一点吃的东西。"小豺一边说，一边偷偷地瞟着老鳄鱼，注意着他的脸色。

"你的话不是没有道理，可是他们现在不是还来不及修那样的垃圾堆吗？我这一辈子都待在这一带，我常常看见河水从村子脚下退到远处去，今年已经是第五次了。每次河水退走之后，人们就要重新修一次他们的河岸。我已经看见他们修了五次河岸了，我想我这一辈子还会看见他们再修五次。每当他们重修河岸的时候，我也跟着搬一次家，不过，不管搬到什么地方，我总是耐心地躲在水里观察着人们的动静。这样做并不是没有道理，孩子，俗话说得好：世上自有公道，付出总有回报。只要我们长时间等下去，总有一天会得到报偿的。"

"我已经等了好长好长的时间，差不多我一辈子都在等待，可是直到现在我还什么回报都没有等到呢。"小豺说。

"嗬！嗬！嗬！"听完小豺的话，灰鹳禁不住大笑起来，他一边笑，一边还唱道：

小豺在八月里出生，

九月里，他看见第一场大雨，

'哎呀，在我的记忆中，'他说，

'还没有见过这么大的洪水！'

你瞧，灰鹳就是这么一副怪脾气，他对别人总是这么刻薄。他为什么偏偏养成这么一种怪脾气呢？说起来也跟他的生活经历有一定的关系。因为他的腿特别长，所以常常受到抽筋的威胁，由于这种疾病的折磨，他的脾气变得有些古怪。尽管他有时在外表上看起来有些像仙鹤，但是他的脾气却跟仙鹤完全不一样。平常的日子里，他总是喜欢飞到那些遍地稀泥的沼泽里，在那儿张开翅膀毫无顾忌地跳舞，弄得浑身是泥。在这种环境里，他养成了一种不受任何拘束的习惯，说起话来也不管别人爱不爱听，总是免不了时常伤害别人。

听见灰鹳用这样的话奚落他，小豺还是只能向他赔笑脸。虽然小豺已经有九个月的年龄，可是在这个长着像长矛一样又尖又硬长嘴的庞然大物面前，他怎么敢不赔笑脸呢？小豺不知道，他面前的这只灰鹳，才是世界上最胆小的东西。因为不知道这个秘密，所以小豺比灰鹳还要胆小十倍。"其实，在我们正式开始学习怎么应付生活中的困难之前，我们已经开始应付这些困难了。"老鳄鱼说，"我听人们说过：小豺到处可见，老鳄鱼千载难逢。尽管如此，我还是一点也不因此而沾沾自喜。因为我知道，骄傲自满不是一件好事情。不过，我是相信命运的，一切都是命中注定的。如果一个人跟他的命运作对，不管他多么努力，到头来也只是一场空。我很了解自己的命运，我也很满足于自己的命运。只要有一个好的命运，有一双敏锐的眼睛，而且，养成一个爬上河岸之前事先观察清楚周围情况的好习惯，还有什么事情不能做呢？"

"可是，我曾经听人说过，就连老鳄鱼这么伟大的聪明人有时也难免犯错误，是这样的吗？"小豺狡猾地问。

"一点儿也不假。可是，当我犯错误的时候，我的命运却能帮人逃过劫难。在我的记忆中曾经有这么一次大饥荒，当时我还没有完全成年。老天爷啊，那年的洪水真大呀，洪水几乎淹没了整个村庄。是啊，当时我还很小，还不会开动脑筋想问题。面对那么大的洪水的时候，我的心里简直乐开了花，我简直觉得自己成了世界上最快乐的人。因为眼前到处都是一片汪洋，所以我很容易就游到了那些我从来不敢去的地方。我游过了稻田，游过田边的道路，这时候，这些稻田和道路都被淹没到水里，到处都是泥泞的一片。我还记得在我穿过那些泥泞的时候，我把一个死人吞到肚子里去，结果她手上那两个手镯把我折磨得够呛。如果我没有记错的话，还有那双靴子。本来我完全应该把那双靴子从那个人脚上弄掉，可是我实在太饿了，顾不了那么多，结果那双靴子在我肚子里折腾了好多天。不过，这件事对我来说，倒是一堂很有用的课，从那以后，我就又学到了一些新知识。那天，我吃得很饱，吃饱以后就躺在泥泞里睡着了。等我醒来的时候，没想到洪水已经退下去了，这时我才发现自己原来正躺在村子里的那条小街的中央。看见那么多人纷纷回到村子里来，我连忙踏着还没有完全干的稀泥朝着河边爬去。这时候，我看见许多人都朝着我跑过来，他们中间有女人，也有孩子，还有老人，也包括那位喇嘛，他们大家都用敬畏的眼光盯着我。我趴在稀泥里，心里正在暗暗盘算着怎样跟那些人大战一场。这时候我突然听见一个船工在说：'这不是常在我们河边进进出出的那条鳄鱼吗？快把斧子拿来，把这家伙砍死。'正在这千钧一发的时候，我突然听见一个婆罗门说：'咱们可不能那样干，你瞧，他不是正在把洪水赶到河里去吗？他可是咱们村子的保护神啊。'听了婆罗门的话，那些人都相信了。接着他们纷纷把各种各样的美丽的花扔到我身上。而且，最让人高兴的是，正当这个时候，一个人赶着一只羊从村子里经过。"

"太妙了，一只羊——世界上最好吃的东西就是羊肉。"小豺吞了吞口水说。

"那只羊身上长满了长长的毛，要是在河里遇上这样一只羊，我可不敢随便扑上去，谁知道人们会不会在羊肚子里放一个铁钩呢？要是一口把铁钩吞到肚子里，那不是糟透了吗？不过，对于村民们献给我的那只羊，我却毫不犹豫地接受了。于是我拖着那只羊，带着全村人给我的荣誉，高高兴兴地从水台那儿回到了河里。后来，我的命运又一次帮助了我，它把当初那个打算用斧子砍死我的那个船工送到了我的嘴边。有一天，他的那只木船经过那个浅滩的时候，搁在那儿不能动弹了。我说的那个浅滩，你们知道吗？"

"我当然知道啦。"灰鹳自豪地说，"你是不是说那艘载石头的大船沉没的地方？那年干旱，河水太浅……那个经历了三次洪水的长滩？"

"那儿有两个浅滩，一个在上面，一个在下面。"

"哦，我差点忘了。后来河水又把那个浅滩冲成了两半，后来那片浅滩又变成了干河滩。"说到这里，灰鹳禁不住开始摇头晃脑起来，他为自己的记忆力感到骄傲。

"他的船就是搁浅在下面那片河滩上。搁浅之前，那家伙在船上睡觉，等他发现船搁浅之后，眼睛都还没有完全睁开，就跳到齐腰深的河水里推船。不，没有那么深，当时的河水只淹到他的小腿肚。他把船推到深水里以后，那艘船又开始朝着下游漂去。我悄悄地跟在那只船后面，我知道，过不了多久，还有一些人会到水里来把船弄到岸边去，到那时候我就可以下手了。"

"后来呢？他们真的到水里来了吗？"这时候的小豹显然已经被老鳄鱼的故事吸引住了。

"果然，像我预料的那样，到了下游以后，真的有几个人跳到水里来了。那一次，一共有三个船工掉进了我的嘴里。除了最后一个大叫了一声之外，其余两个连叫都没有叫一声就被我吞进肚子里去了。"

"干得太漂亮了！你老人家真是太聪明了，而且你的预料总是那么准确。"小豺说。

"并不是什么聪明，孩子，只不过是我愿意开动脑筋罢了。正像那些船工们常说的，在生活中需要动脑筋，就像在菜里需要放盐一样。"

"你那天一定大开胃口了吧。"听完老鳄鱼的故事，那只灰鹳满心羡慕地说。

"是啊，我的表兄也是这么对我说的。我的表兄是一个捉鱼能手，他的追逐对象都是一些傻家伙，不管我表兄对它们追得多厉害，那些家伙从来不会离开河水跳到河岸上去。可是我的对手就不一样了，他们住在陆地上，住在房子里，而且还住在那些长着利角的黄牛中间。要想战胜这样的对手，我就必须开动脑筋，必须知道他们天天做些什么，还应该准确地预料他们将要做些什么。正像人们常说的那样：必须有头有尾，才算是一头活生生的大象。如果村子里哪家的房门口挂着一根绿树枝和一个铁圈，老鳄鱼立刻就会知道，那家主妇一定生了一个小男孩。接下来，老鳄鱼立刻就会预料到，那个男孩长大以后，一定会蹦蹦跳跳地跑到河边来戏水。如果村里有一个姑娘快要结婚，老鳄鱼也会知道。因为他看见姑娘未婚夫家里的人拿着各种各样的礼物来来回回地经过河边。那位新娘呢，在举行婚礼的那个晚上，她还要到河边来洗澡，而且她的新郎还会在那儿等着她。如果这条河的河道将要发生什么改变，同时在从前的哪一片沙滩地上造出新的土地，这一切一切，老鳄鱼都会知道。"

"可是，知道这些又有什么意思呢？"小豺真的有点糊涂了，"我也看见过河道改道，可是我怎么不知道这种知识有什么用处呢？"

的确，在印度，由于河道通常都从平原地区通过，所以每年洪水到来的时候，这些河道都会或多或少地发生一些改变。有时候，洪水过后，原来的河流甚至会出现在离原来四五里远的地方，在洪水冲刷过的地方留下四五里宽的一大片河滩地。

"世界上再也没有哪一种知识比这些知识更有用了。"老鳄鱼说，"新的土地意味着新的争吵，只有我老鳄鱼知道这是为什么。是啊，只有我老鳄鱼知道。当洪水刚刚从河滩上消退下去，我就知道躲在那些被洪水冲刷出来的小水沟里，因为我知道一般的人很难预料到那么小的一条水沟里，连一条小狗都躲不住，怎么会躲着一条老鳄鱼呢。这时候，往往会有一个扛着锄头的农民走过来，在新冲刷出来的河滩地上东走走西看看，心里想，我要在这儿种黄瓜，在那儿种西瓜。他一边想着，一边用他没有穿鞋的赤脚在洪水送给他的新土地上亲切地感受着那厚厚的肥土。接着又有一个农民走过来，这个农民心里在想，他要在这儿种上洋葱，在这儿种上胡萝卜，在那儿种上甘蔗。突然，两个农民面对面地停下来，就像两条船开进了一条狭窄的小河，你对着我，我对着你。这个时候，我老鳄鱼就悄悄地躲在那儿偷听两个农民的对话。他俩你叫我兄弟，我也叫你兄弟，叫了一阵兄弟之后，便商商量量地开始在那片新冲出来的沙滩地上划分地界。我老鳄鱼悄悄地跟在他们背后，从一个地方跟到另一个地方，我一边跟着，一边在稀泥滩地上小心翼翼地把自己的身体趴得很低很低。接着，我听见两个农民突然争论起来了！接着又听见他俩对骂起来了！接着他们开始互相抓扯对方的头巾了！接着他俩朝着对方举起了手里的锄头了！最后，他们中间的一个终于不声不响地倒下了，倒在他背后的那片稀泥地里，另外一个呢，看见对方被自己打倒，吓得飞快地逃跑了。等到这个农民重新跑回来的时候，那个死者的家属已经在那儿等着他了。他们口里不停地骂那个农民是'凶手'，一边骂一边就朝着那个农民挥舞着棍棒冲过来。据我老鳄鱼所知，我们印度村子里的农民在参加体育运动的时候从来不用棍子，可是他们在打架的时候，却是使用棍子的专家。看见他们马上就要打起来了，我只好躲到远处去静悄悄地看热闹。这时候，天色已经黑下来了，我看见村子里又跑来八九个男人，他们肩头上抬着一副担架，那副担架上面躺着刚才被打死的那个农民。这些男人都是村子里一些德高望重的老人，我从他们说话时沙哑的声音里面就能听出来。他们手里举着火把，哈，我最喜欢火把了，接着他们坐在一起慢慢地吸着叶子烟，然后围成一个圆圈，脑袋碰在一起叽里咕噜地说着什么，一边说，一边还不时地回过头去看那个被放在河岸上的尸体。这时候，我听见那些人在说英国人一定会派警察拿着绳子来抓那个杀人凶手。这样一来，他家里的人就会为此而丢面子，因为这个人一定会被活活吊死在监狱外面的广场上。我听见那个死者的朋友们在喊：'他应该被吊死！'喊了一阵以后，他们又安静下来，好像又在跟凶手的家属在商量什么。最后，时间已经差不多快到半夜了，突然有一个人高声说：'既然他俩是公平的打斗，那么我们也可以用钱私了这桩事情。既然杀死了我们的人，要么偿命，要么赔钱！'接着他们开始向凶手索要许多钱，因为死者是一个大家庭，他死了之后，还有许多孩子需要养活。就这样，在太阳出山之前，这件事情总算结束了。接着，按照印度人的风俗，他们在死者身上点燃一把火，然后就把那个死人扔到河里。这样一来，看见了吧，孩子，我这个经验丰富的老鳄鱼就得到一顿饱餐。你说，这些知识难道能说没有意义吗？"

"你这个经验对我来说好像有点不太合适。"灰鹳说，"再说，谁能像你那么有耐心呢，为了一顿饱餐，足足等了一夜。"

"哈，我就有这个耐心！"老鳄鱼说。

"我记得，从前，在南方的加尔各答，"灰鹳接着说，"不管什么东西，人们都朝着大街上扔。那时候我们可以在大街上一边散步，一边选择自己喜欢吃的东西。现在想起来，那是多好的日子啊。可是现在呢，那些人把他们的大街弄得像鸡蛋壳外面那么干净，我们只好从那儿远远地飞到这样的穷乡僻壤来寻找食物。爱干净并不是一件坏事，可是为了爱干净而每天把大街上打扫七八遍，我看也算不上什么好事情。"

"我有一个表兄，他就是从加尔各答来的，他告诉我说那儿有吃不完的东西，那儿的豺兄豺弟们个个都长得像小獭一样又肥又胖。"小豺说到这里，嘴角上不知不觉滴下口水来。

"那地方原来的确是不错，可是不久以前白人来到那个地方，就是那些英国人呀。他们不知从什么地方带来许多凶神恶煞的狗，他们带着这些狗沿着河岸搜寻，那些狗长得又高又壮，自从那些英国狗出现以后，加尔各答的豺也变得一天比一天瘦了。"灰鹳告诉小豺说。

"那些白人真的像你说的那么厉害吗？我真应该早点知道。三个月以前，有一天，刚刚下过雨，我看见一座白人修建的帐篷，就偷偷跑进去，在那儿找到一根黄颜色的皮垫子，我把它拖出来饱餐了一顿。从那天开始，我就看见那个白人一直找不到一个合适的垫子来垫他的马鞍。不过，自从吃了那个皮垫以后，我的肚皮好些天都觉得很不舒服。"小豺说。

"你的运气到底还算是比我好。"灰鹳说，"我记得，还在我刚满九个月的时候，我什么都不懂，只知道瞎胆大。那一天，我跳到河水里，迎面开来一艘大船。妈呀，那可是一艘英国人的大船，恐怕有三个村子那么大吧。"

"是吗？"小豺吃惊地望着灰鹳，"照你这么说，那艘船差不多有火车那么大？我知道，成千上万的人都可以同时在火车上走来走去呢。"

这时候，老鳄鱼突然睁开他的左眼，敏锐的目光一直盯在灰鹳脸上。

　　"我说的是真话。"灰鹳看见老鳄鱼怀疑的目光，他还是坚持说，"我为什么要撒谎呢？那些说谎的人是为了让别人相信他们说的话。可是，不管什么人，只要他没有看见过这艘大船，他都不可能相信我的话是真的。"

　　"嘿，你的话好像还真有点道理呢。"老鳄鱼说，"那么，接下来又怎么样了呢？"

　　"我跟着那艘大船，等到它停下来以后，我看见人们从那艘大船上面搬出许多大块大块的白色的东西，那些东西说来也真奇怪，只要它们一掉在地上，很快就变成水一样的东西。这种水从船上流出许多，把河岸上都弄湿了。那些人飞快地把那些白色的东西搬出来，搬到一座砌着厚厚土墙的大房子里。就在这个时候，一个水手一边笑着，一边顺手捡起一块像小狗的身体那么大小的白色的东西朝我这边扔过来。一看见那块东西，我连想都没有想一下就把它吞到了肚子里。我们老鹳吃东西的习惯都是这样的，总是喜欢一口就吞下去，从来不喜欢细嚼慢咽。可是，等我刚把那块白东西吞下肚子，顿时就感觉得肚里一阵从来没有过的寒冷，刚开始的时候，还只是在嗓子里，接着就冷到肚子里，再接下来就冷遍了全身，一直冷到我的脚趾尖上。好冷啊，好冷啊，我冷得连话都说不出来了，全身都冷得失去知觉，冷得在地上乱跳乱叫。望着我冷得那么难受的样子，那些白人呢，他们却在一边哈哈大笑，他们笑得前仰后合，笑得连腰都直不起来。我好难受啊，在那短暂的时刻，我从心底里诅咒这个不讲仁义的世界。就这样，过了好长一段时间，我才算喘过气来。嘿，最奇怪的是，我明明把那么大一块东西吞到肚子里，可是等到那阵难受的感觉渐渐从我身上消逝之后，我的肚子一点饱的感觉都没有，你说奇怪不奇怪呢？"

灰鹳这段话，实际上描述的是他一口吞下一块七斤重的大冰块时的感觉，看不出来，这家伙叙述事情的时候条理倒还蛮清楚的哩。原来，那些冰块是从一艘美国的大冰船上运来的，是那些外国人在加尔各答的工厂里用机器做出来的。因为印度的灰鹳从来不知道什么叫做冰，那条老鳄鱼和那只小豺更是缺乏这方面的知识，所以，听了灰鹳的叙述以后，他们也挑不出什么毛病来。

"不管什么东西，"老鳄鱼一边说，一边漫不经心地重新闭上他的左眼，"既然那艘船有三个村庄那么大，不管什么事情都可能发生，我们还有什么可说的呢？不过，我可要告诉你，我的村庄可不是一个小村庄。"

这时候，头上的大铁桥上突然传来一声火车的汽笛。紧接着，一列火车呼啸着从他们头顶上方奔驰而过，数不清的车厢在月光下面发出阵阵的闪光，长长的车影紧紧地跟着列车，从河面上飞快的掠过。火车渐渐消逝在远方，周围又恢复了宁静。在火车通过的全过程中，不论是老鳄鱼，还是小豺，他们都没有抬头去看那个巨大的钢铁怪物，因为这样的场面他们早就看惯了。

"是不是那个大东西没有我刚才讲的那艘大船有意思呢，你们连看都不想看它一眼？"灰鹳一面说，一面用好奇的眼光望着远去的火车。

"这座大桥我是眼睁睁地看着它一块石头一块石头地修建起来，我的孩子（老鳄鱼不但把小豺叫做孩子，他也把灰鹳叫做孩子）。而且，在他们修建大桥的整个过程中，我一直都待在大桥下面的河水中。每一次，当修桥工人从上面掉下来的时候，我都准确地把他接到嘴里。一直到他们把第一个桥墩修完的时候，那些人都从来没有想过到河里来寻找他们落水的伙伴。这样一来，我倒是省了不少麻烦。知道了吧，孩子，这座大桥没有什么值得看的。"

"我是说桥上那个刚刚跑过去的东西，他拉着那么多带顶的车厢，那东西看上去好像挺奇怪的。"灰鹳说。

"你是说那个长东西吗？那也不过是一头大一点儿的黄牛罢了。总有一天他脚下那座桥会塌下来，那家伙就会像那些修桥的人一样掉下来，那时候，我老鳄鱼的嘴巴早就在下面等着迎接他了。"

听了老鳄鱼的话，小豺看了看灰鹳，灰鹳看了看小豺。其实，关于火车方面的事情，灰鹳和小豺毕竟比老鳄鱼知道得多一点。小豺每天都跑到铁道两边到处闲逛，灰鹳呢，从印度第一次出现火车那天开始就常常在天上看见它。而老鳄鱼呢，由于他平时总是生活在河水里，他每次看见火车的时候都在大桥下面，他对火车的了解还没有小豺和灰鹳多，所以他总是认为火车是一种跟牛一样的动物。

"也……是啊，那东西只不过是一种新品种的牛。"老鳄鱼继续说。听他的口气，又像是想让小豺和灰鹳相信他的话，又像是在设法让他自己更加相信自己的观点。

"千真万确，这是一种新品种的牛。"小豺赶快附和着说。

"同时，那东西也许是……"老鳄鱼又说。

"千真万确，千真万确。"还没有等到老鳄鱼把话说完，小豺就急不可耐地附和上去。

"你说什么？"老鳄鱼有点生气了，听见小豺说得那么快，他觉得小豺好像想要在他面前表现出他比老鳄鱼聪明的样子，他老鳄鱼可不能容忍，"什么千真万确呀？我的话还没有说完，你就在那儿瞎说什么？你是不是在说那是一种牛？"

"我是在说：你老人家说他是什么他就是什么。我是你老人家忠实的仆人，我可不是那东西的仆人。"小豺赶快回答。

"不管他是什么东西，他一定是白人们干的事情。"灰鹳说，"无论如何，我都不会跑到离那个东西脚下那条铁路太近的地方去睡觉。"

"你对英国人的了解比我差远了。"老鳄鱼说，"在修建这座大桥的时候，这儿就住着一个英国人，好几个晚上，这个英国人驾着一艘木船到我睡觉的地方搜寻我的踪影。我听见他的脚在船底发抖，还听见他在嘴里悄悄对旁边的人说：'他在这儿吗？他在那儿吗？把我的枪拿来。'每一次，我都可以清楚地听见他的声音，哪怕是船上最轻微的响动，我都听得一清二楚。每一个工人掉到河里，我都可以听见他拿着那支枪，在河上河下到处找我，结果他什么都没有看见，只是胡乱浪费了不少子弹。每一次当那个英国人气得在船上吹胡子瞪眼睛的时候，他做梦都没有想到，我老鳄鱼正躲在他的船底下，微笑着听他对着河里那些漂过的木头恶狠狠地射出一枪又一枪。有一次，我猜他一定在船上跳累了，就从船底下钻出来，悄悄地靠近他的船边，突然冒出水面，对着他的脸上就是一口。后来，等到这座大桥修完之后，那个英国人也离开了这里。从那个英国人身上，我发现所有的英国人追杀猎物的时候都是一副不可一世的样子，不过，当他们自己被别人追杀的时候，情况就不一样了。"

"谁敢追杀白人呢?"听说有人敢于追杀白人，小豺一下子变得激动起来。

"世界上除了我老鳄鱼年轻的时候发生过那样的事情以外，现在已经没人敢做那样的事情了。"

"嗯，我记得自己在年轻的时候的确听人说起过这件事情。"灰鹳一边附和老鳄鱼的话，一边故意做出一副十分优雅的样子动了动他的长嘴。

"在做那件事情之前，我一直住在这个村子附近，我在这儿过得很舒服。当时，我记得我们的村子才刚刚完成它的第三次重建。有一天，我的表兄给我带来一个新闻，他告诉我说，在南方，有一个叫做贝勒尔的地方，那儿最近有许多好吃的东西。刚开始的时候，我并没有把表兄的话听进自己耳朵里去。因为我知道这个表兄是一个吃鱼的家伙，他常常连什么是好什么是坏都分不清楚。后来有一天晚上，我又听见村子里的人们谈起那个新闻。听了人们的话之后，这才坚定了我到那儿去的信心。"

"那些人们都说了些什么呀？"小豺问。

"他们说得太多太多，我也不太记得清楚他们究竟说了些什么。总之，听了他们的谈话之后，我决定离开这条住了半辈子的大河，靠自己的四条腿踏上艰难的征途。从那天开始，我每天都利用夜色的掩护赶路，同时也利用一路上每一条小溪。可惜当时正是大热天，几乎每一条小溪的水都浅得要命。一路上，我穿过一条条干得起灰尘的大路，穿过许多深草地，在明亮的月光下面我还不止一次地爬上小山丘。我甚至还一次次地爬到大岩石的顶上，听清楚没有，孩子们，我还爬到岩石顶上去了！我走啊走啊，也不知走了几百里，最后终于找到了一条通往贝勒尔的小河。那次旅行，是我一辈子中最长的一次旅行，全部旅程整整用了我将近一个月的时间。现在回想起来，真是太妙了！"

"可是你一路吃些什么呢？"大概是一辈子很少吃过几顿饱饭的缘故吧，小豺心里最关心的总是吃饭问题。对老鳄鱼一路上的惊险经历，他反倒并不十分感兴趣。

"碰上什么就吃什么呗，我的小表弟，你怎么连这点都不知道呢？"老鳄鱼不屑一顾地说。

一般地说，在印度这个国家里，如果你不能确定你同一个人之间真正存在着什么血缘关系的话，你一定不能把他叫做你的表兄弟。只有在那些童话故事里面，才可以读到鳄鱼跟豺结婚的事情。此时此刻，小豺心里非常清楚地知道自己怎么一下子变成了老鳄鱼的小表弟。如果此时只有他一个人在老鳄鱼面前，小豺也许并不把老鳄鱼这种奇怪的称呼放在心上。可是，当他看见灰鹳正用讥笑的眼光盯着他的时候，他的态度就不一样了。

"是啊，爸爸，我早就应该知道。"小豺说。听见小豺把自己叫做爸爸，老鳄鱼并不十分在意。此时此刻，他正沉浸在美好的回忆中，嘴上唠唠叨叨地说个不停，好像一点儿也没有把小豺的话听进耳朵里去。

"啊，高贵的水泽之主当众宣布我是他的亲戚，这是多么荣耀的事情啊！我真不知道该做些什么来纪念这个终身难忘的时刻啊！他老人家把我叫做小表弟，啊，对了，我们吃的同样的食物，这就是我们之间血缘关系的证明。这也是他老人家亲口说的。"小豺高兴地说。

谁知道小豺这句话说得并不漂亮。他这句话的意思是想说老鳄鱼应该与众不同，应该总是吃新鲜的食物，而且每天都吃新鲜食物，而不应该像别的鳄鱼和别的动物那样把一次吃不完的猎物保存起来，成天吃腐烂的东西。

"那都是几十年以前的老话了。"听了小豺肉麻的吹捧，灰鹳实在看不下去了，就不冷不热地说起来，"就算你在这儿再说上几十年，那些肉也早就被吃干净了。"说到这儿，他转向老鳄鱼说："别听小豺在那儿瞎打岔，快告诉我们，等你走完那段奇妙的旅程之后，遇到了些什么呢？"

其实老鳄鱼倒是很乐意听见小豺那样的打岔，可是既然灰鹳这么说，他只好回到原来的话题上。

"我敢在这儿对着河神起誓，我看见了，看见了……我从来没有看见过那么漂亮的洪水。"

"比我们去年看见的洪水还好看吗？"小豺问。

"嗨，这还用说吗？你瞧，去年那样的洪水我们多少年可以看见一次呢？五年，每隔五年我们就可以看见一次那样的洪水。而且，那样的洪水能带给我们一些什么呢？无非是一些平平常常的，就像野鸡死牛之类的东西。可是我那次看见的东西可就大不一样了——那可是数不清的白人啊。我也不知道他们是从哪儿冲下来的，总之我看见许多白人的尸体，他们你撞着我，我撞着你，差不多快把河面都挤满了，你们可以想象，我们这些年在河里等食物的兄弟们当时心里是一种什么样的感觉，我们的心简直都快乐开花了。哎呀，那是一些多么幸福的日子啊。我的肚皮几乎每天都撑得满满的，差点都浮不到水面上去了。哦，对了，我记得那条河的名字好像叫做阿拉巴德……"

"哦，我去过那个地方，我记得在阿拉巴德的大渡口下面常常有一个大漩涡！"灰鹳突然插嘴说。"那次大洪水的时候，那些白人从上游冲下来，在那个大漩涡里挤成一团，他们的尸体在那儿跟洪水一起打漩，就像一群野鸭跟一大团芦苇秆缠在一起。他们漩啊漩啊……就是那个样子。"

　　说到这里，灰鹳禁不住又举起他那双干柴棒一样的长腿，得意忘形地跳起舞来。看见他这种得意的样子，小豺心里充满了嫉妒。谁叫他这么年轻呢，对于老鳄鱼和灰鹳正谈得津津有味的那场大洪水，他一点印象也没有。这也难怪，那已经是他出生之前三十多年的事情了。

　　这时候，老鳄鱼还在继续他的故事：

　　"是啊，那次大洪水给我留下的印象真是太深了。我成天待在阿拉巴德河边，看着从河上漂过的白人尸体，差不多每隔二十个我才懒洋洋地捡一个吃到肚子里。而且，最值得一提的是，那些英国人从来不像我们印度老乡那样老是在身上挂满了各种首饰，所以我们把他们吞到肚子里去的时候，从来没有不舒服的感觉，消化起来也非常容易。在那些日子里，阿拉巴德河里的鳄鱼一个个都长得胖嘟嘟的。在他们中间，还是要算我长得最胖。有什么办法呢，谁让我的运气总是比别人更好呢。还记得我刚才提到的表兄给我讲的新闻和那些村民晚上谈起的新闻吗？对了，那个新闻说的就是从英国来的白人将要遭到印度人的追杀，我相信这个新闻一定是真的，这才不惜牺牲一个月的时间，经过那么艰难的长途跋涉跑到那个地方去。到了那条河里之后，我做的第一件事情就是悄悄地躲在一个叫孟加尔的小城附近观看河里的动静。"

　　"我知道那个地方。"灰鹳说，"自从那次大洪水之后，孟加尔几乎完全被淹没了。直到今天，住在那儿的也只有十几户人家。"

"一天，我吃饱之后，便顺着河水朝着上游懒洋洋地游去。这时，我眼前突然一亮：那是什么？哎哟，白人，满满一船白人，而且都是活着的白人。等到那艘船离我更近的时候，我看得更清楚了，船上都是长着白皮肤的女人和孩子。这些女人和孩子都坐在一张用许多棒子支撑起来的一张白布下面，还在大声地哭呢。在那些天里，虽然看见我们许多鳄鱼趴在河边上望着他们，这些白人好像也没有那么多枪来对付我们了。后来我才知道，当时他们的枪都被用到别的地方去了。我游到那条船前面，抬起头来望着船上，在此之前我还没有一次看见过这么多活着的白人呢。这时候，我看见一个又白又胖的小男孩，他正趴在船边，把他那双可爱的小手放到河水里。看见白人小孩那么喜欢河水，我的心里禁不住一阵高兴。虽然我已经吃得够饱了，但是一看见那双漂亮的小胖手，我突然又觉得自己的肚子里还可以再装下一点东西。再说，我并不真的想把那双小手吞到肚子里去，我只想跟那双小手闹着玩玩。我偷偷地游到那双小手前面，看见一只胖手上面好像有一个奇怪的印记，当时我没有闲心去仔细观看，就朝着那双小手一口咬去。真奇怪，不知是我自己的动作没有做好呢，还是那个小孩的反应太快，那双小胖手竟然从我的牙齿中间逃掉了。我真有点后悔，要是我下口的地方再高一点，朝着他的小胳膊的部位下口，那小家伙一定再也逃不掉。不过，我并不感觉得十分难过，因为，正像我已经说过的那样，我只是想跟那小男孩闹着玩玩。所以即便是没有咬着他，也算不了什么。可是，船上那些白人却不这么想。看见小孩差点掉在我的嘴里，他们吓得哇哇大叫。我再次抬起头来朝着船上观望，我朝着船底试了试，想把那条船掀翻，可是那条船太重了，我没有成功。我一点也不怕船上的人，因为他们大多是女人。在我印象中，女人都是胆小怕事的人，除了哭泣以外，她们什么事情都做不成。"

"有一次，一个女人扔给我一块干鱼皮。"小豺插嘴说，"可是我更愿意吃她身上的肉。不过，既然没法吃到她的肉，能吃到她扔的干鱼皮，也还是算不错。正像俗话说的那样：'虽然只吃点儿马料，总比挨两马蹄好一些'，对吧。后来那些女人到底怎么样了呢？"

"一个女人突然站起来，用一支短枪向我不停地射击，先前我从来没见过那种短枪，后来我也再没有见过那种玩意儿。我记得她一共朝我射了整整五枪，天啊，整整五枪！当时，我觉得自己脖子后面好像被什么东西狠狠地咬了一口，顿时就觉得嘴巴几乎不能合拢，接着就觉得脑袋里火辣辣的，像在冒烟一样。整整五枪，她射得那么快，我真的没有想到一个女人竟然也会用枪。幸亏我反应敏捷，赶快朝着水里一埋头，躲到了河底下。"

听着听着，小豺越来越深地被老鳄鱼的故事吸引住了。看他脸上那副惊讶的表情，就像那五枪是打在他身上一样。

"不，还没有等到她射出第五枪。"老鳄鱼越讲越得意，他从来没有想到，自己的故事竟然那么吸引人，"还没有等她射出第五枪，我已经潜到水下去了。紧接着，我又从水里冒起来，想听听船上的人们在说些什么。我听见那个男水手对那个开枪的女人说，这条鳄鱼一定已经被她打死了。其实我并没有死，只是脖子后面挨了一枪。我不知道那颗子弹头是不是还在我的脖子里，我只觉得打那以后我每次转脖子都觉得不舒服。瞧瞧，就在这儿，孩子们，你们现在该相信我没有骗你们了吧。"

"什么？"小豺惊讶地说，"我，一个只知道吃破皮靴的卑贱的小豺，怎么可能怀疑我们伟大的水泽主人的话呢？无论什么时候，只要我敢于对你老人家的话产生半点怀疑，就让我的尾巴被一只瞎眼睛的小狗咬掉！我早就听你老人家说过，你曾经遭受过一个女人的伤害。我当时就百分之百地相信你老人家的话，将来我还要把这个故事告诉我自己的孩子们，让他们也百分之百地相信。"

"俗话说得好：太多礼还不如无礼！我一点也不希望你的孩子知道我老鳄鱼曾经栽在一个女人手里的事情。如果他们知道这些事情，他们像他们的爸爸一样讨饭的时候就会产生许多不必要的胡思乱想。"老鳄鱼说。

"哦！我已经把这件事情忘得一干二净了！哦，你从来没有跟我说过这件事情！哦，世界上从来就没有出现过什么白女人！世界上从来就没有什么载着白人的船！世界上从来就没有发生过任何事情！"

听了老鳄鱼的话，小豺一边赶快说着这样的话，一边用他的长尾巴反复扫着自己的小脑袋，好像要把这一切记忆从他的小脑瓜子里扫干净一样。

　　"在那一段时间里，发生的事情真是太多了。"对于小豺这种无比谦卑的道歉方式，老鳄鱼好像并不十分放在心上，他装出一副漫不经心地样子继续着他的回忆，其实，老鳄鱼是在用这种特殊的方法表示他对小豺的宽怀大度。"离开那条船以后，我继续朝着阿拉巴德河的上游游去。"老鳄鱼接着说，"当我快到达一个叫做阿拉的地方时，发现河上已经看不见白人的尸体了。在好长一段距离之间，河上一直都给人一种平静的感觉。又过了一段时间，河上突然漂下来一两具尸体，这一次不再是英国人的尸体，而是穿着红衣服的印度人的尸体。这些尸体越来越多，就像是整个村子里的人都跳到河里淹死了一样。后来，我才知道，他们的尸体两天以前就摆在那些村子里了，是英国人把他们杀死的。那只是因为这两天突然下起大雨，河水涨起来，才把他们从陆地上冲到河里，顺着河水冲下来。我朝着上游爬去，越朝上走，发现的死人越多。这时候，就连我这样一个见过很多大世面的老鳄鱼也开始禁不住害怕起来。我心里想：既然人类都会遭到这么残酷的屠杀，我们鳄鱼还算得了什么呢？正当我在这样胡思乱想的时候，我突然看见背后开来一艘大船，这艘船真奇怪，船前船后一张帆都看不见，而且它还开得很快，比我们印度的帆船快多了。更奇怪的是，这种船上一直都在冒着黑烟，通过这些黑烟，我知道它一直都在燃烧，可是它却从来没有被烧沉到水里。"

"哈！"灰鹳说，"我在加尔各答见过这种船。这种船又高又大，外面是黑颜色，它尾巴上还有一个什么东西在划水，而且……"

"这种船差不多有三个村子那么大。"老鳄鱼很不高兴地瞟了灰鹳一眼，然后接着往下说，"我们印度的船通常都是白颜色，而且都是在船两边用桨划水。第一次看见那么高大的船，我心里真有点害怕。就这样，我决定最好还是离开阿拉巴德河，回到我自己的村子旁边来生活。于是，我每天都是白天躲在草丛里，然后趁着夜色赶路，最后终于还是回到了这里。没有想到，等我回到这个村子的时候，我看见村子里的人们还是像从前一样，平平静静地耕种着他们的土地，来来往往地为生活不停地忙碌。在路上的时候，我还担心他们都像阿拉巴德河岸的人那样都死光了呢。"

"你离开那儿的时候，那条河里是不是还有许多吃的东西呢？"小豺的注意力现在还留在阿拉巴德河上。

"这还用得着问吗？"老鳄鱼回答说，"直到我离开那儿的时候，那条河上还漂着许多吃的东西，不过更多的死人都是印度人，而不是像我表兄和村民们所说的那样是英国人。后来，我又听那儿的人说，他们最好不要再议论这件事情，他们只管缴税种庄稼就行了。又过了一段时间，河里的水差不多完全干净了。我相信那些死人一定都被洪水埋到河底的淤泥里去了。虽然我一生中再也没有遇上那么好的机会，但是我还是很高兴不再见到那么悲惨的情景。不过，正像人们所说的那样，多多少少出点乱子并不是什么坏事。我很同意这样的看法，因为多少出点乱子对我们鳄鱼总是有好处的。"

"太精彩了，太精彩了。"小豺兴奋地说，"那么多好吃的东西，光是听着你老人家说着我就觉得自己已经胖起来了。后来呢？后来又怎么样了呢？"

"后来么，我自己对自己发誓说，我再也不杀生了。接下来我就平平静静地生活在这个村子旁边的河水里。一年又一年，我静静地看着村子里的人们每天的生活，他们都十分尊敬我，每次看见我把头从水里抬起来，他们都朝着我头上扔花环。是啊，我的命运真是太好了，在这条河的上上下下，人们几乎都知道我这条老鳄鱼，他们都为我而感到幸运。只有一点遗憾……"

"我从来没有见到过一个人有你老人家这么幸福。"灰鹳的话中带着同情的腔调，"我真的很难想象，像你这么幸运的人还有什么遗憾呢？"

"我真的好怀念那个从我的牙缝里溜出去的白人小男孩啊。"老鳄鱼一边说，一边发出一声深深的长叹，"那么幼小，那么可爱的一个小天使，我怎么可能忘记他呢。我现在已经老了，可是在去世以前，我还是希望能有机会见识一些过去从来没有见识过的东西。是啊，那条船上都是一些无用的女人和孩子，他们又傻又笨，又哭又闹地乱成一团，当时我也只不过是给他们开了一个小小的玩笑。可是，不知怎么回事，当年那场面却久久地留在我的记忆中，想抹也抹不掉。如果那个孩子还活着的话，我想他也一定会永远记得那天的经历。也许，他会在那条河的上上下下到处向人们讲述他那离奇的经历，他会告诉人们，他是多么多么勇敢，竟然能从一条老谋深算的大鳄鱼的牙齿缝中死里逃生，而且当时他还是一个小小年纪的娃娃。是啊，我相信自己的命运已经是很不错了，可是每当我想起那个坐在船头上玩水的孩子，心里就禁不住产生一团厚厚的阴云，直到今天，这团阴云还不时地折磨着我。"说到这里，老鳄鱼大大地打了一个哈欠，然后合上嘴巴说，"现在我要静下来好好思考一下。不要再说话了，我的孩子们，你们可要尊重老年人啊。"

他硬着脖子转过身去，然后慢慢爬上那片沙滩。看见老鳄鱼已经累了，小豺和灰鹳便悄悄地朝着铁路大桥下面那棵大树下面走去。

"他的日子倒过得真不错。"小豺一边走，一边抬起头来望着灰鹳说，"不知你是不是注意过，今天晚上他说了那么多话，可是从来没有提起过什么地方可以找到一点吃的东西。每次我发现洪水里冲下来吃的东西，都赶快告诉他，可是他却总是用这种态度对待我。好事情总是没有小豺的份，这句话真是一点也不假啊。你瞧，他现在吃得饱饱的睡觉了，看着咱们饿肚子，他竟然能睡得着。"

"你自己也不仔细想一想。"灰鹳回答说，"一只小豺怎么可能跟一条老鳄鱼一起狩猎呢？小偷遇上大盗，结果不是明摆着的吗。"

听完灰鹳的教训，小豺闷闷不乐地走到那棵大树下面，在树根底下蜷成一团准备睡觉。突然，他好像听见什么声音，连忙抬起头，透过树枝朝着桥上望去。

"那是什么声音？"灰鹳这时也像感觉到了什么，吃力地动了动他的翅膀。

"先别动，等我先看看再说。"小豺警觉地说，"我们站在上风，他们站在下风，可是他们并不朝着我们看，可见他们的鼻子并不怎么好。是人！我看见了，是两个人。"

"既然是人，那就好办了。咱们政府明文规定保护灰鹳，他们不敢把我怎么样。所有印度人都知道，灰鹳是神圣的鸟儿。"原来，在印度人的传统中，灰鹳的确是一种不平凡的鸟，不管他们走到什么地方，都会受到当地人的保护。由于这个原因，灰鹳从来不把任何人放在眼里。

"我也不怕，"小豺说，"除了朝我扔破皮鞋以外，才不会有人愿意在一只小豺身上浪费时间哩。"说完，小豺又静悄悄地听起来。"听见没有，那么重的脚步声！肯定不是我们当地人的皮鞋，哎哟，一定是白人来了。你听，这不是铁碰在铁上的声音吗？是枪！老朋友，那些白人拿着枪找老鳄鱼报仇来了。"

"我们赶快给老鳄鱼发一个警报吧。"灰鹳说，"几分钟以前，不是有人还把他叫做爸爸吗？"

"算了，让我那位表兄自己保护自己吧。他不止一次地告诉我说，白人没有什么可怕的。他还说，没有哪一个村民敢跟踪他。看见了吗，我说过，他们手里拿着枪，那不是吗？现在好了，天亮之前，我们一定可以得到什么吃的东西了。他现在没有在水里，他的耳朵很不好用。你瞧，这一次可不是什么女人了！"

还没有等到小豺把话说完，黑夜里突然传来一声枪响。月光下面，那条老鳄鱼四肢散开，一动不动地躺在那儿，一动不动地躺在血泊中，他的脑袋无力地摆在沙地上。

这时候，桥上传来一阵低低的说话声："干得太漂亮了！真的是一枪毙命哩，戈里！嗬，好大一个家伙！村子里的人知道他被杀死的消息一定会跟我们大闹一场，这家伙已经被这一带的老百姓奉为神明了。不过，他今天总算被我干掉了。"

"我才不管他是谁的神明呢。"那个叫做戈里的人回答说，"在我们修大桥的时候，这家伙前前后后吃掉了我十五个民工，现在终于跟他算清了这笔总账。为了跟踪这家伙，足足花了我几个星期的时间。我这第一枪是为那十五个民工报仇，我还要给他一枪，是为那个叫做莫特利的小孩子报仇。"

"小心，别着急，这家伙会装死的。"

"管他的，这一枪下去就一切都平静了。看枪！"

说完，那个叫做戈里的人对着老鳄鱼的背骨又是狠狠的一枪。这一次，他用的好像不是一般的来福枪，因为那声音听起来就像一门小炮一样惊天动地。顿时，老鳄鱼的身体从头到尾被打断成了三截。

"打雷了，闪电了！打雷了，闪电了！"可怜的小豺吓得脸色铁青。嘴里不知嘟嘟哝哝地说些什么，"是不是那个拉着一长串车厢的大东西在桥上吼叫啊？"

"是枪声。"灰鹳回答说，他的声音里也带着颤抖，"只是两声枪响。他死了，死定了。你瞧，那两个白人正朝着他那儿走过去了。"

果然，两个英国人借着月光从桥上走下来，一前一后地朝着老鳄鱼躺着的那个沙滩走过去。他们走到老鳄鱼面前，嘴里对老鳄鱼巨大的身躯赞叹不已。接着，一个印度人也跟在他们后面走到沙滩前，他用一把利斧把老鳄鱼的大脑袋砍了下来。

"上次我跟这条鳄鱼见面的时候，我把手伸到这家伙嘴里，差点被他咬下来。"那个叫做戈里的英国人一边说，一边蹲下来（他也就是那个修桥的工程师），"当时我才只有五岁，我妈妈把我叫做莫特利，当时我正趴在船边玩水，不料这家伙却扑上来咬我的小手。可怜的妈妈，她可被这家伙吓坏了。后来，她不止一次地告诉我说，她对着这条鳄鱼的脑袋一连开了五枪。"

"现在你总算替自己报仇了。"他的同伴说，"也算是为你那些被鳄鱼吃掉的亲人们报仇了吧。嘿！船工，赶快把那个鳄鱼脑袋拖到岸上去，把它煮起来。我们要他的头盖骨做个纪念。这张皮已经伤得太厉害，没有什么价值了。走吧，戈里，咱们回家睡觉去吧，干了这么大一件事情，难道不值得好好喝一杯吗？"

说来也真奇怪，还不到三分钟，那只小豺和那只灰鹳的心里也像那两个英国人一样高兴起来，因为他们已经好长时间没有享用过像鳄鱼肉这么好吃的东西了。

库吐克的奇遇

"这小家伙终于睁开眼睛了，快瞧！"

卡德鲁刚从外面回到家里，他的妻子阿莫妮克就对他说。

"快把他放回皮口袋里去，看得出来，这小家伙长大了一定是一条了不起的好狗。他已经快满四个月了，我们应该给他取一个好听的名字。"卡德鲁回答说。

"我们叫他什么呢?"阿莫妮克问。

听了妻子的问话，卡德鲁的眼睛顺着他们那座用雪砌起来的房子的墙扫过去，一直扫到他们十四岁的儿子库吐克身上，这时候，库吐克正躺在他那条睡觉的长凳上，手里拿着一把小刀，无精打采地在一颗海象牙上面刻着什么。听见爸爸妈妈的谈话，他连忙接过话头说："就把他也叫做库吐克吧。"说完，他咧着嘴对爸爸笑了笑，"这只狗迟早会成为我的好朋友。"

听见库吐克这么说，卡德鲁望着儿子的笑脸，也咧开大嘴笑起来。他笑得那么开心，两只小眼睛差不多都深深地陷进那个大胖脸里去了。他一边笑，一边对妻子点点头，表示他同意库吐克的提议。

正当库吐克和爸爸妈妈说话的时候，那只小狗的妈妈试着爬到她的孩子旁边，可是，还没等她爬到那儿，库吐克的妈妈已经把那只小狗放回一个海豹皮做成的小口袋里，那个小口袋悬在一个口径差不多一尺的火盆旁边，那种火盆里燃烧的全是海豹油或者鲸油，在因纽特人的家里，这种火盆不仅用来取暖，同时也用来照明。

库吐克继续埋下头去刻他的海象牙，卡德鲁顺手把他手里提着的一大捆刚从狗身上取下来的橇具扔到他们主卧室旁边的一个小房间里，脱下身上那件沉重的鹿皮猎衣，把它卷起来扔到那个用鲸骨做成的架子上，架子下面也燃着一个火盆，这样一来，皮衣在上面可以保持干燥。

然后，卡德鲁坐在睡凳上，取出一把刀子，一边不慌不忙地从那些冻得硬邦邦的海豹身上把肉剔下来，一边等着他的妻子把煮得香喷喷热腾腾的海豹肉和血汤给他端到面前。

今天一大早，卡德鲁就一个人出发到二十多里以外的地方去打猎。那儿是将近一丈厚的冰层，他早就在那儿挖了一个大洞，这就是他狩猎的地方。就像每一个猎人一样，祖祖辈辈的生活经历告诉他们，在这样的情况下，只要他们耐心地等候在那儿，那些在冰下游泳的海豹一定会从那个冰洞里冒出头来呼吸，趁着这个时候，他们手里尖利的鱼叉就会准确地刺中海豹。今天他的运气还算不错，一共抓到了三只又肥又大的海豹。此时此刻，在房子外面的雪地上，那几条刚刚被他从雪橇上解下来的狗正在你挤我挤你地朝狗棚里钻，他们的叫声几乎全村的人都可以听见。

等到那些狗越叫越厉害的时候，库吐克才懒洋洋地从他的睡凳上翻身起来，从身边取过一条长鞭，那条长鞭有一根鲸骨做成的柄，差不多有两尺长。在这根鞭柄的另一头，是一根两丈多长的皮鞭，是用好几股细皮条辫在一起，不但非常结实，而且非常精美。他拿着那根长鞭钻进了隔壁的狗棚，这时候那些狗叫得更加厉害，听起来就像要把库吐克活活咬死似的。其实，事情并不像我们想象的那么吓人，那只不过是那些狗每天吃晚饭之前兴奋的叫声罢了。他走到狗棚的另一边，六七只大狗的眼睛一直紧紧地盯着他。在狗棚的那一边，一大堆海豹肉高高地悬挂在那儿。库吐克走过去，用叉子从那堆肉上取下一块，然后一只手拿着肉，另一只手拿着鞭子。平静地看着那些狗。他开始点名了，点到哪一只狗的名字，哪一只狗就走到前面来领取他的食物，如果哪只狗不遵守次序，库吐克手里的皮鞭就会狠狠地甩在他身上，轻一点就是打掉一小片狗毛，重一点就是在狗皮上留下一道血痕。那些狗早就知道那条皮鞭的厉害，所以他们早就学会了懂规矩。每次喂食的时候，库吐克都是先叫最弱的狗的名字，最强壮的狗总是最后一个领到他那一份。每只狗领到食物之后，总是乖乖地跑到自己睡觉的地方，急不可耐地又撕又咬，直到这时，狗棚才算是安静下来了。库吐克这时候就站在旁边，像宪兵一样监督着他们，所以他们都很守本分，谁也不敢抢别人的食物。最近以来，最后领到食物的总是那条大黑狗，因为他是领队狗，每天拉雪橇的时候，他都是第一个执行主人的命令。因为这个原因，库吐克给他的食物差不多有别的狗的两倍那么多，同时还特地把皮鞭朝着空中甩了一个响鞭，算是对这只狗的奖励。

"哈!"库吐克一边收起手中的鞭子，一边嘟嘟哝哝地说，"过不了多久，我就有一只好狗，比你还厉害呢。"

他从那些挤在一堆的狗身上爬过去，爬回自己的房间，走到房间门口的时候，他取下妈妈挂在那儿的那根鲸骨小棍，把皮衣上的雪粒打扫干净。进门以后，他还顺手用那根棍子朝着雪做的房顶上划了划，把那些快要掉下来的浮雪划到地上。最后，他才重新倒在那条睡凳上，蜷着身子睡起觉来。

过了一阵，隔壁狗棚里传来那些狗在睡梦中的一阵咕噜声。库吐克的小弟弟这时候正在妈妈的怀里不停地乱蹬着他那双小脚，一边蹬一边发出阵阵咯咯的笑声。那只刚刚被叫做库吐克的小狗的妈妈，这时悄悄地趴在他们的脚边，她的眼睛正盯着库吐克爸爸放在架子上的那捆皮衣，好像正在羡慕那儿的暖气似的。

上面讲到的这一切都发生在遥远的寒冷的北极圈以内的某个地方，离北极的极点已经不远了。

卡德鲁一家都是因纽特人，也就是我们常常听说的爱斯基摩人，他们一家所在的地方，只是因纽特人的一个小小的部落，这个部落里一共只有三十来个人。远在很久很久以前，生活在这里的人们就跟别的地方的因纽特人一样，深深地相信着一个他们脚下的大地正放在一个什么动物背上的传说，所以他们把这个地方叫做"神秘动物的背上"。虽然在现代人的地图上我们可以看见人们把那个地方叫做挪威湾，但是我觉得因纽特人给这个地方取的名字好像更好听一些。这里的一年被分成九个月，在这九个月的时间里，随时都铺满了寒冰和白雪，除此之外，就是一场接着一场的铺天盖地的风暴。这是一个永远只有寒冷的地方，生活在这儿的人，从一生下来，就永远跟摄氏零度以下的气候打交道。这个地方之所以这么寒冷，是因为这儿一年的九个月中足足有六个月处在夜晚之中。在三个月的夏季之中，这儿仍然随处都可以看见冰雪。所不同的是，在这段时间里，人们可以看见朝着南方的那些地方的积冰开始融化，那些不怕寒冷的极地特有的柳树开始绽出一些树芽，那些耐寒的野草也在这个季节里开出各种颜色的花儿，那些在六个月的时间里被埋在冰雪下面的土地开始露出地面，那些许多年来一次又一次被雪水和冰水冲刷得十分光滑的大石头从雪地里高高露出它们的头来。可是这一切都只能维持短短几个星期的时间，接下来，这片土地又将被牢牢地锁在严寒的冬季之中。随着冬季的到来，这片土地的边沿地带那些寒冷的海水又开始先先后后地凝结成巨大的冰块，围绕着这片陆地，这些冰块互相撞击着，摩擦着，撕扯着，跳荡着，很快便结成一块巨大无边的冰层，这块巨大的冰层的厚度大约有一丈左右，一直延伸到离海岸陆地差不多三四十里的深海之中。

　　冬季到来的时候，卡德鲁每年都跟别的因纽特猎人一样，来到冰地的边沿地带。他们为什么要这么做呢？因为他的目的是抓海豹，而海豹呢，他们任何时候都只能钻到海水里去抓鱼。这么大一片冰地，常常二三十里的地面上连一个裂缝都没有，这些海豹在水里潜了很长时间之后，该到哪儿去换气呢？为了解决这个麻烦，这些海豹必然只能跑到冰地边沿的地带活动。通常，他们在水里潜泳了一段时间之后，便露出海面换一口气，可是有时候他们追踪着鱼群，也钻到冰层下面的海水里，这时候他们要想找到换气的地方，就只能把脑袋伸到猎人们为他们凿好的冰窟窿外面来了。等到春天到来的时候，这块巨大的冰层融化了，卡德鲁便跟他部落里的人们一道，把狩猎的场地转移到了陆地上。在这片陆地上，他们搭起海豹皮做成的帐篷，要么就是设下圈套抓各种各样的海鸟，要么就是带着鱼叉跑到海滩上去抓那些爬到滩上来晒太阳的小海豹。再后来，等到夏季临近的时候，卡德鲁和他的同胞们便朝着南方迁移，到那儿去猎取驯鹿，要不然就是到那些内陆的河流和湖泊中抓鲑鱼。最后，等到冬季重新逼近的时候，他们便回到原来居住的地方，设下陷阱抓麝香牛。就是这样，卡德鲁和他的部落里的人们周而复始地往来于这片寒冷的土地上，过着他们自己认为理该如此的生活。

在因纽特人来来回回的迁移过程中，他们常常坐着狗拉雪橇，在北极那样的地带，这样的雪橇每天可以走七八十里。有时候他们也乘坐用海豹皮做成的船在水里划行，每当他们乘船旅行的时候，女人和狗都趴在男人们的脚下，男人们呢，则满头大汗地划水。当他们划得筋疲力尽的时候，那些女人们和孩子们就在船上为他们唱歌鼓劲。

在卡德鲁一家所在的这个因纽特人的部落里，一切可以被称得上奢侈品的东西都是从南方的因纽特人那儿交换来的。在这些奢侈品中，包括雪橇上面最重要的部件，也包括渔刀渔叉，也包括火柴，也包括煮饭时用的锅锅碗碗之类，当然，在这些东西中，也包括女人喜欢的彩色丝带、小玻璃镜子和专门用来镶在皮衣边缘的红布。在做这些交易的时候，卡德鲁送给南方来的因纽特人的东西，是他手中最值钱的独角鲸的角和海象牙，它们几乎跟珍珠一样名贵。

在这个部落里，卡德鲁是最有经验的猎人，同时他拥有各种各样的狩猎工具，所以他也是这个部落里最富有的人。因为这些原因，他便自然地成了这个部落的领导。可是，在因纽特人的部落里，部落领导一点也不具有我们想象的那种尊严。在因纽特人的语言里，"领导人"只不过是"生活经验比别人丰富"的意思，所以他一点儿也不具有任何特权。不过，作为一个部落领导人，对于他的儿子来说，这倒是一件值得骄傲的事情。大概是因为这个缘故吧，库吐克常常觉得自己比别的孩子聪明一些，大家一起在月光下面玩皮球或者大家一起唱歌的时候，他常常对别的孩子指手画脚。

既然已经满了十四岁，库吐克便把自己当做一个成年人来看待。说实话，他早就对帮助妈妈做捉鸟的绳套那样的工作感到厌烦了，也不愿意成天坐在房子里揉着爸爸用刀子剥下来的驯鹿皮。每当他坐在那儿浑身不自在的时候，他的灵魂早就随着部落里那些成年男人们跑到外面的冰天雪地里去了。

　　长期以来，在库吐克心中，有一个地方始终像磁铁一样紧紧地吸引着他，这就是部落里的一间特殊的房子，按照传统的规定，只有部落里成年男人才能去那儿，没有成年的孩子是禁止到那儿去的。从那些成年猎人们零零星星的交谈中，库吐克知道，那些人常常聚在一起悄悄地交换他们的秘密，一起交换他们打猎的时候碰见的各种各样稀奇古怪的事情。许多时候他们还在一起玩赌博游戏呢。他们高兴起来的时候，那欢乐的吆喝声几乎整个村子都能听见。每次听见这种声音，库吐克心里就觉得直痒痒，恨不得立刻长成大人。而且，在那间奇怪的房子里，还有更诱人的故事呢。有几次，当猎人在那儿聚会的时候，部落里的巫师突然吹熄房间里的灯，然后让猎人们静静地听着房间外面发生的事情。等猎人们安静下来以后，他们真的听见房间外面传来一阵阵奇怪的脚步声。巫师告诉他们说，这是那些死了的驯鹿的精灵，正在朝着他们走过来。他让猎人们屏住呼吸，只见他拿了一把锋利的渔叉，朝着雪做的房顶上面猛地戳出去，等到那把渔叉从房顶上拖回来的时候，猎人们点亮灯围上去一看，只见渔叉头上一片血迹，那血迹还冒着热气哩。

　　正因为成年猎人们的生活中到处都是如此动人的故事，库吐克怎么能不向往呢？

　　可是，每一次，当他向那些猎人们表达自己心里这些想法的时候，那些猎人总是嘲笑说："等你学会自己扣衣服的时候再说吧，小宝宝，打猎可不像你抓鸟那么简单。"

现在，既然爸爸已经用他的名字给那只小狗命名，看来他的希望已经不远了。要知道，因纽特人有这样一个习惯：当他们用一个孩子的名字来称呼一只好狗的时候，意思就是说，那个孩子已经快到单独用狗的年龄了。而这个时候的库吐克呢，却早已相信自己是一个用狗的专家了。

男孩库吐克知道，如果他不给小狗库吐克作出严格的生活规定，那么这只小狗就会生病，要么因为吃得太多，要么因为玩得太多。男孩库吐克亲手给他做了一套绳具，等到他刚刚能跑动，就把绳具套在他身上，开始训练起来。"朝左！""朝右！""停！"说实话，对于这样的训练，那只小狗一开始就很不喜欢，可是比起后来被绑在真正的雪橇上面，这已经是很有意思的游戏了。后来，等到他第一次跟别的雪橇狗绑在一起的时候，小狗库吐克还以为他是像从前那样玩游戏呢。他坐在雪地上，一边用他的前爪不停地玩着拖在他背后的那根海豹皮绳，一边用充满好奇的目光盯着套在雪橇前方的那根主绳，好像从来没有见过那玩意儿似的。突然，七只大狗一齐跑起来，差不多八尺长的大雪橇呼地从他身边冲出去，一下子把他四脚朝天地拖倒在雪地上。小狗库吐克立刻汪汪汪地大叫起来，男孩库吐克一见这种场面，禁不住哈哈大笑起来，他笑啊笑啊，一直把眼泪都笑出来了。在接下来的日子里，男孩库吐克手里的那根长皮鞭天天都在小狗库吐克的头顶上空呼啸着，听起来就像冬天里呼啸的北风。与此同时，那些大狗也不断地欺负小狗库吐克，他们对着这只年轻的同伴汪汪地狂吼，男孩库吐克知道，这些大狗一定是在用他们特有的语言骂着这个新手，谁让他是一个新毛头呢！而且因为它表现不好，这位小主人还不允许他跟他睡在一起，让他睡在最靠外边的地方，也就是最冷的地方。在这段时间里，小狗库吐克受的罪可真不算少。

在小狗库吐克不断进步的同时，男孩库吐克学到的东西也一天比一天多。虽然学习驾驶狗拉雪橇并不是一件容易的事情，但是他学得好像确实比别人容易得多，也比别人快得多。狗拉雪橇是这样套的：每一只狗身上都套着一套绳具，这套绳具连在一根主绳上面，在每条单独的绳索和那根主绳接头的地方，都有一个扣子，一旦哪只狗在拉雪橇的时候发生什么紧急情况，主人就可以及时地把那只狗跟雪橇分开。狗具上面的这种装置是非常重要的，因为狗毕竟跟人不一样，他们在跑起来的时候常常免不了绳索缠绞在一起的情况，在这种情况下，很容易使狗的身体受到伤害。再说，在雪地里一跑就是几个小时，甚至十几个小时，那些狗少不了会跑前跑后地互相错位。一旦出现这种错位，常常出现的情况就是众多的狗缠成一团，甚至撕咬起来。一旦出现撕咬的局面，狗与狗之间的错位和缠绕就变得更加麻烦。当然，这种麻烦也可以避免，其中最有效的办法就是坐在雪橇上的主人随时都集中注意力，熟练地使用他们手中的长鞭。每一个因纽特男孩都为自己能够熟练地使用长鞭而自豪。可是要知道，在雪橇飞驰起来的时候，要让皮鞭不偏不倚不前不后地正好甩在你要甩的那只狗的肩头后面，既不让那只狗感觉到痛，又要让他感觉到主人是在对他发出单独的警告，这真不是一件容易的事。弄得不好，你的长鞭不是甩在旁边的雪地上，就是甩在一只没有错的狗身上，那样一来，本来好好的狗群，反而会被你一鞭不慎弄得乱七八糟不可收拾。还有，如果你在驾驶雪橇的时候跟你的朋友谈话聊天，或者一时高兴而唱起歌来，那些狗就会停下来，目光呆呆地望着你，还以为你有什么话要向他们吩咐呢。许多次，当雪橇停下来的时候，男孩子库吐克常常一甩手就离开雪橇，忘了把雪橇牢牢地固定在雪地上，结果那些狗突然自己乱跑起来把雪橇上的绳具都弄得七零八落，这样一来，差不多足足弄断了七八根皮绳，他才算勉勉强强记住每次停下雪橇以后不再忘记刹住雪橇。

现在，男孩库吐克已经可以单独驾着雪橇到一二十里远的地方去试着抓海豹了。每一次，等他赶着狗到达那个他早已挖好的冰洞的时候，他总是首先把那只领队的大黑狗从主绳上解下来，让他在雪地上自由地跳来跳去，算是他给最聪明的大黑狗的一种奖赏。接着，他让别的狗拉着雪橇在雪地上调转头，然后在雪橇旁边用十几根发叉的鹿角围成一道象征性的篱笆墙，为的是不让那些狗从那道篱笆墙里面跑出来。等到这一切都安顿完毕之后，他才在那只大黑狗的陪伴下轻脚轻手地爬到那个冰洞旁边，耐心地等着海豹冒出头来呼吸。等到他看见一只海豹的脑袋终于出现在洞口的时候，他手里那柄尖利无比的渔叉猛地扎下去，接下来的事情就是拉着渔叉后面那根长绳，等那只被刺中的海豹在水里挣扎得筋疲力尽的时候，才开始朝水面上拉。等男孩库吐克把海豹拉到洞口的时候，那只大黑狗就会立刻扑上前来，帮助他把海豹拉到岸上，再帮他把海豹弄到雪橇上。每当这个时候，总是那些被绑在雪橇前面的狗最兴奋的时刻，他们总是禁不住大叫狂呼，跃跃欲试地扑上前来，好像是想从那只海豹身上咬下一块肉来。可是，男孩库吐克手里那根皮鞭就像一条火辣辣的长蛇似的在他们的头顶上不停地呼啸，他们吓得一个个都赶快缩回头去乖乖地待在雪橇旁边，一直待到那只死海豹在寒风中被冻成一块硬邦邦的大冰。该到回家的时候了，可是回家的旅程并不轻松。不但因为雪橇上又多了海豹的重量，而且那些狗也饿得差不多了，他们一个个都眼睁睁地看着雪橇上肥肥的海豹，谁也不肯卖劲地拉雪橇。可是，不拉又怎么办呢？因纽特人天生就是这样的脾气，他们决不会随便迁就自己的狗。所以不管那些狗一路上怎么调皮，男孩库吐克到头来还是逼着他们连滚带爬地把雪橇弄回了村子。等到他的雪橇回到村里的时候，天色早已黑尽了。为了让村里的老猎手们知道自己丰收归来，男孩库吐克便大声地唱起歌来。听见他的歌声，部落里的人们都从他们的房间里发出大声的吆喝，表达他们对这个新猎手的祝贺。

渐渐地，小狗库吐克越长越强壮。等到他完全长大之后，他为自己的强壮感到十分得意。在男孩库吐克的狗队里，小狗库吐克努力地奋斗着，他几乎每时每刻都要试着超过那些大狗，打败那些大狗，从而提高自己在狗队中的地位。他打了一架又一架，赢了一场又一场。最后，终于有一天，他向那只领队的大黑狗发起挑战，一场激战的结果确立了小狗库吐克在男孩库吐克的狗队中仅次于大黑狗的地位。为此，男孩库吐克为小狗库吐克换上一根比从前长五尺的纤绳，让他远远地跑在整个狗队的最前面，担任几乎和领队狗一样重要的责任：当别的狗打架的时候，他的责任就是制止他们；当别的狗的纤绳发生缠绕的时候，他的责任就是在绳具之间钻来钻去把绳具重新理顺；还有就是他的脖子上套着一个大铜环，跑起来的时候比别的狗更好看一些，当然也更累一些。在一些特殊的情况下，他可以得到男孩库吐克的特别优待，这就是把他带到他睡觉的房间里给他喂特别好吃的东西。有时候，如果男孩库吐克特别高兴的话，他还可以趴在他的睡凳旁边过夜。库吐克不仅拉雪橇厉害，而且还是一只优秀的猎狗，他可以单独追赶一只麝香牛，一边跑一边围着那只麝香牛转圈子，还不停地撕咬麝香牛的脚后跟。而且，作为一只最勇敢的雪橇狗，小狗库吐克最不平凡的表现还在于他敢于单独面对一群北极狼而毫无惧色，他的这种勇气，让别的雪橇狗绝对望尘莫及。在小狗库吐克和他小主人的眼睛里，狗队里别的狗没有一只可以成为小狗库吐克的对手，也没有哪一只狗可以跟他并驾齐驱，只要小狗库吐克和男孩库吐克在一起，他们就可以对付任何困难，就可以战胜任何野兽，哪怕是几天几夜不吃不喝，别的狗都累得趴下了，他们依旧精神抖擞。所以，从这个时候开始，卡德鲁一家再也不把他叫做小狗，所以部落里的人就把他叫做猎狗。在因纽特人看来，他们每天奋斗的目标就是为他们自己和他们家里的人寻找吃的和穿的东西。女人们每天的工作就是把男人们弄回来的猎物皮做成衣服，在有空闲的时候还做些绳套抓一些小动物，不过主要的食物还得靠男人们。万一哪天这种食物供应不上，他们既没有地方买，也没有地方借，也没有地方乞讨，那么，等待着他们的只有一条残酷的路：饿死！

在饿死的威胁真正降临之前，因纽特人从来不去为这样的事情担忧。这时候，像所有的因纽特人一样，卡德鲁、阿莫妮克、库吐克和那个还不会说话的小男孩，他们一家人每天都无忧无虑地嚼着海豹肉，享受着生活带给他们的快乐。据我所知，因纽特人跟生活在世界上其他地方的人最大的区别就在于因纽特人很不容易发脾气，不论在任何情况下，不论面对任何困难，他们都表现出比别的民族更大的耐心。这种民族性格的形成，大概跟他们祖祖辈辈生活的那种艰难环境有关系吧。他们已经完全习惯了那种艰难的环境，面对刺骨的寒冷，面对绝望的环境，他们向谁发脾气呢？他们早已悟透了生活中的道理，所以他们沾着生肉油的嘴边总是挂着微笑，他们互相取乐，围着油灯讲着祖先流传下来的鬼怪故事，嘴边不停地吃啊吃啊，直到他们再也吃不下去的时候为止，要不然就是唱啊唱啊，直到唱得筋疲力尽的时候为止。大概是由于因纽特人这种传统性格的缘故吧，这里的大人们从来不呵斥孩子，也从来不强迫孩子们做他们不愿意做的事情。而因纽特人的孩子们呢，他们从来不会偷别人的东西，也从来不会对任何人撒谎。

可是，有一年冬天，卡德鲁这个部落遇到了几十年没有见过的寒冷，部落里的生活一下子变得十分艰难。

原来，这年夏天快过了的时候，他们赶着雪橇从南方带着他们捕来的鲑鱼回到北方，在原来住地的地方用冰雪建筑了他们的房子。像往年一样等到厚厚的冰层封住海面以后，他们就可以到二三十里以外那些靠近海边的地方去动手挖洞，开始一年一度的捕捉海豹的工作。可是正在这个时候，这一带的气候出现了反常的情况：那些刚刚结了四五尺厚的冰层突然被一阵寒冷的狂风吹破成无数的小块，接着这些大风凭借着它们猛烈的势头，把那些已经被吹破的巨大冰块不停地推向陆地，在陆地和海岸边堆起许多高大冰峰。等这阵狂风过后，虽然在冰峰的那一面又像往年一样出现三四十里的一望无际的平整而厚实的冰层，可是却给卡德鲁和他部落里的那些猎人们造成了几乎难以克服的障碍：这样一来，如果他们想像往年一样到海边附近去挖洞捉海豹，他们就必须驾着雪橇翻越那一座座高大的冰峰。面对这样的风险，部落里的猎人们只好望洋兴叹，成天待在家里，靠吃他们从南方带来的鲑鱼和他们每天在附近一带捉些小动物勉强度日。可是尽管这样，这个部落里的因纽特人还算是幸运的，因为，到了十一月的一天，部落里突然来了三个女人和一个十四岁的小姑娘。她们告诉卡德鲁和别的猎人们说，她们那里也遇到了几十年没有见过的冰雪，她们的男人们坐船出海去捕捉独角鲸，结果不小心，他们乘坐的皮船被独角鲸前面那根长角戳破，全都死在海上了。女人们没有办法，只好逃到这儿来，请求卡德鲁和他部落里的人收留她们。因为因纽特人的传统规矩，卡德鲁和部落里的人都不敢拒绝女人们的请求，卡德鲁就把那些女人们分别安排在各家各户住下来。他的妻子阿莫妮克很喜欢那个小姑娘，她就让那个小姑娘留在他们家里住下来，在平常的日子里，她还可以帮阿莫妮克做一些家务事情。从那个姑娘脖子上那个铜环上刻着的图案和她那又白又嫩的小腿上文身图案来看，卡德鲁猜想她们的故乡可能在埃里米尔岛，那是一个比卡德鲁他们这个海岛更北边的地方，那儿几乎已经就在北极周围一带的地方了。刚到卡德鲁家的时候，那个小姑娘对这儿的一切都充满了好奇，她从来没有见过煮肉用的铜锅，也没有见过雪橇上面的木头。不过，尽管她什么都不知道，男孩库吐克和猎狗库吐克还是十分喜欢她。

因为几乎大多数小动物都不能忍受这个特别寒冷的冬季，他们先先后后都不知道逃到什么地方去了。就连那些最笨的北极狼，这时也不愿意继续在这一带待下去，成为男孩库吐克陷阱里的牺牲品，也朝着南方跑得无影无踪了。加上部落里那位最优秀的猎手也在不久前跟一头麝香牛的搏斗中不幸受伤去世。这样一来，部落里别的男人们的工作就更艰难了。男孩库吐克不得不每天早出晚归，带上他的七八只猎狗，拉着他的雪橇，冒着生命危险一次次地穿过那些冰峰到海边去，然后在那些离水边不远的地方仔细地观察，看看哪儿有海豹用爪子刨过的痕迹，等他找到这种地方以后，他就赶快在那儿刨出一个洞口，然后一动不动地趴下来，耐心地等啊等啊，他唯一的希望就是看见能有海豹从他费尽千辛万苦才挖出来的冰洞里探出头来。每当这个时候，他就看见猎狗库吐克十分不耐烦地在雪地上摇头晃脑，因为怕惊跑海豹，它又不敢叫，又不敢动，男孩库吐克想，这样的等待对一个人来说毕竟还能够忍受，可是对一只狗来说，实在是太受委屈了。所以，每当男孩库吐克挖出一个洞口之后，他就先用那些浮雪在洞口附近垒起一道小小的避风墙，让猎狗库吐克和别的猎狗躲在那儿挤成一团互相取暖，然后他自己趴在那个洞口，十小时，十二小时，二十小时，一直等下去，在这么长的时间里，他的眼睛一动不动地注视着洞口边的动静。而且他早就在洞口作好了一个符号，只要海豹的脑袋一冒出来，他的渔叉就会准确地擦着那个符号飞下去，一叉一个准，百发百中，万无一失。当他趴在雪地上的时候，他的脚上穿着厚厚的软底海豹皮靴，他的身体下面也垫着一张十分软和的厚厚的海豹皮，那样一来，不仅可以保持身体的暖和，而且可以让他翻动身体的时候不至于弄出声音来。要知道，在水下面的海豹，耳朵是相当灵敏的，只要他们头顶上面有一点儿不正常的声音，他们都会溜得远远的，再也不会从洞里冒出头来。我们每个人都可以想象：一个人静悄悄地趴在零度以下的冰天雪地里，一趴就是一二十个小时，而且天天都做同样的工作，即便是对于那些最有忍耐精神的因纽特人来说，这也决不可能是一件好玩的事情。在整整一天的时间里，只有等到男孩库吐克抓到海豹的那一瞬间，才是最激动人心的时刻。这时候，猎狗库吐克像箭一样从狗堆里射出来，帮助他把那只海豹拖到雪橇上去，雪橇旁边那些等了一整天的猎狗，这才有机会站起来蹦蹦跳跳地发出几声吼叫，不知道是表示他们的高兴呢，还是趁机活动活动他们差不多已经趴得肌肉发酸的身体。

可是，即便是哪一天男孩库吐克的运气不错，抓到了一只海豹，但是，等他把那只海豹拖回部落以后，过不了一会儿，就会被部落里的人分得一点也不剩，就连海豹的皮和骨头也不会剩下来。这也是因纽特部落里的规矩：有福同享，有难同当。只要一家人还有吃的，就不能看着邻居挨饿。这样一来，本来属于那些跟男孩库吐克打了一天猎的猎狗们的食物，一下子都被人们分光了。阿莫妮克没有办法，她只好把那块海豹皮做成的帐篷从男孩库吐克的睡凳下面拖出来，割成碎片当做这些饥饿了一整天的猎狗的食物。眼看到嘴的美食掉到别人嘴里，这些狗当然很不高兴，他们一声比一声高地狂吼着，吼了半天，看见实在没有希望了，这才极不情愿地拖着那些干海豹皮撕扯起来。有时候，一直到半夜，睡在隔壁的阿莫妮克和她的丈夫还听见那些狗在睡梦中发出叽叽咕咕的声音，好像是在抱怨他们主人不公道的行为。现在，饥饿临近的消息甚至从卡德鲁家的火盆里面也反映出来：在衣食丰足的时候，他家火盆下面的大桶里总是盛着两尺多深的海豹油，在油料充足的情况下，这些火都燃得通红通红，把每个房间都照得明明亮亮的。可是现在饥饿已经临近了，木桶里的油料只有六寸了，远不像平时那么充足，一摇一晃的火苗发出阵阵昏黄的火光。你看，火也跟它的主人一样，显出无精打采的样子。因纽特人每年要在黑夜中生活将近六个月，在六个月的时间里，他们的火盆从不熄灭。只要火盆不熄灭，他们心中就充满欢乐，可是，在这漫漫长夜里，万一连火盆也熄灭了，他们的日子究竟该怎样过下去呢？想到这些，因纽特人的心中就禁不住一阵冷颤。

谁也没有料到，还有更糟糕的事情正等着卡德鲁一家呢。

那些半饥半饱的猎狗在隔壁的狗棚里整夜整夜地发出不安的叫声。有时候他们互相撕咬，有时候他们无缘无故地对着天上的寒星发出阵阵奇怪的嚎叫，有时候他们好像是在哭，有时候他们又好像是在笑。等到他们突然停止嚎叫的时候，死一样的寂静像一阵被狂风吹起来的雪暴沉重地击打在卡德鲁一家的房门上，卡德鲁甚至可以透过这阵宁静听见自己心跳的声音和身上发出来的阵阵血液沸腾的声音：砰砰、砰砰、砰砰，听起来就像是部落里的巫师手里敲出的阵阵鼓声。这天夜里，睡在男孩库吐克身边的猎狗库吐克变得十分反常，他突然从地上蹦起来，用他的脑袋朝着小主人的膝盖上猛撞，男孩库吐克连忙用手拍了拍他的脑袋，让他安静下来，可是他不但没有安静，反而撞得更厉害了，一边撞，一边还在嘴里发出阵阵可怕的哀嚎。这时候，卡德鲁也醒来了，他两眼久久地注视着那只年轻的狗，发现他的眼睛里发出一阵阵像狼眼睛一样的蓝光。那只狗好像是被什么东西吓坏了，他把脑袋躲到小主人的两膝之间不停地摇来摆去，嘴里的嚎叫渐渐变成了低声的哭泣。他全身的毛都竖起来了，好像他发现什么令人恐惧的东西正在门外边等着他似的。可是，突然间，他好像一下子变得高兴起来，像一只出生刚满两三个月的狗崽崽一样，咬着男孩库吐克的那双皮靴，在地上乐颠颠地滚来滚去。

"他这是怎么啦？"男孩库吐克有生以来第一次看见这么奇怪的现象，他简直被吓坏了。

"他病了，这是一种狗的病。"卡德鲁回答说。

这时候，猎狗库吐克又一阵阵地抬起他的头，朝着空中不断地嚎叫。

"我先前还从来没有见过这样的怪事呢。"男孩库吐克说，"他为什么会这样呢？"

听了儿子的问题，卡德鲁并没有回答，他也不知道该怎么回答，所以他只是无可奈何地耸耸肩头，然后走到屋角里去取过那把锋利的渔叉，朝着那只病狗走过去。看见卡德鲁朝他走过来，猎狗库吐克一副惊恐万状的样子，他朝着隔壁的狗棚跑去，拼命地朝着那些狗堆里挤。狗棚里的那些猎狗看见猎狗库吐克病成这副模样，又看见主人手里拿着渔叉朝他逼过来，他们心里都知道即将发生什么不幸的事情，便纷纷朝着后面退开，给猎狗库吐克让出一条道路来。看见伙伴们给他让出了一条道路，猎狗库吐克也顾不得多想，为了逃命，他望着黑夜里的风雪，一下子冲了出去。到了房间外面以后，他并没有立即跑远，而是站在那儿，依依不舍地对着主人的房子哭嚎着，狂叫着，蹦跳着，癫滚着……他病了，他精神失常了，不过，他得的还不是我们常说的那种可怕的狂犬病，只不过是一种常见的精神失常的病。谁也不知道他的病因，也许，是最近以来一直又冷又饿，加上不习惯这种黑夜生活的缘故吧，谁知道呢？

然而更可怕的是，猎狗们中间的这种精神失常的病症往往具有普遍的传染性，只要一只狗得了这种病，狗群里别的狗都有可能被传染上。果然，第二天打猎的时候，又有一只狗生了同样的病，结果这只狗立即被卡德鲁杀死在路上。又过了几天，在打猎的时候，那只被猎狗库吐克取代了领队地位的大黑狗大发神威，一口气追获了一头又高又壮的麝香牛。可是，出人意料的是，当卡德鲁刚刚把他从雪橇上解开的时候，他突然一阵狂叫，也像猎狗库吐克前几天的情况一样，一阵狂叫之后，消逝在风雪交加的黑夜里，谁也不知道他跑到哪儿去了。从此以后，猎人们再也不敢带着猎狗到外面去了，因为他们知道，在万不得已的时候，这些狗身上的肉也可以用来充饥。猎人们的这种想法，那些猎狗心里好像也多多少少预感出来。他们成天被拴在狗棚里，心里充满了绝望和恐惧。

更糟糕的是，部落里的女人们中间又开始传出一种让人一听就毛骨悚然的说法。她们告诉部落里的大人和孩子们说，我们部落里接二连三地遇到这么多可怕的事情，一定是去年狩猎的时候半途失踪的那位老猎人的鬼魂回来了，因为那位老猎人曾经预言说，明年这个时候他一定会回来，那时候部落里就会出现许多不寻常的事情。

对于男孩库吐克来说，世界上再也没有比失去他心爱的猎狗更让他伤心的事情了。老实说，他的肚子也是天天半饥半饱，可是他并不觉得难过，对于因纽特人来说，虽然他吃起东西来总是狼吞虎咽，一次可以吃许多。但是当饥饿临头的时候，他们也会忍受，哪怕是很长时间，他们也能够坚强地活下去。可是尽管如此，在长时间的饥饿、黑暗、寒冷的折磨下，库吐克的体力一天不如一天。现在，他开始觉得自己的耳朵里成天都在响着各种各样奇怪的声音，他的眼前常常出现一些奇怪的人影，等他走近那些人影的时候，却发现那儿并没有什么人。有一天，他独自到海边去等候海豹，想试一试自己的运气，可是足足等了一整天，还是两手空空，一无所获。在回家的路上，他感到自己浑身乏力，两眼饿得直冒金花，就靠在一个大石头上，想休息一下，喘喘气再继续朝回走。不料，这块石头看上去虽然很大，其实并不十分稳固，等他的身体刚刚靠上去以后，它就朝着雪坡下面滚动起来，库吐克被重重地摔倒在雪地上，跟在那个大石头后面滚起来，一面滚，一面痛得哎哟哎哟地乱叫。

滚到坡下以后，库吐克静静地躺在雪地上。这时候，他突然听见耳边传来一阵低低的声音，那声音好像是在对他说着什么。要知道，库吐克是一个因纽特人，他从小就生活在一个充满神秘传说的部落里，其中有这样一种传说：每一个大石头都属于一个女神，这个女神只有一只眼睛，她的名字叫做托拉克。当托拉克希望帮助一个人的时候，她就会躲在自己的石头房子里面，让那个人跟着她的石头走，然后她就会问那个人是不是愿意让她给他当向导。最近以来库吐克的耳朵里成天都听见自己的血液流动时产生的那种声音，此时此刻，他竟然把这种声音当成了女神托拉克在对他说话的声音。在回家的路上，他不断地听见这种声音，等他回到家的时候，他觉得托拉克已经对他说了许多许多。他把这件事情告诉部落里的每一个人，每一个人都相信他说的是真话。

"托拉克说：'我跳下来，我从我站着的地方跳到雪坑里。'"库吐克两只无神的眼睛睁得大大的，身体微微地朝前倾着，他的嘴里惊惊诧诧地说，"她对我说：'我要给你当向导，我要带你去一个最好的冰洞，那里有无数的海豹。'明天，我一定要出去，托拉克一定会给我带路。"

这时候，部落里的巫师走进卡德鲁的房子。库吐克把他的故事又向巫师复述了一遍，就像他给爸爸妈妈说话一样，清清楚楚，一字不漏。

"去吧，孩子，跟着托拉克去吧。"巫师说，"我们一定会重新得到食物，一定会重新得到吃不完的食物。"

第二天早晨，卡德鲁和阿莫妮克把他们节约下来的最后一点海豹肉和他们最好的衣服都拿出来放在雪橇上，他们心里都很难过，因为他们谁也不知道库吐克今天出去以后是不是还能够平平安安地回来。等他们帮助库吐克套好雪橇，正在准备出发的时候，那个从北方来的女孩子突然从房间里走出来，她坚定地站在库吐克身边，手里拿着一根绳子说，她愿意帮助库吐克拉雪橇，愿意跟他一起去冒这次风险。听了她的话，卡德鲁和阿莫妮克都很感动，在这些天里，这个女孩子每天都只吃一丁点儿东西，一天到晚几乎什么话都不说。可是，在这种关键的时刻，她却那么勇敢地站在库吐克身边，她真是一个了不起的女孩。

"我要永远跟你在一起。"路上，他们一边拉着雪橇朝前走，那个女孩一边对库吐克说。

"我也永远跟你在一起。"库吐克回答说，"可是，说不定我们这一次会一起走到西德娜的王国里去哩。"

库吐克所说的西德娜是指的一位主管地狱的女神。因纽特人都相信，每个人死了以后，都会到这位女神主管的地狱里去生活几年，然后才能转到一个叫做"乐土"的地方，在那个地方，永远没有黑暗，没有寒冷，不管什么时候，只要你叫一声，那些又肥又壮的驯鹿就会跑到你面前来。

当他们的雪橇从部落里经过的时候，部落里的人们都大声地吆喝："托拉克跟库吐克说话了！我们很快又会吃上新鲜的海豹肉了！"可是，这些吆喝声很快就消逝在寒冷的夜色中。现在，茫茫雪原上只有库吐克和那个女孩了，他们肩并肩地拉着雪橇在雪地里挣扎着朝着北方走去，因为库吐克坚信那是托拉克女神给他指示的方向。在那儿，在一颗被我们这些欧洲人叫做大熊座的星星下面，那儿就是他要去的地方。

据我所知，一般的欧洲人驾驶雪橇在这种凹凸不平的雪地里行走，一天最多只能走一二十里。可是库吐克和那个女孩子却走得很快，因为他们知道怎么样选择最佳路线。有时候在一般人看来根本不可能通过的地方，他们却知道那儿并不像看起来的那么困难。有时候，前面出现一大群雪丘，一般的人都会认为该从左边绕过去，可是他们却选择了右边，结果他们的选择从来不会出错。在这种高高矮矮的雪地上，有时需要用力拉着雪橇快跑几步，有时却必须慢慢调转方向，这一切一切的技术，他们都掌握得恰到好处，所以雪橇在他们手里总是显得那么得心应手，格外轻快。

那个女孩子一路上只是埋头拉着雪橇，很少说话。阵阵寒风吹来，不停地把她衣领旁边的貂皮毛吹到她那又大又黑的脸蛋上面。他们头顶上的天空，是一片深沉的墨绿的颜色，在这片墨绿色的映衬下，他们可以看见天边地平线上露出的阵阵红光，那是远处天空中的星星，它们正像街灯一样照着北极大地上这两个为了全部落的生存而努力挣扎的孩子。他们头顶上出现一阵阵北极光，就像一面不断飘扬的巨大的旗帜，可是这片旗帜很快又消逝得无影无踪。偶尔，晴朗的夜空中飞过一颗流星，尾巴上拖着长长的火光，一眨眼之间就飞向了遥远的地方。在他们的脚下，可以看见巨大的冰块相接的地方不时闪出各种奇异的颜色，一会儿绿色，一会儿铜黄色，可是在并不十分明亮的星光下面，这些颜色都像是抹了一层淡淡的灰色。那些浮冰现在早已被寒冷的气温重新凝结起来，变成千奇百怪的形状。隐隐约约中看上去，你会产生千奇百怪的幻觉，觉得它们有的像海豹，有的像海象，有时竟然还像因纽特人传说中的那种长着八只腿的白熊精。尽管眼前的一切都是那样气象森森，让人眼花目眩，但是却始终听不见一丁点儿声音，四周只有死一样的寂静。突然，在库吐克和那个女孩眼前闪出一道奇异的光，这道光来得那么快，那么强烈，把四周都映得一片惨白，同时它又消逝得那么迅速，刚刚在两个孩子眼前留下一片可怕的印象，又突然在两个孩子眼前留下一片黑暗。库吐克和那个女孩简直吓坏了，他们好像突然走进了一个噩梦之中，好像走进了一个世界末日的噩梦。他们吓得趴在雪橇旁边，久久地趴在那儿，一动也不敢动。

趴了好长一段时间之后，他们的眼睛渐渐地重新适应了周围的黑暗，发现周围并没有什么异常的情况。库吐克从地上站起来，开始用浮雪修筑一个被猎人们叫做半屋的房子——半圆形的围墙，正好足够遮挡寒风。半屋修好之后，他和那个女孩爬进去，点燃雪橇上带来的油灯，把早已冻得冰硬的海豹肉放到油灯上去烤，一边烤，一边使劲地嚼。吃饱之后，两个孩子便紧紧挤在一起，呼呼地睡着了。这一觉不知睡了多久，等他们醒来以后，又继续开始朝着北方行进，他们每天要走六七十里的路程，这就意味着他们每天朝着北极逼近十五六里。一路上，那个女孩始终不喜欢说话，库吐克没有办法，他只好独自唱起歌来，他先唱那些赞美夏天的歌，接着唱捕捉驯鹿和鲑鱼的歌，反正，他的每一支歌好像都在竭力使他忘掉自己正处在冰天雪地的冬天。一路上，他还不停地告诉那个女孩子说他听见托拉克女神正在对他说话，说着说着他突然像发疯一样把雪橇朝着旁边猛力地推，改变行进的方向，嘴里还发出一种从来没有过的粗暴的吼声。老实说，库吐克此时差不多正处于精神失常的状态下，可是那个女孩却相信他正在接受女神托拉克的指引，而且相信在不久的将来，他们就会得到一个光明的结果。过了一会儿，库吐克突然又告诉女孩说，他看见那个托拉克女神正变成一只长着两个脑袋的猎狗，那只猎狗正时隐时现地跟在他们背后，听了库吐克的话，女孩依然一点也不怀疑，甚至她一点儿也没有注意到库吐克两只眼睛这时正红得像两个燃烧着的火炭。她顺着库吐克手指的方向朝着远处望去，果然，她看见远处有一个什么东西正在隐隐约约地跟着他们。可以肯定，那东西一定不会是一个人，从他的体形上判断，不是一头熊，就是一只海豹，或者是别的四条腿的东西。

既然库吐克和女孩已经又累又饿，那个东西有时候看上去又有点像是传说中的那头长着八条腿的白熊精。谁知道是不是真的呢，他俩现在已经不知道这两双饿得发花的眼睛是不是值得相信了。自从离开部落到现在，虽然他们已经作了不少尝试，但是他们至今还是连一只小动物都没有捉到。他们雪橇上的食物最多只能维持一个星期了，再说，更大的风雪正在朝着他们逼近。在北极，一旦发生这样的风暴，根据库吐克的经验，通常会连续不断地狂吹十天半月，眼下，两个又冷又饿的孩子，如果万一果真赶上了这样的风暴，十之八九都只能永远葬身在冰天雪地里了。又到休息的时间了，这一次，库吐克试着为他们修一座大一些的雪屋，而且设法把雪橇也一起弄到雪屋里去。他屋里屋外拼命地忙碌着，雪屋快修完了，他从雪地上抱起最后一个冰块，准备把它堵在门边，这就是雪屋的最后一道工序了。可是，就在这个时候，他突然觉得眼前有个东西一晃，仔细一看，在四五百米以外的一块高耸的冰崖上，一个什么动物正在望着他们这边。在纷纷扬扬的风雪中，那个动物看上去大约有三丈多长，一丈多高，屁股后面拖着一条两丈多长的大尾巴，而且他的身体好像还在不停地颤抖着，库吐克始终看不清他的轮廓。在库吐克望着那个动物发呆的时候，那个女孩子也清楚地看见了他，而且她还惊叫着说："一定是奎克恩，他会对我们干些什么呢？"

"他要跟我们说话。"库吐克嘴里这么说，他那只拿着雪刀的手禁不住不停地发抖。你知道，不管什么人，不管他多么坚定地相信哪一位精怪是他的朋友，当他真正面对那位长相恐怖的精怪的时候，他都免不了会产生紧张的感觉。这位奎克恩，在因纽特人的传说中，一直都是因纽特人的朋友，在传说中，他的外形长得像一只狗，可是比一般的猎狗巨大许多倍，而且身上一点毛也没有，他生活在最靠近北极的地方，一旦他出现在什么地方，什么地方就一定会发生一些奇怪的事情。在这些事情中，有可能是吉利的事情，也有可能是凶险的事情，就连那些最有名的巫师也不能对奎克恩的行踪作出比较清楚的解释。奎克恩有一种魔法，他可以让猎狗发疯，在风雪交加的时候，他有时还会像白熊精一样，在脖子上长着两个脑袋，在身体下面露出八条腿。

看见眼前可怕的情景，库吐克和女孩连忙互相拉扯着躲进了他们刚完工的小雪屋里。说实话，如果那个奎克恩真的想过来抓他们的话,这座小小的雪屋算得了什么呢,他那巨大的手只要轻轻朝着雪屋顶上一伸,就可以把那个雪屋弄得粉碎,就可以把他们轻轻地抓到空中。幸运的是,那个奎克恩并没过来抓他们,躲在这个小雪屋里,毕竟要比站在露天里舒服得多。这天夜里,他们担心的北极风暴果真开始了,这次风暴一连吹了三天三夜,而且一直没有改变风向,也一直没有中断,连风势也没有减小过一丁点儿。两个孩子躲在小雪屋里,把那个小油灯紧紧地抱在怀里,饿了的时候,就用刀子割下一块冰冷的海豹肉,放在嘴里嚼着充饥。眼睁睁地望着小雪屋顶上的积雪越堆越高,越堆越厚。那个女孩把雪橇上的全部食物都拿出来计算了一下,最多只能再吃两天了。库吐克呢,除了望着雪橇上的渔叉和那一堆捕捉野兽的工具之外,一点办法也没有。

"我们真的要到西德娜那儿去了。"女孩说,"很快就要到她那儿去了。再过两天我们就再也没有吃的东西了,再过三天,我们就会静静地躺在这儿跟她见面了。你的托拉克女神怎么还不显灵呢?你怎么不唱一个歌请她到我们这儿来呢?"

听了女孩的建议,库吐克真的唱起来了。说来也真奇怪,他那高昂的童声传到空中,没过多长时间,外面的风暴竟然渐渐地停下来了!他唱着唱着,在他的歌声中,女孩觉得他们小雪屋下面好像有水流的声音,她连忙把两只小手趴在冰地上仔细倾听起来。看见她听得起劲的样子,库吐克也跟她一样,趴在冰上听起来。听着听着,库吐克突然坐起来,从雪橇上取下那个捕鸟的套子,从那个套子上削下一根差不多跟针一样粗细的鲸骨，把那根鲸骨弄直以后，直端端地插在一个小小的冰坑里。因为是安置在冰坑上，这根鲸骨现在便变得特别灵敏，冰底下任何一丁点儿震动，它都可以感受出来。于是，他们不再贴在冰面上听，而是坐在那儿全神贯注地盯着那根鲸骨。果然，没有过多长时间，他们看见那根鲸骨开始在冰坑里颤动起来，而且越颤越厉害，过了几秒钟，它突然停了，停了几秒钟，它又再次颤动起来。就像一根指南针一样，那根鲸骨渐渐朝着一个方向指去，然后一直都指着那个方向。

"在离我们还很远的地方，一定有一条冰缝马上就要裂开了！"库吐克说。

女孩指着那根鲸骨说："那条冰缝一定很大，要不然，我们脚下怎么会震动得这么厉害呢。"

可是，正当他们说话的时候，他们脚底下的冰面突然震动得更加剧烈了，同时他们的耳朵里都听见脚下传来阵阵嘎嘎嘎的爆裂声。显然，他们刚才谈到的那条冰缝正在迅速地朝着他们脚下延伸过来。那破裂的声音越来越响，像小狗的尖叫，像白熊的低吼，像石头压在冰雪上发出的隆隆巨响。

"我们已经无法静静地躺下来等着跟西德娜见面了。托拉克欺骗了我们。"库吐克大声叫喊道，"我们脚下的冰层正在开裂，我们马上就要死了。"

库吐克的话听起来好像十分荒唐，可是两个孩子现在真的面临着死亡的威胁了。他们你看着我，我看着你，眼睛里充满着恐惧。他们没有想到，三天的风暴把北极地带的海水都赶到南方去了，让这些海水在南边凝结成冰在那儿堆积起来。与此同时，那些原来在水面上的冰层自然地发生了变化，它们不断破裂，东一块西一块地移动起来。库吐克和那个女孩听见的就是带着无数冰块的海潮从海上涌过来的声音。

现在的情况正像因纽特人常说的那样，当长时间沉睡之后的冰层活动起来的时候，神仙都说不清它会给人们带来什么，因为突然流动起来的海潮，不但流动迅速，而且一点规律也没有，它们的脾气甚至比夏季里天上的浮云还要古怪。

尽管他们已经面临着死亡，两个孩子这时突然觉得自己心里产生出一种愉快的感觉。是啊，一旦他们脚下的冰缝突然裂开，他们不是马上就要见到地狱女神西德娜了吗？在西德娜的王国里，他们再也用不着担惊受怕，再也不会受到饥饿的威胁了。

可是，既然外面的风暴已经完全停下来以后，他们为什么不赶快逃命呢。想到这里，两个孩子飞快地从雪屋里钻出来，这时候，他们听见地下的爆裂越来越厉害了。显然，远处的冰水正在朝着他们这边涌过来。

"我们好像还有一点希望。"库吐克说。

这时候他们突然看见三天以前就跟在他们后面的奎克恩这时候正趴在远处一块高大的冰丘上，望着他们一声声地嚎叫着，这时候他们清楚地看见奎克恩确实长着两个脑袋，他身体下面的确长着八条腿。

"我们跟着他走吧。"女孩向库吐克建议说，"说不定他可以带着我们远远地离开地狱女神西德娜。"可是，就在她说这些话的时候，库吐克明显地感觉到她拉雪橇的手已经一点力量都没有了。看着两个孩子渐渐朝着他走近，那只八条腿两个头的怪兽慢慢地从雪丘上站起来，跌跌撞撞地朝着西方内陆地带走去。两个孩子跟在怪兽后面紧赶慢赶，这时候，他们已经明明白白地感觉到背后的海潮正在朝着他们追赶过来。而且他们还明显地感觉到，那汹涌的海潮同时还带着无数大大小小的冰块，其中小的有几立方米，大的竟有几立方公里那么大，这些浮冰跟海潮夹裹在一起，正在从东南北三面朝着库吐克他们这儿压过来。两个孩子现在差不多已经把他们的性命托付到了那个长着八条腿和两个脑袋的怪兽身上，他们跟着他，拼命地朝着西边。库吐克知道，眼前四面八方都是白皑皑的冰雪，只有西边的冰层下面是实实在在的陆地，其余三个方向的冰层下面都是深不见底的海水。他隐隐约约觉得，前面那只怪兽正在引导着他们走向安全的地带，但是他的感觉究竟是不是正确呢？这就只有老天爷才知道了。

"真的太奇怪了。"库吐克说，"这种情况只有春天的时候才会发生，怎么今年这么早就出现这样的海潮了呢？"

"别说话了，赶快跟上他吧！"女孩对库吐克说。因为前面那个怪兽越走越快，眼看就要从他们的视线内消逝了。看见这种情形，女孩心里不由得着起急来。他们一边跑，一边紧紧地拉着他们的雪橇，后面的海潮声离他们越来越近了。最后，他们周围的冰块终于在海潮的推动下，一边发出震耳欲聋的破裂声，一边从四面八方朝着他们压过来了，就像无数大张着嘴的狼牙，仿佛一口就要把他们咬得粉碎。正当这个万分紧急的关头，他们突然看见那个八条腿的怪兽蹲在前面一个大约五六丈高的冰丘上不动了。是啊，四面八方的冰块都在开始移动，只有那个冰丘一动不动地立在那里，再也用不着怀疑了，那座冰丘下面肯定是一个高出地面的陆地。想到这里，库吐克朝着那个冰丘脚下猛冲过去，同时他手里紧紧地拉着那个女孩。他们周围的冰块的海潮的声音越来越大，可是他们脚下的冰丘却巍然不动地矗立在那儿。女孩两眼望着库吐克，觉得十分奇怪。库吐克对她做了一个手势，告诉她说，我们现在正站在一个陆地的岛上。等他们完全站稳之后，库吐克才注意到，他们站的地方原来只是一块狭长的岛屿的最前端，这是一块巨大的岩石，这块岩石像一个大船的船头一样伸进海潮中间，那些被海潮带来的巨大的冰块碰到这个船头上，全都被撞得七零八落，分散在船头的两边。站在这个地方，看上去好像依旧十分危险，其实那些冰块丝毫不能对他们造成伤害。他们在那儿站了一会儿，等到他们心情稍微平静下来的时候，便开始堆砌他们新的雪屋，砌好雪屋以后便钻到里面一边吃着他们身边所剩不多的食物，一边带着欣赏的心情倾听着外面冰块撞击着小岛旁边的海岸的声音。那个一直跟在他们后面，后来又跑在他们前面为他们带路的八条腿的怪兽现在不知跑到哪儿去了。库吐克和那个女孩在谈话中都对那个怪兽的灵气感到吃惊，他怎么会知道这个冰丘下面是一个海岛呢？如果不是那个怪兽引路，单凭他们四只肉眼凡胎的人眼，他们无论如何都看不出这冰雪下面的秘密。两个孩子坐在雪屋里谈啊笑啊，这时候，库吐克第一次看见那个女孩脸上露出那么欢快的笑容。她到库吐克家已经好多天了，库吐克还从来没有看见她这么开心地笑过呢。

正在这个时候，他们突然觉得雪屋后面的墙上有什么东西在响，看着看着，墙上突然出现了一个大洞，只见两个脑袋从那个大洞里伸进屋来，一个长着黑毛，一个长着黄毛。仔细一看，原来竟是许多天以前从库吐克家里逃跑出去的那两只猎狗。一只是从前那只领队的黑狗，一只就是猎狗库吐克。不知道读者们是不是还记得，那只黑狗跑出去的时候，卡德鲁还没有来得及从他身上取下那一身拉雪橇的绳具。这只黑狗跑出去之后，找到了猎狗库吐克。后来他们不是在一起打过架，就是在一起顽皮打闹。不巧的是，这只黑狗身上的绳具跟猎狗库吐克脖子上的那个大铜环纠缠在一起，越缠越紧，他们再也无法分开。说来也奇怪，虽然他俩被紧紧地套在一起，但是却并不影响他们奔跑打猎和进行各种各样的活动。这样一来，他们谁也离不开谁，每时每刻都肩并肩地一起吃，一起睡，一起玩，一起打猎。也不知两只狗这些天来的日子是怎么过来的，他们的精神状态已经恢复了正常，他们的身体不但没有瘦，反而长得比以前更加壮实了。

女孩连忙把两只可怜的猎狗拉进雪屋里来，等她发现两只狗被紧紧套在一起的时候，突然惊喜地叫起来："这不是奎克恩吗？这不是这些日子一直跟在我们后面的那个长着八条腿和两个脑袋的怪兽吗？啊，天啊，原来是他们把我们引到这儿，救了我们的性命啊。"

男孩库吐克用刀子替他们割断那些缠在一起的绳具，两只狗一齐扑到他的怀里，他们嘴里呜呜地叫着，好像在向小主人诉说他们的头脑从疯狂恢复正常的过程。男孩库吐克用手摸了摸两只狗的肚子，发现他们都长得肥肥胖胖的。"他们一定找到吃的东西了。"男孩库吐克对女孩说："只要他们能找到吃的东西，我们就不会饿肚子。看来，我们现在用不着再害怕地狱里的那位西德娜了。我的托拉克女神显灵了，她把这两只狗送回我们的身边，还让他们逃脱了病魔的折磨。"

等到他俩跟男孩库吐克亲热够了以后，这两只差不多整整两个星期被迫同起同卧的猎狗又开始你咬我的喉咙，我咬你的喉咙，忍不住在这间小雪屋里欢乐地顽皮起来。"饿着肚皮的狗决不会这么精神饱满。"男孩库吐克说，"我们现在睡觉吧，等我们睡醒以后就跟他们一起去捉海豹。"

等到他们醒来以后，突然惊喜地发现，这间雪屋所在的小岛的北岸已经完全变成一道海岸，眼前一片清澈的海水，几小时以前无数的浮冰早已不知漂到什么地方去了。听见风吹海浪的声音，两个因纽特人的孩子的心都快醉了。千百年来，在因纽特人的生活中早就养成了一种习惯：只要他们听见第一声海浪，那就意味着暖和的春天已经离他们不远了。男孩库吐克和那个女孩子手拉着手，高兴地笑了。在静静的海面上，两个孩子好像已经看见了一条条肥肥的鲑鱼和长着长角的驯鹿，还有绽放着嫩芽的水柳。千真万确，在遥远的天边，他们竟然看见了许久不见的太阳。虽然那轮太阳只在天空中出现了短短的几秒钟，但是，它的出现毕竟宣告了新的一年的开始。春天来了，这是老天爷的规定，谁也不可能改变这个事实。

男孩库吐克突然看见两只猎狗正在大口大口在撕咬着一条肥肥的海豹，原来，三四十头海豹在昨天晚上的海潮中追赶着海潮中的鱼群，一直追到海岸上，直到今天早上他们还趴在这个冰岛上不肯离去。在海岸旁边的水里，那儿还可以看见几百头大大小小的海豹，他们正在无忧无虑地追逐嬉戏，不时地把脑袋冒到水面上来呼吸新鲜空气。

终于熬到了吃新鲜海豹肝的时候了，终于熬到了让火盆重新盛满海豹油并且让它重新燃起三尺高的火焰的时候了。可是，等到男孩库吐克和那个女孩刚刚在雪橇上装满海豹的时候，他们一点也不敢怠慢，他们的心早就飞回部落里去了。此时此刻，充满他们心灵的，与其说是高兴，不如说是恐惧，因为他们已经离开部落两个星期了，他们清楚地记得，当他们离开部落的那天晚上，就已经有几家人没有吃的东西了。不知道部落里的人们现在已经怎么样了，万一……他们真的不敢朝下多想了。现在，不仅他们的雪橇上装满了海豹，而且他们还杀死了整整二十五头海豹，把他们埋在海岸边的雪地里。他们得赶快回家了。回家的路跟出来的时候一样困难，可是因为他们的肚子里都吃得饱饱的，加上两只身强力壮的猎狗帮忙，他们走得比先前轻快了许多。两只猎狗早就对这一段路熟透了，一路上几乎不用库吐克吆喝，他们自己就能找到回家的路。在狗和人的共同努力下，只用了两天的时间，男孩库吐克和那个女孩就到了他们部落前面。这时候，他们只听见三只狗的叫声。原来，在这些天里，别的猎狗都已经全被部落里的猎人们杀了当肉吃。除了四下里一片寂静之外，每一家人的房间里几乎都是一片漆黑，看得出来，部落里的人们已经好长时间没有油料来点火取暖了。男孩库吐克朝着部落里大声喊道："快来取肉啊!"部落里只传来几声有气无力的回答。他只好一家一户地喊着那些房主的名字，可是他却几乎没有听见几声回答。

一个小时以后，阿莫妮克家里的油灯已经熊熊地燃烧起来，她已经为全部落的人准备了香喷喷的海豹肉。那些小娃娃们快乐地嚼着海豹肉，那些几乎快饿得连说话的力气都没有的猎人们这时都默默无声地嚼着这顿救命的晚餐。大家一边吃着东西，一边听男孩库吐克讲述他和那个女孩一路上的经历。那两只猎狗卧在他的脚边，每当男孩库吐克提到他们的名字的时候，他们的耳朵就直端端地竖起来，与此同时，他们的眼睛里好像闪出一副惭愧的神情。因纽特人有这样一种说法：大难不死，必有后福。如果把这句话用在这两只狗身上，那意思就是：他们战胜疯病恢复了健康，今后就再也不会遇上任何灾难了。

"看来，女神托拉克真的没有忘记我们。"男孩库吐克对那些人说，"风暴吹起来了，冰层吹破了，鱼都吓得朝我们这儿游了，海豹呢，便跟着这些鱼儿游到我们面前来了。现在，我们的猎场已经转移到离这儿不到两天路程的地方了。明天男人们都跟我一起去搬运海豹吧，我还杀死了二十五头海豹，把他们全都埋在海边的雪地里呢。等到这些海豹被我们吃完的时候，一切都会是另外一个样子了。"

"接下来你打算做什么呢？"部落里的巫师问男孩库吐克，他的语气跟从前一样。许多年以前，当男孩库吐克的爸爸卡德鲁第一次捕获大量海豹的时候，他就是用这种语气跟他说话的。

男孩库吐克看了看那位从北方来的女孩，用手指着卡德鲁的房子的西北角说："我要在那儿修一座雪屋。"原来，这是部落里的规矩，只有结婚的男孩子和女孩子才能到那个地方去居住。

听了男孩库吐克的话，那个女孩害羞了，她用两只手捂住眼睛，低下头去。她是一个外地人，是一个从外地逃荒到这儿来的女孩，她什么东西都没有，今后怎么能够帮助男孩库吐克做家务事呢？

看见这种情形，阿莫妮克高兴得一下子从她坐着的凳子上跳起来，飞快地从凳子下面取出她早已准备好的各种各样的东西：石头做成的大油灯、切肉用的刀子、烧水用的铜壶、边缘上装饰着麝香牛牙齿的驯鹿皮垫，还有我们常见的水手们用的那种又粗又长的针，因纽特人用它来缝帐篷……接过这些东西，那位女孩子趴在地上向阿莫妮克深深地叩头。

"我还要这些！"说着，男孩库吐克紧紧地抱着两只曾经救过他性命的猎狗，由衷地发出开怀的大笑。

"是啊！"那位巫师作出一副若有所思的表情，然后认真地咳了一声说，"库吐克刚离开部落，我就独自一人到神坛去为他施行法术。我整夜整夜地坐在那儿，用我的咒语呼唤驯鹿之神。我的咒语唤来了那阵风暴，同时，在库吐克眼看就要被冰块撞死的时候，我的咒语把那两只狗送到他的身边。我的咒语把海豹驱赶到库吐克面前。我的身体虽然没有离开神坛，可是我的灵魂却一直引导着库吐克，引导着他做的每一件事情。这一切一切，都是我一手安排的。"

这时候，每一个人都吃饱了，然后都睡着了，所以没有一个人对巫师的话表示怀疑。那位巫师呢，等他说完那番话以后，也坐到油灯前，大口大口地嚼着海豹肉，等他吃饱以后，倒在别人的身上，借着房间里温暖的灯火，昏昏沉沉地睡着了。

后来，像所有的因纽特人常做的那样，男孩库吐克用他的小刀在一片长长的海象牙上刻了许多美丽的图案，把那些图案连在一起，就是他那次精彩的经历。冬天来了，当男孩库吐克和那个女孩离开卡德鲁去北方的时候，他把这片海象牙留给卡德鲁做纪念。可是，在一次打猎的时候，卡德鲁的雪橇出了一次毛病，他在修理雪橇的时候不小心把那片海象牙弄丢了。恰巧，一位长年生活在湖滨的因纽特人无意中拾到了这片海象牙，第二年开春的时候他把它卖给了一位南方来的捕鲸人。那位捕鲸人又把这片海象牙转卖给汉斯·沃尔森，这位汉斯·沃尔森就是后来一艘著名的北欧旅游船的船长。当那年旅游季节结束的时候，汉斯·沃尔森的船从伦敦去澳大利亚的时候经过斯里兰卡。在斯里兰卡，汉斯·沃尔森把这片海象牙卖给了一位僧伽罗的珠宝商。最后，我发现这片海象牙的地方是在科伦坡的一家旧珠宝商的处理品房间里。我觉得这个故事很有意思，就把它从头至尾翻译在这里，让大家都来欣赏。